KB036144

데스마치에서 시작되는
이세계 광상곡
23

PAPYRUS PAPYRUS PAPYRUS PAPYRUS

"순동, 나선창격— 중첩."

리자
주황 바늘 종족의 소녀.

"아하하, 나도
주인니움을
보충해야지~."

"그러면, 나도."

사토
이세계를 헤매고 있는
서른 줄 프로그래머.

루루
쿠보크 왕국 출신.
아리사의 언니.

아리사
쿠보크 왕국의 옛 왕녀.
전생에 일본인.

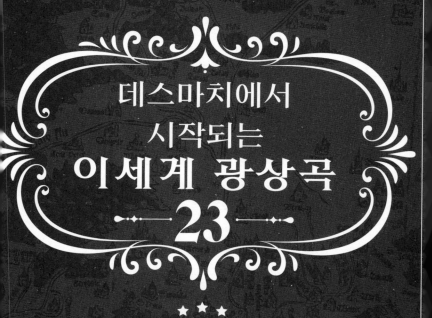

데스마치에서
시작되는
이세계 광상곡
23

★ ★ ★

아이나나 히로

Death Marching to the
Parallel World Rhapsody
Presented by Hiro Ainana

CONTENTS

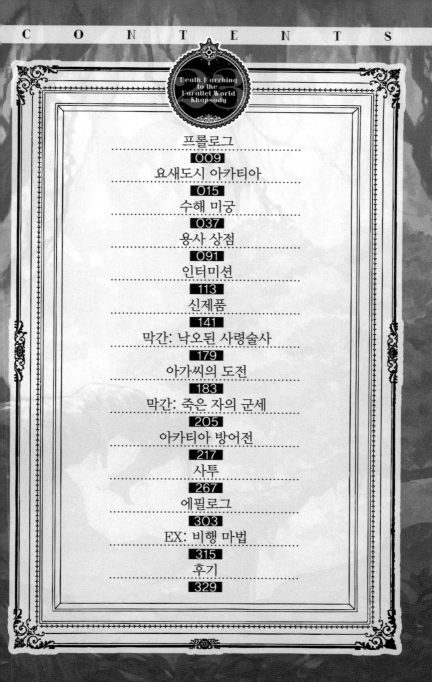

Death Marching
to the
Parallel World
Rhapsody

프롤로그

"마시타, 손님."

"마시타, 왔어."

"마시타, 얼른."

가게 안에 있는 부엌에서 마법약의 재고를 생산하고 있는데, 내 무릎 높이 키의 햄스터 같은 털뭉치 쥐 수인 아이 점원이 나를 부르러 왔다.

"알았어, 금방 갈게."

만들던 마법약을 스토리지에 수납하고, 꾹꾹 바지 자락을 당기는 햄스터 꼬마들과 함께 매장으로 갔다.

"로로는 없니?"

"로로, 외출했어."

"로로, 납품."

"로로, 아까 말했어."

내가 물어본 로로는 이 잡화점 「용사 상점」의 주인이다.

"오, 드디어 나왔네."

"노나 씨, 기다리셨죠. 오늘은 모험 준비인가요?"

"이 모습을 보면 알 수 있잖아."

가죽 갑옷이 터져버릴 것 같은 육체미를 가진 여성 **모험가** 노나 씨는, 이 잡화점의 단골이다.

"하급 체력 회복약 다섯 개랑 『길잡이 양초』 열 개, 그리고 보존식 30끼 분량 부탁해. 물론, 비싼 걸로! 그 보존식을 한 번 먹으면, 짚신 바닥 같은 육포랑 딱딱한 빵 같은 건 먹을 수가 없다니까."

"꽤 많이 사시네요. 이번에는 멀리 가시나요?"

"그래. 커다란 모험가 클랜이 주최하는 원정에 참가했거든."

그녀와 만났을 때 일어난 어떤 사건 탓에 솔로가 되어 버려서 걱정을 했는데, 동료가 생긴 것 같아 조금 안심했다.

그녀가 말한 상품을 카운터 뒤쪽 선반에서 꺼내는 시늉을 하면서, 스토리지에서 꺼내 카운터 위에 늘어놓았다.

거추장스러운 보존식은 햄스터 꼬마들이 창고에 꺼내러 갔다. 나랑 루루의 연구 성과가 담긴 보존식은 이 잡화점에서 잘 나가는 상품이다.

"마시타, 보존식."

"마시타, 가져왔어."

"마시타, 칭찬해줘."

"다들 잘했어."

보존식을 가져온 햄스터 꼬마들을 쓰다듬어주자, 삐삐 코를 울리면서 손과 짧은 꼬리를 살랑살랑 흔들며 기뻐했다.

노나 씨도 햄스터 꼬마들의 머리를 쓰다듬고 싶은 것처럼 보고 있었다.

애들도 좋아하니까, 주저하지 말고 쓰다듬어주면 될걸요?

"전부 합쳐서, 동화 세 개랑 12닢— 자잘한 건 깎아서, 동화 세 개면 돼요."

"그래, 미안하네!"

노나 씨가 구멍이 뚫린 동화 100닢을 끈으로 꿴 뭉치 세 개를 테이블 위에 놓았다.

이 도시에서는 일반인의 거래에서 은화나 금화를 쓰는 것을 금지하고 있기 때문에, 이런 방법으로 뭉쳐놓은 동화를 중요시한다.

고액의 거래나 저축에는 보석이 쓰이고 있지만, 소액의 상거래에서는 쓰기 어렵단 말이지.

"허리에 찬 검도 갈아드릴까요?"

"칼 가는 것 정도는 직접 하고 있는데?"

그렇게 말하면서도, 노나 씨는 허리의 한손 검을 뽑아 테이블 위에 놓았다.

손질은 되어 있지만, 조금 대충해 뒀군. **여기는** 고온다습한 열대라서, 손질을 게을리하면 금방 검을 망치게 된다.

그 때문에 **여기서는** 그녀처럼 금속제 검을 사용하는 사람이 소수파이고, 주술사나 사령술사가 만든 골제 무구가 다수파였다.

"잠깐 빌릴게요."

최근에 연성하는데 성공한 특제 숫돌을 꺼내서, 가볍게 검을 미끄러뜨리며 갈았다.

"이걸로 전보다는 조금 잘 베이게 됐어요."

노나 씨가 의심스러운 눈으로 보기에, 종이를 꺼내 검으로 슥슥 자르는 퍼포먼스를 해봤다.

11

"우옷, 굉장한데! 로로 녀석, 끝내주는 반려를 찾았다니까. 이 용사 상점이 **요새도시 아카티아**에서 제일의 잡화점이 되는 것도 시간 문제구만!"

기분 좋게 검을 칼집에 넣은 노나 씨가, 멋진 웃음을 지으며 가게를 나섰다.

그녀와 교대하는 것처럼, 얼굴이 가려질 정도로 가득 찬 종이봉투를 끌어안은 소녀가 가게로 들어왔다.

"로로, 어서 와."

"로로, 안 다쳤어?"

"로로, 칭찬해줘."

햄스터 꼬마들이 카운터 아래를 빠져나가 뒤뚱뒤뚱 소녀 곁으로 달려갔다.

그녀가 바로 이 잡화점 「용사 상점」의 주인 로로다.

"어서 와, 로로. 방금 손님이 왔었어."

"사토 씨. 지금 돌아왔어요. 노나 씨는 밖에서 만났어요."

로로가 든 종이봉투를 받아주자, 성이 기울 법한 미모가 드러났다.

루루와 비교해도 손색이 없는 미모라고 하면 어느 정도 초월적인 용모인지 알 수 있다.

그것도 당연하다. 그녀의 증조부는 용사 와타리―. 루루와 공통의 뿌리를 가졌으며, 머리색이 금발이라는 점을 빼면 루루와 꼭 닮은 용모니까.

그녀와 만난 것은 불과 1주일 전.

카리온 신, 우리온 신과 함께 여행을 했다는 소문이 바캉스를
즐기고 있던 갈레온 동맹까지 퍼져 버렸다. 그래서 우리는 마음
편한 나날을 보내기 위해 서방 소국을 벗어났다.

그리고 다음 방문지로 고른 것이, 수해 미궁의 중앙에 있는 이
곳 요새도시 아카티아였다.

요새도시 아카티아

"사토입니다. 옛날에는 말할 것도 없고, 현대에서도 자신이 태어난 고향을 벗어나면 많든 적든 편견이나 차별에 노출되는 것 같습니다. 어떤 나라든 대화를 해보면 한 사람 한 사람은 좋은 사람들인데 말이죠."

"이제 보인다. 저게 요새도시 아카티아야."

열대 정글 같은 수해 미궁의 중심부에 그 도시가 있었다.

도시치고는 그다지 크지 않다. 이 세계에서 처음으로 방문한 세류 시의 5분의 1쯤 되는 작은 도시다. 그래도 미궁 한복판에 있다는 걸 생각하면 이례적인 크기일지도 모른다.

"달걀 같은 모습이군요."

늠름한 표정으로 중얼거린 것은 선두에서 나아가는 리자였다.

유연한 꼬리에는 주황 비늘 종족의 증거인 오렌지색 비늘이 보였다.

리자가 말한 것처럼, 요새도시 아카티아의 외벽은 눕혀 놓은 달걀 같은 돔 형태로 도시를 뒤덮고 있었다.

오늘은 마차를 쓸 수 없으니, 내가 만들어낸 골렘 주룡의 등에 타고 있었다.

"포치의 알이랑 닮은 거예요."

다갈색 머리칼을 보브 컷으로 정돈한 강아지 귀 강아지 꼬리의 어린 소녀 포치가 말했다.

리자와 나란히 달리던 포치가, 알 포대기에서 꺼낸 「백룡의 알」을 들고 돔 모양의 외벽과 비교해 보았다.

"저쪽은 깨졌어~?"

그렇게 지적한 것은 하얀 머리칼을 단발로 정돈한 고양이 귀 고양이 꼬리의 어린 소녀 타마다.

타마가 말한 것처럼 요새도시의 외벽은 윗부분이 비뚤거리면서 끝나 있는 탓에 깨진 것처럼 보이기도 한다. 분명히 햇빛을 들이기 위해서겠지.

"포, 포치의 알은 절대로, 절대로, 절대로 안 깨지는 거예요! 절대인 거예요!"

포치가 알을 끌어안고서 필사적으로 주장했다.

서방 소국을 관광했을 때, 선대인 날개 용도마뱀의 알이 깨져 버린 것이 트라우마가 된 걸지도 모르겠다.

뭐, 진짜 「용의 알」은 웬만한 갑옷보다 훨씬 튼튼하니까 어지간 해서는 깰 수도 없지만 말야.

"가시나무."

조금 지친 표정으로 중얼거린 것은, 옅은 청록색의 머리칼을 트윈 테일로 묶은 미아였다.

리드미컬하게 걷는 골렘 주룡의 움직임에 맞추어 머리칼이 흔들리면서, 엘프의 특징인 조금 뾰족한 귀가 보였다 말았다 한다.

"예스 미아. 가시나무의 벽이 도시 가장자리에 있다고 고합니다."

무표정하게 고한 것은 금발 거유 미녀인 나나다.

"저 가시나무로 소형이나 중형 마물이 도시에 다가오지 못하도록 하는 모양이네."

그렇게 평가한 것은 꺼림직하다고 여겨지는 보라색 머리칼을 금발 가발로 감춘 전생자 어린 소녀 아리사다. 방금 전까지는 가발을 벗고 있었지만, 도시가 가까워졌으니 트러블 방지를 위해 장착한 거겠지.

"가시나무는 마를 물리치는 효과가 있으니까, 쿠보크 왕국의 성 아랫마을에서도 엮어서 현관 앞에 장식하곤 했어요."

뜻밖의 토막상식을 가르쳐준 것은 아리사의 언니이며 경성(傾城)이란 말을 체현한 것 같은 초절 미소녀 루루다. 윤기가 흐르는 검은 머리칼에 나뭇잎 사이의 햇살이 내리쬐자, 천사의 고리가 생겨 그녀의 미모에 더욱 색채를 더했다.

지구였으면 세계적인 아이돌도 꿈이 아닌 미모인데, 이 세계의 심미안으로는 못생겼다는 평가를 받아 버린다. 미인의 정의는 지역이나 시대에 따라 변하지만, 이 정도의 미모가 제대로 된 평가를 못 받는 것은 신기한 느낌이 든다.

"주인님, 왜 그러세요?"

"아니, 루루는 오늘도 귀엽다고 생각해서."

내가 그렇게 말하여 얼버무리자 루루가 새빨개져서 고개를 숙였다.

"주인님, 나는!"

"칭찬해줘."

"타마도~?"

"포치도 칭찬받고 싶은 거예요!"

"마스터, 『귀여워』를 요청한다고 주장합니다."

리자만 빼고 다른 애들이 일제히 반응했다.

언제나 칭찬하고 있다고 생각하는데, 칭찬이 과한 건 상관없겠지. 리자를 포함하여 모두를 순서대로 칭찬했다.

그러는 사이에, 시야가 전환되면서 요새도시의 정문이 잘 보이게 되었다.

시야가 전환된 것은 도시 주변의 나무를 벌채했기 때문이기도 하겠지만, 수해 미궁 특유의 공간 왜곡에 따른 것이다. 이 수해 미궁은 「보르에난 숲의 결계」나 「방황하는 바다」하고는 다른 이론으로 공간이 뒤틀려 있어서, 똑바로 걸어간다고 해도 어느샌가 방향이나 장소가 바뀌어 버리는 것이다.

이 공간 왜곡 구역은 공중에도 뻗어 있어서, 상공까지 이어지고 있었다.

아리사의 공간 마법으로 캔슬할 수도 있지만, 그렇게 하면 한 층 더 귀찮은 일이 일어나는 걸 짧은 기간 동안 배웠다. 그래서 순순히 미로를 나아가듯 수해 미궁을 답파했다.

참고로, 이 미궁이 있는 수해는 대륙 유수의 대국인 시가 왕국만큼이나 넓다. 수해 미궁은 그 중에서 몇 할을 차지하고 있었다.

"―앗."

맵이 바뀌었다.

여기서부터는 「요새도시 아카티아」의 맵인가 보다.

나는 모든 맵 탐사의 마법을 사용해 정보를 얻었다. 이 도시는 수인이 압도적으로 많고, 이어서 많은 것이 도마뱀 수인이나 악어 수인 따위의 파충류 계통 아인. 요정족 중에서는 레프라콘이나 스프리건이 많다. 엘프나 노옴은 전혀 없고, 드워프도 몇 명 뿐이다. 희한하게도 여기서는 인간족이 인구의 1퍼센트 정도 되는 소수 민족이다.

"여기는 현자의 제자가 안 온 거지?"

파리온 신국에서 현자 솔리제로의 음모에 휘말려 들고, 서방 소국 관광을 하다가 현자의 제자인 바잔이 일으킨 「따르지 않는 것」 소동의 수습에 연관된 탓인지, 아리사가 못을 박았다.

엉뚱한 일로 동행하게 됐던 카리온 신과 우리온 신이 함께 싸워서 무사히 넘어갔지만, 그렇지 않았다면 상당히 커다란 사태가 일어났을 지도 모르니까.

"그래. 세레나는 그렇게 말했지."

에치고야 상회의 전직 괴도 피핀과 함께 후자의 해결에 관여하고 있던 현자의 제자 세레나의 말에 따르면, 현자의 제자들이 파견되어 있는 미궁들 중에서 여기에는 아무도 없었다. 정확하게는 파견 예정이었던 세레나가 뒤처리를 하려고 여기저기 돌아다니느라 아무도 없다, 라고 해야 한다.

"여기는 평화로우면 좋겠네요."

루루가 산뜻한 미소를 지으며 말했다.

"미궁 한복판에서 『평화』인가요라고 묻습니다."

"응, 대범."

나나와 미아가 동료의 대범함에 웃음을 지었다.

"아아, 아뇨. 그런 의미가 아니고……."

조바심 내는 루루도 귀엽다.

나는 사이 좋은 동료들을 이뻐라하고 보면서, 맵 정보의 최종 체크를 진행했다.

—으엑.

마족에게 빙의된 수인을 몇 명 발견해 버렸다.

방치하면 괜히 성가신 일을 일으킬 테니까, 얼른 대처해야지.

다행히 유니크 스킬을 가진 마왕 신봉자는 없다.

"가시나무 아치."

"작은 장미가 귀엽다고 고합니다."

미아와 나나가 가시나무 벽에 만들어진 아치를 발견했다.

기승한 상태로는 머리가 스칠 것 같으니, 내려서 골렘 주룡을 흙으로 돌려두었다.

가시나무 아치에 다가가자, 「가시나무 결계」라는 문자가 AR표시로 떴다. 상세 정보에 따르면, 악의를 가진 존재나 마물에게 경계감이나 기피감을 주는 결계인가 보다.

가시나무의 벽에 만들어진 아치를 세 번 정도 통과하자, 요새 도시의 정문에 도착할 수 있었다.

"맘차라!"

문지기인 늑대 수인이 뭔가 외쳤다.

≻「아카티아 어」 스킬을 얻었다.

"만추아라!"
이번에는 늑대 수인 옆에 있는 곰 수인이 외쳤다.

≻「서남 소국 공통어」 스킬을 얻었다.

"주인님, 둘 다 『멈춰라』라고 했어."
아리사가 엘프 마을에서 받은 번역 반지로 통역해 주었다.
그렇군. 분명히 「멈춰라」라고 들리는 것 같기도 하다. 말의 종류는 「잿빛 쥐 수인족 어」나 「표범 머리족 어」 같은 수인 계통 언어에 가깝다.
평범하게는 발음이 어려우니, 새롭게 얻은 스킬에 스킬 포인트를 분배하고 유효화했다.
"못 보던 얼굴인데? 아카티아는 처음이냐?"
"네, 처음입니다."
"번쩍거리는 갑옷을 입은 부자의 재미냐. 애송이는 갑옷조차 안 입었군."
곰 수인이 비웃는 것 같은 표정으로 탄식했다.
"덤으로 『털 없는』 녀석이군."
이번에는 늑대 수인이 깔보는 표정으로 내뱉었다.
그가 말하는 「털 없는」 녀석이란 건 수인이 아닌 사람에 대한 멸칭인 모양이다.

아리사와 리자가 반응했지만, 제스처로 말렸다.

"모험가증을 제시해라, 털 없는 놈."

"아직 등록을 안 했습니다. 시가 왕국의 신분증이라도 될까요?"

"─그래, 상관없어."

그들은 내가 멸칭에 반응하지 않는 것이 재미없는 느낌이었다.

참고로 요새도시 아카티아에서 수해 미궁을 공략하는 사람은 공략자나 탐색자가 아니라 모험가로 불린다. 본래는 미지의 수해를 모험하는 자들이니까 모험가라고 불리는 모양이라고, 갈레오크 시에서 입수한 책에 적혀 있었다.

"칫, 털도 없는 데다가 귀족인가."

"지나가도 좋다. 아카티아에서 문제를 일으키지 마라. 상대가 귀족이라 해도, 아무도 주저하지 않으니까 명심해라."

"그리고 시내에서 주제 넘는 짓을 하면 대마녀님의 마법으로 꼬치가 될 거다."

문지기들에게 신분증을 보여주자, 마지 못한 느낌이었지만 통행을 허가해 주었다.

여기서는 인간족 뿐 아니라, 귀족 계급도 미움을 받는 모양이군.

◆

"한가운데에 심이 있다고 고합니다."

"먹다 남겼어~?"

"포치는 사과 심도 안 남기고 먹는 거예요!"

나나가 지적한 건 요새도시 아카티아의 중앙에 우뚝 선 탑이다.

도시를 감싼, 윗부분이 깨진 알 모양 외벽에 필적할 정도의 높이다. AR표시에 따르면 「대마녀 아카티아의 탑」이라고 나왔다. 이 요새도시의 이름은 지배자인 대마녀에게서 따온 모양이군.

"있잖아, 주인님. 눈치 챘어?"

"주변의 시선 말야?"

내가 되묻자 아리사가 고개를 끄덕였다.

문을 넘은 뒤부터, 수인 통행인들의 사양 않는 악의적인 시선이 따끔따끔 박히고 있으니까.

"얘들아. 외투의 후드를 쓰자."

이 외투는 통기성이 좋지만, 만약을 위해 오리지널 마법인 「공조」를 써서 우리들의 몸 주위를 쾌적한 온도로 설정했다.
에어컨

"일단 얼른 모험가가 되러 가?"

"먼저 여관부터 잡고. 그 다음에 관광을 하면서, 모험가 길드에 가자."

아리사가 눈빛을 반짝거리며 말하지만, 일단 당장의 거점을 정해야겠지.

"—털 없는 자가 묵으면 이 여관의 품위가 떨어집니다. 털이 없으면 그에 맞게, 도시 가장자리에 있는 싸구려 여인숙을 찾으세요."

중앙의 대로로 나아가서 탑과 가까운 중심가에 있는 그럴 듯한 고급 여관을 발견했다. 곧장 방을 잡으려고 했는데, 문전박대를 당하며 거절했다. 학생 시절에 가난하게 여행을 할 때 황인종을 차별하는 나라에서 여관을 못 잡았던 게 떠오르네.

"주인님, 여관은 여기 말고도 있습니다."

리자가 말하여 격려해 주었다.

풀이 죽었다고 생각하진 않는데, 과거의 에피소드를 떠올리고 조금 울적해진 모양이군. 시가 왕국의 세류 시에서 문전 여관에 묵지 못했을 때의 아인 소녀들이 이런 마음이었을지도 모르겠다.

"그렇구나, 리자."

하지만 싸구려 여인숙은 비좁은 방에서 끼어 자는 게 표준이니까, 동료들을 생각하면 묵기 싫었다.

땅을 사서 집을 세우거나, 미궁 안에 주거지를 만들어야겠군.

"예정을 변경해서 모험가 등록을 먼저 하자."

"찬성!"

아리사가 즉시 동의하고, 다른 애들도 그것에 따라주었다.

맵 검색을 한 정보에 따르면, 모험가 길드는 셋 있는 외문 근처에 하나씩 있었다. 그 중에서 가장 커다란 본부 길드에 가기로 했다. 도중에 트러블을 방지하기 위해서, 수인의 환영을 위에 덮어둬야겠는걸.

◆

"마스터, 스켈레톤을 발견했다고 보고합니다."

나나의 말에 시선을 돌리자, 길에서 보이는 공사현장에 스켈레톤 집단이 보였다.

"뼈 아저씨는 고기가 없으니까 별로인 거예요."

"타마가 쓰러뜨려~?"

"괜찮은 거예요. 포치도 싸우는 거예요. 포치는 안 가리는 착한 아이인 거예요!"

"두 사람 기다리세요. 주변 사람들이 스켈레톤을 무서워하는 기색이 없습니다."

리자 말처럼, 스켈레톤들은 공사현장에서 일을 하는 모양이다.

상당히 보기 드문 광경이지만, 주변의 반응을 보니까 여기서는 당연한 광경인가 보군.

"조금 가까이 가보자."

조금 흥미가 있어서, 공사현장 쪽에 다가갔다.

스켈레톤들은 육체 노동이나 지저분한 일을 주로 담당하나 보군.

"저 현장 감독 같은 사람이 사령술사인가 봐. 저 사람이 사역하고 있는 거구나."

아리사가 공사 현장을 둘러보며 말했다.

"신기한 광경이네요. 수인 노동자랑 스켈레톤이 협력해서 일하고 있어요."

"응, 조화."

루루와 미아가 감탄한 기색으로 중얼거리자, 그 옆에서 타마와 포치 둘이 다 이해했다는 표정으로 응응하며 고개를 끄덕였다.

"밖에서 온 사람이야?"

수인의 환영을 두르고 있어서 그런지, 근처를 걷고 있던 사람이 친근하게 말을 걸었다.

"네, 오늘 도착했습니다."

"그렇군. 놀랐을지도 모르지만, 아카티아에서는 평범한 광경이야."

"그런가요?"

"그래. 대마녀님이 고대의 사령술사랑 계약을 맺었지. 그들에게 안주의 땅을 주는 대신에, 요새도시에 봉사하라고 했다고 해."

그래서 요새도시의 스켈레톤은 사람을 습격하지 않는다고 가르쳐 주었다.

"─이 멍청한 녀석!"

갑작스런 노성에, 타마와 포치의 귀와 꼬리가 쫑긋 솟아오르고 털을 곤두세우며 놀랐다.

노성이 난 쪽을 돌아보자, 젊은 사령술사가 베테랑에게 혼나고 있었다.

"샤시! 너무 억지로 하지 마! 스켈레톤을 더 배려해줘라!"

"그, 그래도, 선배. 이 녀석들은 아픔 같은 거 안 느끼─."

"시끄러워! 너는 죽은 자에 대한 경의가 없어! 우리는 유족들에게 소중한 사람의 유골을 빌렸다고!"

"대가는 냈잖아요."

"돈을 냈다고 된 게 아니라는 것 정도는 이해해라! 너는 어머니가 죽고서 유골이 고철처럼 난폭하게 취급을 받는다면 어떻게 생각하겠냐? 그걸 본 사람들은? 그런 취급을 하는 녀석한테 소중한 사람의 유골을 맡기는 사람이 있을 거라 생각하지 마라!"

스켈레톤의 소재는 마물의 시체가 아니라 주민들이 제공한 것이었구나.

이곳의 사령술사는 시가 왕국과 달리 사람들의 생활에 침투해 있는 모양이다.

"뉴! 뉴뉴!"

타마가 내 옷의 소매를 당겼다.

시선을 추적하자, 사령술사로 보이는 옷을 입은 개구리 수인 노인이 너덜너덜한 옷을 입은 모험가 같은 쥐 수인과 접촉하는 모습이 보였다.

—어이쿠.

모험가 쪽은 아까 발견한 마족이 빙의한 녀석이다. 사령술사나 스켈레톤들에게 정신이 팔려서, 어느샌가 레이더에 들어온 빨간 광점을 놓치고 있었다.

"잠깐 다녀올게."

타마에게 속삭인 뒤 마족 쪽으로 움직였다.

그러나 내가 개입하기 직전에 누군가가 끼어들어서, 모험가와 빙의한 마족을 한꺼번에 두 동강으로 베어내 버렸다.

비명이 들리고, 사람들의 시선이 참살자— 회색 머리칼을 가진 늑대 수인 청년에게 모였다.

그러나 당사자인 청년은 사람들의 비명이나 시선을 산들 바람인 것마냥 신경 쓰는 기색이 없었다.

AR표시가 그의 정체를 가르쳐 주었다.

—거짓말이지?

예상 밖의 존재에 놀라움을 감출 수가 없다. 판타지 작품에서도 용에 필적하는 존재로 묘사되는 일이 많은 종족—.

"펜 씨!"

내 머리 위를 뛰어넘어서, 20대 중반쯤 되는 붉은 머리의 여성 마법사가 나타났다. 챙이 넓고 커다란 모자를 쓴 수수한 얼굴의 여성이다.

뒤집힌 스커트와 건강한 각선미에, 무심코 사고가 정지했다.

"티아로군."

"티아로군, 이 아니에요! 정말, 이렇게 피투성이가 되어서는! —여러분. 이 사람은 지명수배범을 처리한 것뿐이고, 흉악범이 아니니까 안심하세요~."

티아라고 불린 여마법사가 바람 마법의 보조를 받으며, 불안해하는 사람들에게 말을 걸었다.

"티아 씨가 아는 사람이구나. 깜짝 놀랐네."

"정말 그러게. 티아 씨가 저렇게 말하면 걱정할 것 없겠네."

티아의 말을 들은 사람들이, 그렇게 말하면서 삼삼오오 흩어졌다.

방금 전 펜의 정체 정도는 아니지만, 이 티아라는 마법사의 정체도 상당했다.

『갑자기 난폭하다푸~.』

『위험하다푸~ 도망친다푸~.』

펜이 두 동강 낸 모험가의 단면에서 스며 나오는 것처럼, 나무껍질 같은 표면을 가지고 두 개의 입술에 팔다리가 달린 이형의 괴물이 나타났다. 마족의 출현에 주변 사람들이 도망쳤다.

"에잇! 펜 씨, 아직 남아 있잖아요!"

영창 단축으로 추정되는 수법으로 빠르게 뿜어낸 티아의 흙 마법 「녹주 석순_{토스 베릴}」이, 나무껍질 입술 마족을 멸했다.

상대가 레벨 30의 하급 마족이라지만, 깔끔한 솜씨다.

그녀보다 한 발 늦게 도착한 마법사풍인 사람들이, 사령술사들이 사역하는 스켈레톤과 협력하여 시체의 처리를 하고 있었다.

―없군.

살해당한 모험가랑 같이 있던 사령술사가 사라졌다.

맵으로 검색을 해봤는데, 이 도시에는 사령술사가 드물지 않아서 특정할 수가 없었다.

"주인님, 무슨 일 있었어?"

"마족이 빙의한 사람이랑 튀어나온 마족을, 저 늑대 수인 같은 사람이랑 마녀가 쓰러뜨렸어."

뒤에서 아리사와 동료들이 다가오기에 상황을 설명해줬다.

"늑대 수인? 어디 있어?"

돌아보자, 펜도 티아도 없었다.

맵으로 확인하자, 다른 마족 빙의자를 추적하고 있는 모양이다. 차례차례 맵에서 빨간 광점이 사라졌다.

조금 방식이 난폭하지만, 요새도시의 높은 사람과 함께 행동하고 있으니 귀찮은 일을 담당해줬다고 생각해야지. 사실은 조금 흥미가 있으니, 무슨 기회가 있으면 같이 술이라도 마셔보고 싶네.

◆

"통행금지라니 운이 나쁘네."

안쪽으로 왜곡된 외벽을 올려다보면서 아리사가 탄식했다.

펜이 마족 퇴치를 하고 다닌 영향인지, 빙의해 있던 마족이 날뛰었는지, 모험가 길드로 가는 길이 통행금지가 되어 있어서 우리는 외벽 근처를 따라서 빙 돌아갈 수밖에 없었다.

"뉴?"

"냐옹이 환상이 풀려 버린 거예요."

도로변에 있던 가시나무 아치를 통과했더니, 두르고 있던 수인의 환영이 풀려 버렸다.

아무래도 수상한 자를 배제하기 위해 대마녀가 설치한 마법 장치인가 보다.

"다시 한 번 걸어?"

"아니, 또 해제될 것 같으니까 관두자."

여러 번 걸면 대마녀가 경계할 것 같으니까.

우리는 후드를 깊숙하게 쓰는 변장을 하고 길을 나아갔다.

"우음."

벽 옆에는 낡은 집이나 판잣집이 늘어서 있고, 누더기를 두른 사람들이나 요양 중으로 보이는 모험가, 낮부터 봄을 사고파는 남녀가 모여있었다.

이 도시는 도착한 자를 누구든지 받아들이는 모양이라, 근처 국가에서 흘러 든 난민이나 불한당들도 꽤 많은 모양이다.

"이 근처는 치안이 나쁜 것 같군요. 포치, 타마, 주변 경계를 엄격하게 하세요."

"아이아이 서~."

"라져인 거예요."

아인 소녀들이 기합을 넣고, 이쪽을 살피는 인상이 나쁜 수인들을 견제했다.

외벽 근처는 조금 치안이 나쁜 모양이니, 조금 더 안쪽 길로 코스를 변경하자. 복잡한 거리를 지나가야 해서 조금 멀리 돌아가게 되지만, 치안이나 풍기가 흐트러지지 않은 길이 교육에 좋겠어.

"죄송함다! 저는 미래를 잡을 검다!"

외벽 근처의 점포에서 말 수인이 뛰쳐나왔다.

다행히 우리들 몇 미터 앞에 있는 건물이었으니, 만나자마자 부딪히지는 않았다.

"세이코 씨! 기다려 주세요!"

말 수인을 따라 나온 금발 소녀가 외쳤다.

"하다못해, 이번 납품이 끝난 다음에―."

"용서해 주십쇼, 점장님~!"

그러나 말 수인은 애원하는 점장으로 보이는 소녀의 팔을 뿌리치고, 서러브레드 같은 속도로 달려가 버렸다.

소녀 점장이 무릎을 꿇고서 낙담했다.

"로로, 괜찮아."

"로로, 기운 내."

"로로, 어디 아파?"

그런 소녀 점장 곁으로, 무릎 높이 키의 햄스터 같은 털뭉치 쥐 수인 아이들이 넘어질 듯 달려왔다.

"유, 유생체."

나나가 비틀비틀 햄스터 꼬마들에게 다가갔다.

"기다려."

"노 미아. 보호가 필요하다고 호소합니다."

미아가 나나의 옷을 붙잡지만, 그대로 미아를 끌고 가 버린다.

어지간히도 햄스터 꼬마들이 매력적으로 보이는 모양이군.

"로로, 뭔가 왔어."

"로로, 지켜."

"로로, 도와줘."

"다들, 왜 그러니?"

햄스터 꼬마들이 거칠게 콧김을 뿜으며 다가오는 나나를 경계하자 로로라고 부른 소녀 점장이 돌아보았다.

─오옷.

눈물에 젖은 눈동자가 내 보호욕구를 자극한다.

나나가 기울 법한 미모가 있었다.

"거짓말."

"경악."

아리사와 미아가 놀라서 소리를 흘렸다.

아인 소녀들이 놀라는 것도 잊고서 소녀를 응시했다.

"로로, 저기도 있어?"

"로로, 둘 있어?"

"로로, 어째서?"

"어째서─ 당신은, 누구?"

햄스터 꼬마들과 로로가 바라보는 곳에, 별이 기울 법한 미모

를 가진 검은 머리칼의 미소녀 루루가 있었다.

"저, 저는 루루라고 해요. 처음 뵙겠습니다!"

"처, 처음 뵙겠습니다……. 저는 『용사 상점』의 점장 로로예요."

루루와 로로가 서로를 응시하면서 자기소개를 했다.

"놀라워, 주인님."

"그래, 설마—."

나는 아리사와 함께 루루와 로로를 보았다.

"—루루와 같은 얼굴을 한 애가 있을 줄은 몰랐어."

그렇다. 로로는 금발이라는 걸 제외하면, 아무리 봐도 루루와 꼭 닮은 미모를 지니고 있었다.

"처음 뵙겠습니다, 로로 씨. 나는 루루의 일행이고 사토라고 해요. 뭔가 난처한 모양인데, 괜찮으면 도울 수 있을까요?"

루루와 같은 얼굴을 한 애가 난처한데 그냥 넘어갈 수 없지.

"아, 아뇨. 이제 막 만난 분에게 폐를 끼칠 수는 없어요."

"괜한 참견일지도 모르지만, 납품하기 전에 기술자가 도망쳐서 난처한 거 아냐? 주인님 실력은 확실하거든? 연금술사나 마법 도구사가 필요한 거 아냐?"

"여, 연금술을 쓰실 수 있나요?"

로로는 내 제안을 사양하려고 했지만, 아리사의 말을 듣고서 태도를 바꾸었다.

"네. 평균적인 실력은 있어요."

아리사가 뭐라 말하기 어려운 표정으로 「평균으로 전설의 금속은 못 만들지~」라고 중얼거리더니 미아와 함께 고개를 끄덕였다.

"그러면, 부탁드릴게요! 이미 마감이 촉박해요! 재료는 다 있어요. 돈은 많이 못 드리지만, 제가 할 수 있는 일이라면 뭐든지 할게요!"

로로가 내 팔을 붙잡고 애원했다.

"여성이 『뭐든지 할게요』라고 말하면 안 돼요."

아리사랑 미아가 뿔이 난단 말야.

"……아, 네."

빨개진 로로를 재촉하여 「용사 상점」의 점포 안에 들어갔다.

의뢰는 「길잡이 양초」 200개와 하급 체력 회복약 50개인 모양이다. 전자의 레시피는 모르지만, 전임자인 말 수인이 남긴 메모가 있으니 연성에 문제는 없다. 마법약의 재료도 처음 보는 것들이었지만, 양초와 마찬가지로 메모가 있었다.

"갑작스런 의뢰였나요?"

"네. 일주일 전이었어요."

부엌 옆에 있는 좁은 작업대에는 작업한 흔적이 전혀 없었다.

"처음 거래하는 곳이라, 세이코 씨한테 납기를 맞출 수 있도록 최우선으로 작업을 해달라고 했었는데요……"

어쩐지 싫은 예상이 뇌리를 스쳤지만, 좀 그런 참견이 될 것 같기에 뇌리에서 떨쳐냈다.

"괜찮아요, 1주일도 안 걸립니다. 미아, 아리사. 도와줄래?"

"응, 맡겨둬."

"오케이~!"

"타마도 도와~?"

"포치도 야아~하고 돕는 거예요!"

미아와 아리사에게 지원을 부탁하자, 다른 애들도 자주적으로 돕겠다고 나섰다.

"주인님, 저도 돕게 해주세요."

"물론, 저도 힘낼게요!"

"고마워, 다 함께 힘내자."

루루와 로로 두 사람도, 자매처럼 나란히 서서 소리를 모았다.

"로로, 구해줘."

"로로, 도망 못 쳐."

"로로, 말랑말랑."

"유생체, 몸부림치면 안 된다고 고합니다."

햄스터 꼬마들의 조바심 난 목소리에 돌아보자, 세 명의 햄스터 꼬마들을 끌어안고 기쁨에 잠긴 나나가 보였다.

여전히 나나는 마이페이스네.

"그러면, 작업을 시작하자."

이렇게 우리는 로로를 궁지에서 구하고, 그대로 용사 상점에 하숙하게 됐다.

수해 미궁

　"사토입니다. 대학 시절에 산림 정비 아르바이트에 참가한 적이 있습니다만, 길이 없는 숲을 헤치면서 산을 걷는 것이 그렇게 힘들 거라고 생각 못했습니다. 정비된 산길하고는 전혀 달라요."

"흐흥, 흐흐흥."

아리사가 웃으면서 폴짝폴짝 걸었다.

용사 상점의 납품이 끝난 다다음날, 나는 동료들과 함께 수해 미궁의 공략을 하러 나섰다.

"기분 좋아."

"예스 미아. 아리사는 『은호급』 모험가부터 시작하는 것이 기쁜 것이라고 추측합니다."

대화하는 미아와 나나의 가슴에는, 호랑이 얼굴을 본뜬 은색 모험가증이 매달려 있었다.

모험가증은 들쥐급에서 시작되어 아랑급, 은호급, 금사자급으로 등급이 올라가게 된다. 우리는 미궁도시 세리빌라의 미스릴증을 가지고 있어서, 위에서 두 번째인 은호급에서 시작하게 됐다.

"그것만이 아냐. 모험가 길드에서 등록할 때 약속된 전개의 연속이었잖아! 『여기는 꼬맹이들이 올 곳이 아닌데?』하면서 시비를 거는 엑스트라나, 미스릴중을 꺼내서 접수원 아가씨가 놀라거나, 아카티아에 도착할 때까지 사냥한 대량의 마물 소재를 제출해서 다른 방으로 가게 되고, 길드장이 눈여겨본다던가, 『모험가란 바로 이런 것!』이란 느낌이잖아?"

아리사는 들뜬 표정으로 빙글빙글 춤을 추었다.

그 중에서 절반 정도는 미궁도시 세리빌라에서 했던 것 같기도 하지만, 아리사는 몇 번을 해도 즐거운 이벤트인 모양이군.

"정글은 생각보다도 기복이 심하네."

"그렇네. 아마존 같은 곳은 평지에 펼쳐진 이미지였는데, 여기는 몇 미터 단위로 올라갔다 내려갔다 하니까 걷기 힘들어."

세리빌라의 미궁도 기복이 풍부했지만, 여기는 나무뿌리가 튀어나와 있거나 넝쿨이 늘어져 있거나 잡초가 발치에 숨어 있는 경우도 있다.

"뉴! 오른쪽 셋, 고기. 왼쪽 하나, 풀. 가운데 다섯, 벌레. 벌레. 전투중~?"

선두를 걸으면서 주변 경계를 하던 타마가 모두에게 마물의 접근을 경고했다.

타마가 말하는 「고기」는 포유류나 파충류의 마물, 「벌레」는 말 그대로 벌레 계통 마물, 「풀」은 식물계 마물을 가리키는 것이다. 딱히 게임처럼 다른 종의 마물이 연계를 하는 게 아니라, 제각각의 방향으로 나아가면 경고에 부합하는 종류의 마물과 마주친다는 보고다.

"오른쪽부터군요."

"네, 인 거예요. 고기는 아무리 많아도 난처하지 않은 거예요."

리자와 포치가 고개를 끄덕였다.

"괜찮을까요?"

"둘에게 맡길게."

이 근처는 수해 미궁의 심부에 해당되지만, 요새도시 아카티아 주변은 독기 농도가 옅기 때문에 그다지 강한 마물은 돌아다니지 않는다.

리자와 포치가 10미터 정도 나아가자, 모습이 갑자기 사라졌다.

이것이 수해 미궁의 공간왜곡이다. 둘의 위치는 맵이나 레이더로 파악하고 있고, 이동 경로도 기억하고 있으니까 괜찮다. 그리고 이 공간왜곡은 어떤 의미로 안정되어 있어서 같은 방향으로 나아가면 합류할 수 있다.

여차하면, 리스크를 고려하고서 「유닛 배치」로 동료들을 데려오는 방법도 있으니까.

"풀, 해치워."

"미아의 호위는 맡겨 달라고 고합니다."

—퐁.

미아와 나나뿐 아니라, 미아가 사역하는 바람의 의사정령 실프도 기합이 충분하다.

"그러면, 나는 루루랑 같이 중앙의 전투를 확인할게. 위험할 것 같으면 개입할 건데, 괜찮지?"

"그래. 아리사한테 맡길게."

동료들이 제각각의 방향으로 나아가 사라졌다.

타마와 함께 잠깐 기다리자, 리자와 재는 표정의 포치가 「사냥 감인 거예요!」하면서 멧돼지 같은 마물 시체를 지고 돌아왔다.

조금 늦게 브로콜리 같은 마물 시체를 끌면서 나나와 미아가 돌아왔다.

오늘 점심은 브로콜리를 사용한 스튜와 멧돼지 고기의 스페어 립이 좋으려나?

마물 시체를 사냥감 운반용 「마법의 가방」에 수납하고, 아리사와 루루가 사라진 전방으로 다 함께 이동했다.

왜곡 공간을 빠져나가자 광장 같은 장소로 나왔다.

"닷츠가 당했다! 이대로는 무너진다! 보즈호스랑 돗소를 이쪽으로 보내줘!"

"이쪽도 빠듯해! 조금만 더 버텨봐라! 그러면 박구랑 돗소를 보낼 수 있어!"

남자들의 노성이 들렸다.

왜곡 공간 너머로는 목소리가 도달하질 않는단 말이지.

아리사와 루루가 있기에 그쪽으로 갔다.

분지처럼 움푹 들어간 광장에서 경트럭 사이즈의 거대 개미 다섯 마리와 30명쯤 되는 모험가가 싸우고 있었다.

"꽤 움직임이 좋군요."

"아크로바틱~?"

"윙윙솩솩인 거예요."

아인 소녀들이 수인 전사들과 거대 개미의 사투를 관전하고 있었다. 거대 개미는 움직임이 둔하긴 하지만 단단하고 거친 모양이다.

모험가들 중에서 다섯 명 정도가 떨어진 장소에서 치료를 받고 있고, 두 명의 마법사가 바람 마법과 얼음 마법으로 전사들을 지원하고 있었다. 보아 하니 후위나 포터를 제외한 모두가 부상을 입은 모양이다.

"고전하고 있나 보네."

"개미가 산의 브레스를 샤워처럼 뿜어."

"지원을 한다고 했는데요. 거절해 버렸어요."

아리사가 고전하는 이유를, 루루가 지원하지 않는 이유를 가르쳐 주었다.

"데인저~ 데인저~?"

"또 한 그릇 온 거예요!"

분지의 맞은편에 위치한 정글에서, 홀연히 지네 마물이 세 마리 정도 나타났다.

이 미궁은 왜곡 공간 너머에서 나타나는 갑작스런 인카운트가 있으니까 방심할 수 없다.

"우웅."

"징그러운 게 왔네."

"벌레는 맛이 없으니까, 포치는 별로 안 좋아하는 거예요."

"지네의 갑각은 쓸모가 많아."

귀를 축 내린 포치의 머리를 쓰다듬었다.

"예스~. 개구리 고기의 갑각 구이는 맛나~?"

"네, 그렇군요. 세류 시의 미궁이 떠오릅니다."

그러고 보니 프라이팬에 구멍이 뚫려서, 내열성이 높은 지네 갑각을 철판 대신 사용해 개구리 고기를 구워서 먹었지.

"마스터, 모험가의 일부가 도주하여 전선이 붕괴했다고 고합니다."

"그래. 이거 좋지 않네."

두 명, 세 명이 도망친 것을 계기로 단숨에 전선의 균형이 무너져 난리가 나고 있었다.

"루루랑 아리사는 저쪽의 지네를 쓰러뜨려줘. 미아, 실프를 분열시켜서 개미를 견제. 공격은 안 해도 돼."

내 지령에 고개를 끄덕인 세 명이 행동을 개시했다.

"우리는 은호급 모험가 『펜드래건』이다! 이제부터 지원을 시작한다! 이의가 있으면 나중에 들어주지!"

평범하게 「도움 필요해?」라고 물어보면 오기를 부리며 거절할 법한 낌새를 느껴서, 조금 억지로 선언했다.

"리자는 포치, 타마, 나나랑 함께 개미를 한 마리씩 토벌해줘."

전위진이 달려가는 걸 확인하고, 나머지 한 마리 개미에게 「유도 화살」을 세 개 정도 때려 박아 쓰러뜨렸다.

"미아, 같이 와줘. 중상자 치료를 하자."

"응, 맡겨둬."

미아를 안아 들고서, 분지로 뛰어내렸다.

우리가 중상자들 곁으로 도착했을 무렵에는 동료들이 마물을 완전히 침묵시켰고, 도망쳐 다니던 모험가들도 뭐가 뭔지 모르겠다는 표정으로 멍하니 서 있었다.

"중상자 치료를 도울게."

"아아, 그럼 고맙지—."

"괜한 짓 하지 마!"

인사를 하려는 고릴라 수인 거한을 가로막으며, 사자 수인의 중년 남자가 끼어들었다.

"애당초 도움은 필요 없다고 말한 걸 잊었냐! 『털도 없는』 자식들이 제멋대로 굴다니! 나는 지원의 대가 따위 안 낸다! 오히려 민폐료를 받고 싶을 정도야!"

사자 수인이 매도를 쏟아냈다.

뭐 긴급 사태라고 하지만 억지로 끼어들었고, 이의가 있으면 나중에 들어준다고도 했지만, 이 정도까지 노골적으로 적의를 드러내니 조금 머쓱해지네.

"잘 들어라, 『털 없는』 자식! 지금 당장 여기에서 꺼—."

"이 멍청한 놈!"

더욱 매도를 계속하려는 사자 수인의 머리에, 고릴라 수인이 커다란 주먹을 때려 박았다.

빡, 커다란 소리가 나면서 사자 수인의 머리가 땅바닥에 파고들었다.

수인은 튼튼해서 그런지, 보통은 실신해도 이상하지 않은 일격을 맞았는데도 침묵하지 않았다.

"뭐 하는 짓이야! 이 고릴라 자식!"

"시끄럽다! 이 끝도 없는 멍청한 놈아! 네놈은 리더 실격이야! 상대의 실력도 모르고 대들지 마!"

일어선 사자 수인과 고릴라 수인이 맨손으로 드잡이질을 시작해 버렸다.

둘 다 힘 조절도 안하고 주먹질을 해대고 있으니, 피도 마구 튄다. 상당히 바이올런스하군.

주먹질은 고릴라 수인이 더 유리한지, 얼굴이 크게 부운 사자 수인이 녹아웃 되어 대자로 쓰러져 끝났다.

"미안해, 형씨. 이 녀석은 털 없— 인간족을 병적으로 싫어하거든. 방금 전의 무례한 말은 내가 대신 혼내줬으니 용서해줘."

아니, 뭐 그렇게까지 해주길 바라진 않았어요.

"위험해. 닷츠가 숨을 안 쉬어!"

"안 돼. 내 마법으론 효과가 없어! 마법약! 누구 중급 마법약 가진 거 없어?!"

드잡이질 너머에서 치료를 하고 있던 쥐 수인의 여자 물 마법사가 외쳤다.

"치료한다?"

"할 수 있나? 그러면, 부탁한다! 대가는—."

"나중에. —미아, 부탁해."

"응, 『치유: 물』." _{아쿠아 힐}

가격 교섭을 시작하려는 고릴라 수인을 가로막고 미아에게 지시하자, 미아가 영창을 완료하고 발동을 보류하고 있던 물 마법을 닷츠라는 친구에게 사용했다.

"됐다! 닷츠가 숨이 돌아왔어! 닷츠, 나 알아 보겠냐? 너 죽다 살아났어."

"굉장해……. 내 마법하고는 차원이 달라……."

"완벽."

돌아보며 재는 표정으로 V사인을 보이는 미아에게, 웃으면서 엄지를 척 세워서 응답했다.

"새삼 감사를 표하지. 나는 은호급 모험가 고호야."

"처음 뵙겠습니다. 저는 은호급 모험가 파티 『펜드래건』의 사토입니다."

고릴라 수인과 인사와 악수를 나누었다. 그리고 곧바로, 고릴라 수인은 난처한 표정으로 말을 꺼냈다.

"그러면 구원과 치료의 대가 말인데…… 가능하면 열다섯 개 정도로 납득해주면 좋겠는데……."

"열다섯 개?"

"적은 건 알고 있지만, 우리는 아랑급이 주체고, 들쥐급의 포터도 많아. 그 이상이 되면, 1개월 정도 시간이 걸리지―"

아무래도 그는 구원의 사례금을 교섭하고 싶은 모양이다.

로로가 가르쳐 줬는데, 요새도시 아카티아 안에서 상거래는 동화만 쓰고 있었다. 고액 결제에는 보석이나 구멍이 뚫린 동화의 가운데를 끈으로 꿴 돈뭉치로 거래를 한다고 했다.

그가 말하는 「열다섯 개」란 것은, 「동화 뭉치 열다섯 개」라는 것이다.

"아뇨. 금액에 불만이 있는 게 아니에요. 대가를 요구할 생각이 없었으니, 무슨 말을 하는 건지 잠깐 이해를 못한 것뿐이죠."

"하지만, 사례를 아무것도 안 할 수는―"

"그러면, 아카티아에서 만났을 때 뭔가 맛있는 거 사주세요."

"알았어. 수해 멧돼지의 통구이든, 칠면뱀의 몸통썰이든, 뭐든지 사줄게."

고릴라 수인이 받아들이자, 타마와 포치가 「고기!」하면서 춤을 추었다.

"고호! 미아 님의 마법 굉장해!"

물 마법사가 고릴라 수인의 팔을 끌어당기며 미아가 얼마나 굉장한지 말하기 시작했다.

미아는 중상자를 치료한 다음에, 범위 회복 마법으로 부상자들을 한꺼번에 치유한 모양이다.

"역시 엘프님이야. 고향에 있던 요정족 마법사들이 다들 신봉하는 것도 이해가 된다니까."

"엘프?"

"님을 붙여! 님을! 우리 고향에서는 언제나 잘난체하는 영주님이나 사제님도 고개를 숙일 정도라고!"

"알았어, 알았어."

물 마법사의 태도에 고릴라 수인이 당황했다.

그러고 보니 거인의 마을에서도, 엘프는 특별취급을 했었지.

"그건 그렇고, 브라이난 숲의 엘프님이 아카티아에 오다니 처음 아닌가?"

"아니야."

"그런가? 내가 만나본 적이 없는 것뿐—."

"아냐. 보르에난."

"미아는 브라이난 씨족이 아니라, 보르에난 씨족의 엘프입니다."

잘 이해 못하겠다는 표정을 짓는 고릴라 수인에게 미아가 하고 싶은 말을 해설해줬다.

"고호! 위험해. 짐이 짓밟혀서 『길잡이 양초』 예비가 죄다 뭉개졌어. 남은 걸 찾아봤는데 두 개밖에 없어."

너구리 수인 청년이 조바심 내는 표정으로 고릴라 수인에게 보고했다.

"두 개라…… 우린 수가 많으니까, 아카티아까지 돌아가려고 해도 아슬아슬하군……."

그러고 보니 용사 상점에서 납품하고 남은 게 스토리지에 열 개 넘도록 있었지.

로로 말로는 수해 미궁에서 길을 잃지 않기 위한 모험가 필수 아이템이라고 했는데, 내 경우는 맵이나 레이더로 현재 위치나 왜곡 공간을 통한 경로를 알 수 있으니 딱히 쓰지 않았다.

"괜찮으시다면 이걸 쓰세요."

"괜찮겠어? 우리는 좋지만, 당신들은 이제부터 미궁 안쪽으로 가는 거 아닌가?"

"괜찮아요. 몇 개 양보해도 문제없습니다."

감사하는 고릴라 수인에게 「길잡이 양초」를 다섯 개 정도 양보하고, 모험가들과 헤어졌다.

"이곳의 수인들 모두가 인간족을 싫어하는 건 아니구나."

"예스 아리사. 협조야말로 최적의 생존 전략이라고 주장합니다."

"응, 동의."

굳이 따지자면 우리들의 강함에 경의를 품은 느낌이었지만, 그건 말 안 하는 게 낫겠다. 어떤 이유든지, 호의를 품어준 사람이나 중립인 사람을 늘리는 건 좋은 일이니까.

"주인님. 방금 그 사람들이 말했던『길잡이 양초』는, 로로 씨의 가게에서 만든 양초인가요?"

"그래. 흥미가 있으니까 한 번 써볼까?"

용사 상점에서 썼을 때는, 녹색의 불꽃이 나오는 것 말고는 단순한 양초랑 다를 바 없었다.

"흥미~."

"포치도 흥미가 있는 거예요! 호기심은 개를 안 죽이니까 괜찮은 거예요!"

"고양이는 죽어 버려~?"

"아, 아닌 거예요! 고양이도 안 죽이는 거예요! 죽어 버리는 건 꿩이랑 여우인 거예요! 국 건더기가 되어 버린 거예요."

뭔가 옛날이야기랑 속담이 여러 개 뒤죽박죽인 포치의 발언에 웃으면서, 촛대에 세팅한「길잡이 양초」에 불을 붙였다.

"별로 변함이 없는 거예요?"

"안 그래~? 마력의 파도 같은 거 느껴져~."

"응, 찰랑찰랑."

듣고 보니 분명히 느껴진다.

"잠깐 줘봐."

손을 내민 아리사에게 촛대를 건네자, 그녀는 촛대를 왜곡 공간의 경계 쪽으로 가져갔다.

"이거 봐."

—오옷.

녹색의 촛불로 비추자 왜곡 공간의 경계가 명확하게 보인다.

게다가 불을 가까이 대자, 왜곡 공간 너머가 흐릿하게나마 보인다.

"굉장히 굉장한 거예요!

"원더풀~."

"그렇군요. 모험가의 필수 장비라고 할만 합니다."

아인 소녀들이 끄덕끄덕했다.

"척후인 타마가 들고 있는 편이 좋겠네."

"괜찮으이~. 없어도 기적으로 알 수 있어어~."

아리사의 말에 타마가 고개를 옆으로 저었다. 역시 닌자 타마.

"안 됩니다, 방심은 금물이죠. 당신이 간파하지 못할 정도로 은
밀성이 뛰어난 마물이 있으면 어떡할 건가요?"

"뉴~."

리자에게 혼난 타마가 귀를 축 내렸다.

"나중에 휴대용 촛대를 만들어줄 테니까, 그걸 쓰렴."

"네잉."

그리고, 타마와 포치의 모습이 좌우에서 유리통을 지탱하는
촛대는 타마의 새로운 보물이 되었다. 그것을 부러워한 포치나
다른 애들을 위해서, 여러 가지 버전을 만들게 되어 버렸다.

◆

"고기~?"

"소 아저씨인 거예요."

"도끼를 들고 있으니 평범한 소는 아니군요."

아인 소녀들이 바라보는 곳에서, 양손 도끼를 들고 포효를 지르는 소 계통 마물이 있었다. 발치에 피투성이 모험가 세 명이 쓰러져 있다.

"저 모험가는 늦었나 봐."

"사망, 확인."

처음에 구원 활동을 한 뒤로 몇 번 비슷하게 모험가 파티를 구했는데, 이번에는 늦은 모양이다.

"마스터, 전투를 개시합니까라고 묻습니다."

"그래. 추도를 해주자."

"상대는 타우로스, 레벨 25! 도끼술 말고도 순간적으로 근력을 강화하는 스킬을 가지고 있으니까 주의해."

내가 전투 개시를 승인하자, 아리사가 「능력 감정」 스킬로 얻은 정보를 동료들에게 전달했다.

타우로스의 키는 리자보다 조금 큰 정도로 보이지만, 앞으로 숙인 자세라 실제 키는 2미터 반 정도 될 법하다. 체중도 그에 걸맞을 것이다.

"처음 보는 상대입니다. 바로 쓰러뜨리지 말고, 상대의 전투 패턴을 확인합니다."

"아이아이 서~."

"라져, 인 거예요! 포치는 힘 조절의 프로인 거예요!"

전위진이 전투를 개시했다.

나랑 후위진은 돌발사태에 대비하여 대기다.

"저건 미노타우로스일까?"

"사족보행이 아닌 것 같지만 손이 땅에 닿을 정도로 숙이고 있고, 상반신이 인간이 아니니까 다른 거 아닐까?"

"역삼각형?"

"확실히 조금 상반신이 커다랗네요."

그런 식으로 관전하는 사이에 전위진이 타우로스의 행동 패턴을 다 익혔는지, 리자가 타우로스가 가진 도끼를 튕겨서 날려버리고 다른 행동을 유도했다.

"몸통 박치기."

"무기가 사라졌을 때는 사족보행으로 뿔을 쓰네요."

"이쪽이 더 강하지 않아?"

돌진 공격이나 뿔을 사용한 튕겨 올리기 공격 따위를 쓰는데, 움직임에 틈이 크긴 하지만 위력은 있어 보인다.

"─앗, 쓰러뜨려 버렸다."

"포치가 실수했네."

거합으로 목이 떨어진 타우로스가 쿠웅 쓰러졌다.

"레벨 25치고는 강한 마물이었군요."

"맛있어 보여~?"

"소 아저씨니까 분명히 분명히 맛있을 게 틀림없는 거예요! 포치는 알고 있는 거예요!"

"독도 없는 모양이니까, 점심에 시식을 해보자."

소 계통이니까 얇게 썰어서 불고기를 해먹으면 좋을까?

가볍게 해체하여 몇 군데 부위로 나눠두었다.

내장에는 독이 있었지만, 용사 상점에 있던 연금술 메모에 타우로스의 내장이 뭐라는 기술이 있었으니 폐기하진 않는다.

"마스터, 모험가의 시체는 어떻게 할까요라고 묻습니다."

시체를 정돈해준 나나가 물었다.

"모험가증은 가져가 주자."

"예스 마스터. 유품이 될 법한 물건도 회수한다고 고합니다."

"시체는 묻어?"

"그렇네. 구멍은 내가 준비할게."

흙 마법 「함정 파기」로 만든 깊숙한 구멍에 시체를 넣고, 마지막으로 흙을 덮어 묘석을 세웠다.

묘석에 모험가증에 적혀 있던 이름을 새겼다.

"뉴!"

타마가 귀를 쫑긋 세우자마자, 몸집이 작은 6인조 모험가 파티가 나타났다.

"『털 없는』 녀석인가? 못 보던 얼굴이군."

리더로 보이는 쥐 수인이 말하고 우리를 둘러보았다.

"이 근처는 『성』과 떨어져 있지만, **요즘에는 어째선지** 타우로스가 흘러든다. 익숙하지 않으면 좀 더 아카티아 근처의 장소에서 싸워. 실수로라도 세 마리 이상으로 행동하는 타우로스에겐 시비를 걸지 마라. 죽는다."

시비를 걸 거라고 생각했는데, 그는 조언만 하고 물러갔다.

답례 인사를 했지만, 그들은 딱히 반응을 보이지 않았다.

"『성』이라는 건 뭘까?"

"우리가 가려고 하는, 이 앞에 있는 강한 마물이 배회하는 구역 아닐까?"

그밖에 그럴 듯한 장소도 없다.

우리가 가려고 하는 곳은 다른 맵이 되어 있는 공백지대 주변의, 레벨 20대 후반부터 레벨 40대의 마물이 풍부하게 있는 장소다. 동료들의 레벨 올리기에 최적이라고 판단했는데, 토착 모험가들에게도 유명한 장소였나 보군.

정글을 헤치고, 수풀 안에서 뛰쳐나오는 마물을 퇴치하면서 나아갔다.

마물보다도, 해충에 질색하게 된다. 생활 마법 「해충 퇴치」가 없었으면 얼른 철수했을지도 모른다.

"킁킁. 좋은 냄새가 나는 거예요."

"먹을 수 있어~?"

포치가 발견한 나무 열매를 가져왔다.

"빵 야자라는 것 같아."

"구워. 맛있어."

미아가 먹는 법을 가르쳐 주었다.

분명히 보르에난 숲에도 같은 나무 열매가 있는 거겠지.

"어떤 맛인 거예요?"

"빵."

"빵이 나무가 된 거예요?"

"언빌리버보~?"

내가 아는 「빵 열매」하고는 상당히 다른 모양인데, 분명히 비슷한 거겠지.

"미아, 엘프의 마을에도 있는 건가요라고 묻습니다."

"응, 있어."

광대한 보르에난 숲이라면 있을 법 하군.

그런 보기 드문 발견을 하면서, 기습이 꽤 많은 마물들을 퇴치하며 정글다운 험한 길을 나아가자 트인 장소가 나왔다.

호반으로 보이는 장소인데, 파티 몇 개가 마물과 싸우고 있었다.

"바다~?"

"바다가 아닌 거예요. 소금 냄새가 안 나는 거예요!"

"저건 호수구나."

맵을 살펴봤는데, 비와호 수준으로 크지 않나 싶은걸?

"어이 거기! 괜찮으면 몇 마리 맡아줘! 들쥐 신참이 무리를 끌고 와 버렸다!"

코뿔소. 아니군. 트리케라톱스 같은 고륙수 타입의 마물이 많다.

그밖에 거대한 잠자리 마물이나, 호수에서 튀어 나오는 지느러미 종족— 반어인을 추악하게 한 것 같은 데미 사하긴은 고륙수와의 전투에 이끌려 모여든 모양이다.

"미아는 작은 실프들을 보내서 잠자리를 견제해서 하늘로 유인하고, 루루랑 아리사는 잠자리가 하늘로 날아오르면 저격해줘.

리자는 전위진을 데리고 고륙수를 한 마리씩 낚아서 처리하자."

"응, 가."

―퐁.

미아의 작은 실프들이 퐁퐁 바람 소리를 내면서 잠자리에게 쇄도했다.

"주인님, 고기― 고륙수는 몇 마리까지 쓰러뜨리면 될까요?"

"사람도 많으니까, 일단 다섯 마리 정도 줄여두자."

"알겠습니다."

리자와 전위진이 고륙수를 향해서 힘차게 달려갔다.

어쩐지 즐거워 보인다. 고기라는 말도 나왔었고 점심도 가까우니까 모험가들의 서포트는 동료들에게 맡기고 나는 점심 준비라도 시작해야지.

"이봐! 도망쳐! 금갑 악어는 검이나 창이 안 통하는 괴물―."

데이노수쿠스 비슷한 커다란 악어가 호수에서 공격해오기에, 허리에 찬 요정검을 뽑아 사삭 처리했다.

"―인데 말이지⋯⋯."

경고해준 모험가에게 감사의 말을 하고, 거대한 금갑 악어의 시체를 「마법의 가방」에 수납했다.

옷이 지저분해질 것 같으니까, 마술적인 염동력인 「이력의 손」을 써서 수납을 보조했다.

"점심은 스튜랑 타우로스 불고기일까?"

동료들의 즐거워 보이는 환성을 BGM 삼아서 조리를 진행한다. 모험가의 노성이나 비명은 무시한다.

큼직한 냄비에 호수의 물을 담고서, 생활 마법 「정수」로 먹기에 적절한 상태로 만들고, 거대한 브로콜리— 악마 눈꽃야채를 냄비에 들어가는 크기로 잘라서 데쳤다. 야외니까 열원은 모닥불을 쓰고 싶지만, 이 근처는 풀이 우거져 있어서 불이 번지지 않도록 대형 마도 화로를 쓴다.

그 동안에 스튜의 건더기가 될 법한 야채를 다른 냄비로 데치고, 저장해둔 양파나 당근이나 머쉬룸 비슷한 버섯 같은 건더기를 잘랐다. 고기는 베이컨이면 되나?

커다란 중화 냄비에서 숨이 죽을 때까지 야채를 볶고, 베이컨도 여분의 지방을 빼냈다.

다 데친 브로콜리를 소쿠리로 건져서, 「공조」 마법이 만들어낸 시원한 바람으로 식힌다.

빈 커다란 냄비에 볶은 재료와 깨끗한 물을 넣어 불에 올리고, 그 동안 작은 냄비에 화이트 소스를 재빨리 만들어둔다.

가끔 내 쪽으로 다가오는 마물이 있었지만, 싸우는 것도 귀찮기에 가볍게 위압을 주어 쫓아냈다.

"줸님~."

혼전 장소에서 적절하게 마물을 픽업한 타마가 나한테 손을 흔들며 동료들 있는 곳으로 돌아간다. 동료들이 줄여준 덕분에 전장의 혼란도 급속하게 수습되는 모양이다.

화이트 소스를 커다란 냄비에 투입하고서 잠시 졸인 다음에 마도 화로에서 내려둔다. 여기는 기온이 높으니까 너무 뜨겁지 않은 편이 좋겠지.

브로콜리는 화이트 스튜란 인상이 있었지만, 차가운 수프나 따스한 야채 샐러드 쪽이 좋을지도 모르겠다. 뭐 됐어. 곁들여서, 구운 빵 열매— 빵 야자와 불고기를 할 예정이니까.

타우로스의 고기를 부위별로, 조리 스킬이 가르쳐주는 최적의 두께로 슬라이스하여 한 입 사이즈로 잘랐다. 가볍게 구워서 맛을 보고, 반 정도 양념에 재워뒀다.

기왕 하는 김에 잔뜩 준비해두자.

스토리지에 넣어 두면 상하지도 않고, 다른 모험가들에게 대접할 일이 있을지도 모르니까.

"뉴~."

발치의 그림자에서 고개를 내민 타마의 입에, 「다른 애들한텐 비밀이다」하고 못을 박은 다음에 맛보기용 고기를 한 조각 넣어주었다.

"맛나~?"

방긋 웃은 타마가 그림자 속으로 사라지고, 전장에 있는 마물의 그림자에서 다시 출현했다.

현자와 싸우면서 썼을 때는 우연 같았지만, 어느샌가 완전히 그림자 이동을 소화하고 있군. 마력을 나름대로 소비하는 모양이니까, 너무 자주 쓰지는 못할 거다.

빵 야자는 몇 개 파열되거나 타버렸지만, 조리 스킬 덕분에 금방 최적의 방법을 발견할 수 있었다. 빵 같은 냄새와 맛이지만, 굳이 따지자면 구운 토란에 가까운 쫀득쫀득한 식감이었다.

아직 전투가 이어지고 있기에, 석쇠 구이에 적합해 보이는 새우나 버섯이나 야채도 간을 해서 꼬치에 꼽아 두었다. 불고기라기보다 바비큐처럼 되었지만, 맛있어 보이니까 상관없겠지.

테이블이나 식기 준비를 마쳤을 무렵, 호반의 전투가 끝났다.

"주인님! 포치는 알고 있는 거예요! 타마가 혼자서만 맛보기를 한 거예요! 진실은 언제나 하나고 잔혹한 거예요!"

아무래도 닌자 타마조차 포치의 코를 속일 수 없었나 보다.

눈물이 그렁한 눈으로 호소하는 포치의 입에, 타마가 시식한 것과 같은 고기를 한 조각 넣어주었다.

"미안미안— 자, 포치."

"우암, 포치는 안 속—."

불고기가 입에 맞았는지, 포치의 얼굴이 활짝 밝아졌다.

"우물우물. 맛있는 고기에 죄는 없는 거예요. 포치는 죄를 미워하되 고기를 미워하지 않는 거예요."

포치가 필사적으로 엄격한 표정을 만들고자 하지만, 볼이 슬금슬금 풀어진다.

"손 씻고 나서 밥 먹자."

내가 제안하자, 다들 활기차게 대답하고 손 씻는 통을 향해 달려갔다.

"역시, 불고기가 제일 맛있다고 생각하는 거예요."

"새우도 맛냐~."

"이 우설이란 부위는 씹는 맛이 딱 좋아서 근사하군요. 참으로 맛있습니다."

"스튜도 맛있다고 고합니다."

"브로콜리, 맛있어."

"그렇네. 여기서 나는 브로콜리는 **참맛나**. 이 빵 열매도 맛있다!"

"가벼운 고구마 같은 식감이니까 여러 가지 요리에 맞을지도 모르겠어."

오늘 점심도 동료들에게 호평이다.

"루루의 요리도 맛있지만, 역시 주인님의 요리는 격이 다르네~."

"그렇진 않아. 루루의 요리랑 거의 비슷하지 않아?"

오히려 요즘에는 연구를 열심히 하는 만큼, 루루가 더 맛있는 요리를 만드는 것 같다.

"아뇨! 아리사 말이 맞아요!"

뜻밖에도 루루 본인이 그렇게 단언했다.

"요리 솜씨가 늘면 늘수록, 주인님의 요리가 얼마나 섬세하고 얼마나 기적에 가까운 건지 이해하게 돼요!"

"이해합니다, 루루."

리자가 절실한 표정으로 루루의 말에 동의했다.

"리자 씨!"

루루와 리자가 의기투합하여 굳은 악수를 나누었다.

"무, 무슨 일?"

"우웅?"

아리사와 미아가 두 사람의 반응을 이해 못하고 고개를 갸웃거렸다.

"마스터."

묵묵히 식사를 하던 나나가 나에게 경고했다.

"─뒤."

그 말을 듣고 뒤를 돌아보자, 모험가들이 군침을 흘리는 표정으로 이쪽을 보고 있었다.

"괜찮으면, 같이 드실래요?"

어쩐지 포치를 보는 것 같아서 무심코 권해버렸다.

불고기나 바비큐는 잔뜩 분량이 있으니까 괜찮다. 스튜도 충분하겠지. 빵 열매는 부족하지만, 그건 저들이 직접 준비를 하면 될 거야.

"괘, 괜찮나? ─그게 아니고. 우리는 밥을 얻어먹으려는 게 아니라, 구해줘서 고맙다는 인사를 하려고 했는데, 말이지."

"괜찮잖아. 신세를 지자고."

"그럼그럼. 이런 미궁 안에서 제대로 된 밥을 먹을 수 있을 줄은 몰랐다."

"야, 잠깐!"

대표로 보이는 개 수인 모험가는 사양하려고 했지만, 여우나 너구리 수인 모험가가 재빨리 바비큐용 그릴로 다가갔다.

"포치가 나눠주는 거예요! 포치는 배식의 프로인 거예요!"

"타마도 할래~?"

포치와 타마가 집게를 찰칵찰칵 하면서 다가왔다.

나무 그릇에 요리를 듬뿍 담아서 나눠줬다. 다른 애들도 배식을 도와줘서, 모험가들의 줄은 금방 줄어들었다. 오히려 불고기나 바비큐가 좀 늦을 정도였다.

"도울게요."

"내도 돕것다."

"고마워. 이쪽을 도와줘."

포터로 보이는 쥐 수인들이 도와준다고 하기에, 고기랑 야채 굽는 걸 부탁했다.

그들의 조력 덕분에 배고픈 모험가들이 기다리지 않게 되었다.

한 차례 다 나눠주고, 도와준 쥐 수인들에게도 듬뿍 점심을 제공했다.

"너희들도 먹어."

"알것소. 우리도 타우로소 고기를 먹어도 되우?"

"예스~."

"맛있어 보여. 타우로스 고기 처음이야!"

"아주아주 맛있는 거예요!"

쥐 수인들이 포치랑 타마처럼 눈빛을 반짝거리며 먹기 시작했다.

상당히 호평이군.

"우리도 먹자. 조금 식었으니까 다시 데울까?"

"기온도 더울 정도니까, 이대로도 괜찮아."

"응, 동의."

불고기는 갓 구운 게 맛있다— 라고 생각하여 둘러보자, 제각각 그릇에 불고기가 남아 있지 않았다. 돕겠다고 나섰을 때 이미 다 먹은 모양이다.

다음 고기를 구우면서, 희망자에게 나눠주었다.

"미궁 한복판에서 이렇게 맛있는 요리를 먹을 수 있을 줄은 몰랐다."

"모험가답지는 않지만, 이런 것도 좋구만."

"그래. 아가씨들은 복 받았구만."

모험가들이 요리를 칭찬하고, 웃으며 동료들에게 말했다.

―어라?

리자가 어째선지 입을 다물었다.

"왜 그래? 과식했니?"

"―주인님. 아뇨, 그렇지는 않습니다."

어쩐지 좀 주저하는 기색이군.

성실한 리자니까, 뭔가 고민이 있나?

"뭐 해줄 일이 있으면 부담 없이 말을 해."

"아뇨. 충분히 해주고 계십니다. 그저…… 이대로 괜찮을 것인가? 주인님께 너무 의지하는 것이 아닌가? 조금 자문하고 있었습니다."

"―의지?"

리자는 그런 식으로 생각했구나.

"아~ 조금 이해돼."

아리사가 리자에게 동의했다.

"주인님의 풀 서포트를 받으면, 무심코 편리함에 기대 버린단 말이지."

"풀 서포트? 효율적인 사냥을 할 수 있도록 환경을 정비한 것 정도잖아?"

"우~웅. 뭐라고 하면 좋을까? 언제나 쾌적한 환경? ―그것도 아니고."

"싸움에만 집중할 수 있는 환경, 인가요?"

고민하는 아리사에게 리자가 조언했다.

"그래 그거! 본래는 어디서 휴식할 것인가. 그 전장에는 어떤 적이 있는가. 효율적인 사냥 말고도 여러모로 생각을 해야 하잖아? 그런 걸 전부, 주인님한테 떠넘기고 있는 상황에서 수행을 하는 게 『의지』라고 생각하는 거야. 그렇지? 리자 씨."

"……네."

리자가 송구한 기색으로 긍정했다.

그렇군. 아리사랑 리자의 말도 이해는 된다.

괜히 고생할 필요는 없다고 생각하지만, 그런 고생— 경험을 쌓는 것도 그녀들의 성장으로 이어질지도 모른다.

"알았어. 이번 거점 만들기는 지켜보기만 하고 손대지 않을게."

"미안해, 주인님."

"죄송합니다, 주인님."

"신경 쓰지 마. 하지만, 무리일 것 같을 때는 오기를 부리지 말고 말해야 된다?"

"응, 알았어."

"반드시 기대에 응답하도록 노력하겠습니다."

"적당히 해도 돼."

기합을 너무 넣는 리자에게 부드럽게 말했다.

조금 쓸쓸하지만, 모두가 자립할 수 있도록 지원하는 것도 보호자의 의무니까.

"고기~?"

"영차, 영차, 인 거예요!"

타마랑 포치가 1톤쯤 되는 거대한 고기 덩어리를 끌고 왔다.

"주인님, 저쪽 모험가들이 해체한 고기를 나눠줬습니다."

리자가 가리키는 쪽에 마물을 해체하는 모험가 일행이 있었다.

점심을 먹고 난 뒤, 호반에서는 마물의 해체 타임이 시작된 모양이다.

"이것저것 답례야!"

"타우로스 고기만은 못하지만, 그것도 꽤 좋은 가격에 팔린다!"

모험가들이 커다랗게 손을 흔들었다.

점심을 같이 먹은 덕분인지 완전히 친해졌다.

"뉴! 뉴뉴뉴뉴뉴!"

"왜 그러는 거예요?"

타마가 온몸의 털을 곤두세우고, 진정 못하는 기색으로 주위를 둘러보았다.

나는 노타임으로 맵을 열고, 타마가 경계하는 상대를 찾았다.

"산 너머다!"

다람쥐 수인 포터가 경고했다.

정글 너머에 어느샌가 짙은 안개가 끼고, 그 안개 속에 정글의 나무들보다도 커다란 무언가의 실루엣이 떠올랐다. 정글 안에 있는 낮은 산과 비슷한 키다.

"—늑대?"

루루가 중얼거렸다.

안개 속에서, 새하얀 털의 늑대가 보였다.

"저렇게 커다랗다니……."

아리사가 경악하는 소리를 흘렸다.

포치는 백룡의 알을 등 뒤로 숨기고, 꼬리를 다리 사이에 끼웠다.

타마랑 미아는 내 등 뒤에 몸을 숨기고 다리에 매달렸다.

리자와 나나는 우리를 지키듯 한 걸음 앞으로 나섰지만, 격이 다른 존재에 대한 경외로 손발이 가늘게 떨리고 있었다.

"시, 신수님이다!"

"나, 나, 처음 봤어."

모험가들이 다리에 힘이 풀려서, 떨리는 목소리로 말했다.

그렇다. 저 늑대는 판타지 작품에서도 용에 필적하는 존재로 묘사되는 일이 많은 종족—.

—신수 펜릴.

"저게 본성이군. 굉장한데."

무심코 중얼거리는 소리가 나왔다.

뜻밖에도 레벨은 그렇게 높지 않다. 성룡들과 비슷하군.

—아니, 이중표기네.

레벨 61이라고 되어 있는 옆에, 괄호 안에 레벨 91이었다. 은폐를 한 건가 생각했는데, 굳이 따지자면 본래의 힘이 제한된 상태 같았다.

생각하는 사이에, 펜릴이 산들 너머로 유유히 사라졌다.

"—서둘러라! 콩고물을 노리자!"

"얼음이 녹기 전에 사냥할 수 있는 만큼 사냥한다!"

절반 정도의 모험가들이 퍼뜩 깨달은 표정을 짓더니 펜릴이 나타난 방향으로 달려갔다.

"저 녀석들은 펜릴이 얼려 버린 마물을 찾는 모양이야. 일정 시간 지나면 녹아서 움직이기 시작하니까, 흉내 낼 거면 욕심 부리지 않도록 주의해."

고기를 나눠준 모험가가 가르쳐 주었다.

"우리는 사냥터를 이동하도록 하지. 신수님이 나온 다음에는 겁먹은 마물이 도망쳐 버리거든."

뭐, 저 정도로 존재감이 강하면 마물도 겁을 먹겠지.

"당신들은 어쩔 거야? 같이 갈래?"

"아뇨, 저희는『성』에 갈 예정입니다."

"그렇군. 역시 대단해.『성』에 갈 정도면 실력에 자신이 있겠지만, 실수로라도 신수님한테 시비를 걸지 마라?"

"네, 인 거예요. 포치는 마농은 안 부리는 거예요."

"역시, 신수님은 상당히 강한가요?"

"강하다 말다 정도가 아니지. 내가 젊었을 때 산보다 커다란 수해의 괴물 같은 나무 괴물이랑 싸우는 걸 봤는데, 인간이 끼어들 여지가 없었어. 산이 몇 개나 무너졌다니까?"

그 싸움은 조금 보고 싶다.

그가 젊었을 때라면 10년쯤 전일까? 아니, 조금 더 짧으려나?

"그 나무 괴물도 자주 나타나나요?"

"아니, 그 때 한 번뿐이었으니까 신수님이 쓰러뜨린 거 아닐까? 그러고 보니 신수님도 그 다음에 몇 년은 못 봤지. 아슬아슬한 싸움이었을지도 모르겠어."

어쩌면, 요새도시를 지키기 위해 미궁의 주인과 싸우고 있었을지도 모르겠다.

"신수님은 숲의 수호자 같은 느낌이야?"

"그렇지. 그런 느낌이야. 신수님은 이쪽에서 손을 대지 않으면 아무것도 안 하지만, 진행방향에 멍하니 서 있으면 눈치 못 채고 밟히는 수가 있으니까 주의해."

여러 가지 이야기를 해준 모험가는 동료들의 재촉을 받아서 물러갔다.

◆

"이제 보인다! 저거 아냐?"

정글 안에 있는 높은 장소에서, 저 멀리 건너편에 첨탑 같은 것이 보였다.

"소 잔뜩~?"

척후를 갔던 타마가 돌아왔다.

"잔뜩? 보고는 정확하게 하세요."

"소 여섯 마리~. 방패 둘, 도끼 셋, 지팡이 하나. 도끼 한 마리는 중장비라 강해 보여~?"

맵 정보에 따르면 타마가 발견한 건 중장비의 타우로스 리더가 이끄는 작은 집단이다. 타우로스 실더나 타우로스 파이터, 타우로스 샤먼 따위의 상위종으로 구성되어 있다.

"모험가가 경고해준 집단이군요. 아리사, 의견 있나요?"

"평소랑 똑같이 하면 되지 않을까? 나나가 상대의 돌격을 억누르고, 타마랑 포치가 방패 든 녀석을 교란. 리자 씨가 파고들고, 루루가 지팡이를 저격. 나랑 미아는 모두를 지원하는 느낌으로."

리자가 아리사에게 확인하고, 동료들도 이견이 없어서 수긍했다.

"─갑니다."

리자가 선두에 서서 왜곡 공간에 뛰어들었다.

나도 나나랑 같이 그 뒤를 따랐다.

─BZUUMZOOOO!

우리를 본 타우로스들이 함성을 질렀다.

"올~레라고 선언합니다. 소라면 소답게 돌진하라고 고합니다."

나나가 도발 스킬을 담아서 외치자, 타우로스들이 앞다투어 나나를 향해 돌진했다.

─BZUMOOBZUMOO!

그런데 리더가 외치자, 타우로스들이 돌진을 멈추고 방패를 선두로 대열을 짜고서 전진했다.

"건방지게도 지휘 스킬을 가졌나 봐. 미아는 작은 실프로 리더를 견제해줘."

"응, 알았어. 가."

—퐁.

작은 실프가 모 로봇 애니메이션의 무인 공격 유닛처럼 하늘을 날았다.

"—하앗!"

열화 같은 기합을 넣으며 리자의 창이 실더의 측면을 찔렀다.

—BZUMZOO.

예상 밖의 기민한 움직임으로 실더가 측면을 향해 방패를 돌렸지만, 리자의 창은 그보다도 훨씬 빠르게 실더의 목을 관통했다. 실더는 튼튼해 보이는 갑옷을 장비해서 목을 지키고 있었지만, 용아 코팅된 마창 도우마 앞에서는 종잇장과 다름없었나 보다.

"아킬레스 헌터~?"

"거합발또인 거예요!"

낮은 자세에서 쫄랑쫄랑 타우로스의 발치를 달리면서, 실더의 등 뒤에 숨어 파이터의 다리를 검으로 베어낸다.

타마는 출혈 정도였지만, 포치는 기세가 남아서 파이터의 가는 발목을 잘라내 버렸다.

기본 전투력은 포치가 더 높은가 보군. 사무라이 대장에게 오의 전수를 받아서 그럴까?

"노려서, 쏩니다."

사선이 트인 순간, 루루의 휘염총이 샤먼의 머리를 날려 버렸다.

—BZUMZOO!

무사한 실더가 나나의 대형 방패를 향해서 방패 공격을 했다.

"실드 배쉬 받아치기라고 고합니다."

나나는 대형 방패로 실더의 방패 공격을 받아 흘리고, 그대로 대형 방패 위에 올리는 것처럼 뒤쪽으로 날려 버렸다.

"—격리벽!"

후위진 쪽으로 날아온 실더를 아리사의 공간 마법이 받아냈다.

"루루!"

"쏩니다!"

재충전이 끝난 휘염총의 탄환이 무방비한 실더의 등을 관통했다.

갑작스런 오더에도 약점인 연수를 정확하게 쏘다니 대단한걸.

"나선창격!"

—BZUMZOOBBBBBZ.

리자의 필살기가 작렬하고, 타우로스 리더가 쓰러지는 게 보였다.

남은 파이터도, 다른 전위진이 한 명당 하나씩 쓰러뜨렸다.

"단독보다는 벅찼습니다만, 딱히 문제없군요."

"한 마리 한 마리의 강함도 조금 위~?"

"그런 거예요? 포치는 별로 차이를 몰랐던 거예요."

"타마가 정답이네. 리더가 동료의 능력을 상승시키는 권속 강화라는 스킬을 가지고 있었어."

아리사가 능력 감정 스킬로 얻은 정보를 동료에게 전했다.

"어느 정도 강화인지는 모르겠습니다만, 사냥의 대상으로 문제는 없군요."

리자가 그 말로 마무리 지었다.

시체 회수를 시작하려던 타마가 귀를 쫑긋 세웠다.

"뉴! 적 와."

─BZUMZOOOO!!!

함성과 함께, 방금 전 타우로스들의 두 배는 될 법한 거구가 뛰쳐나왔다. 거대한 양손 도끼를 들었는데 마법 도끼의 일종이다.

"이 녀석은 강적이야! 레벨 41의 타우로스 챔피언! 근접 전투 중심이지만 필살기 스킬을 몇 개 가지고 있으니까 방심하지마!"

"『구역의 주인』의 권속급이군요."

"하나라면 문제없다고 고합니다."

아리사가 경고하고, 동료들이 전투준비를 진행했다.

"작은 실프, 견제."

─퐁.

미아의 명령을 받은 작은 실프들이 챔피언의 얼굴에 달라붙었다.

─BZUMZOOOO!

함성이 작은 실프를 날려 버리고, 이어서 뿜어낸 선회 계통 필살기가 실프를 정령광으로 환원시켰다.

"우웅."

미아가 다음 주문을 영창했다.

정령 마법이 아니라, 행동 저해 계통의 물 마법이다.

"네 상대는 나라고 고합니다!"

나나가 도발 스킬을 띤 소리로 외치자, 챔피언의 시선이 나나에게 고정됐다.

"아킬레스 헌터~?"

"포치는 반대쪽인 거예요!"

─BZUMZOOOO!

챔피언의 꼬리가 포치를 날려버리고, 챔피언의 발차기에 방해를 받은 타마가 공격을 단념했다.

"제법이군요."

—BZUMZOOOO!

리자의 창과 챔피언의 도끼가 격돌했다.

붉은 빛을 뿜으면서, 창과 도끼가 한순간 맞섰다.

—BZUMZOO.

자신이 불리한 것을 깨달은 챔피언이 곧장 도끼를 빼고, 리자와 나나에게서 거리를 벌렸다.

"노려서, 쏩니다."

—BZUMZOO.

루루가 휘염총으로 쏜 탄환을, 챔피언이 도끼로 요격했다.

탄환은 비껴나갔지만 챔피언의 오른쪽 어깨를 파헤쳤고, 틈이 생겼다.

"발을 걸게!"

아리사의 격리벽이 챔피언의 발을 걸어서 밸런스를 무너뜨렸다.

"닌닌~?"

타우로스의 그림자에서 뻗은 칠흑의 채찍이 챔피언을 땅바닥에 쓰러뜨렸다.

"……■ 엉킴 물줄기."
^{엔탱글 아쿠아}

미아의 저해 마법이 챔피언을 불리한 자세로 얽어서 붙잡았다.

"마인쇄벽이라고 고합니다!"
^{블래스트 아머}

나나의 일격이 챔피언의 방어 장벽을 쳐부수었다.

뱅퀴시 슬라이서
"마인선풍인 거예요!"

거합을 응용한 포치의 일격이 챔피언의 허리를 절반쯤 양단했다.

"마무리입니다. —나선창격."

—BZUMZPPBBBBBZ.

리자의 필살기가 챔피언의 입을 꿰뚫고, 나선창격의 여파가 챔
피언의 머리를 안쪽에서 터뜨려 버렸다.

"조금 만만찮기는 했습니다만, 한 마리는 문제없군요."

"그렇네. 다른 타우로스랑 세트로 나왔을 때의 포메이션만 생
각해두자."

아리사와 리자가 작전을 짜는 사이에, 다른 애들과 함께 챔피
언의 시체와 양손 도끼를 회수했다.

양손 도끼는 무슨 뿔이나 뼈를 가공한 것인데, 저주 받은 장비
같았다. 일단 마법 도끼처럼 쓸 수 있고, 공격력이 상당하니까 회
수할 생각이다. 다른 타우로스가 주워서 써도 난처하니까.

◆

그 다음에도 몇 번 단독인 타우로스나 리더가 이끄는 작은 집
단과 조우전을 반복하면서 나아가자, 드디어 「성」의 전모가 보이
는 장소에 도달했다.

"—제법 커다랗네."

"도시랑 달라~?"

"타우로스의 도시란 거야?"

"네잉."

동료들의 대화를 흐뭇하게 지켜보고 있는데, 맵이 새로운 구역으로 전환됐다.

모든 맵 탐사 마법을 쓰자 「성」의 전모가 드러났다.

"지금 보이는 외벽 안쪽에 도시 정도의 넓이가 있나 봐."

외벽은 군데군데 무너져 있지만, 내벽에는 그런 장소가 없다.

외벽의 안쪽에 상당한 넓이의 필드가 있고, 내벽의 바깥쪽에는 폭이 100미터쯤 되는 띠 모양으로 미로 같은 거주 구역이 있다. 그리고 내벽의 안쪽은 본래 뜻으로 성이라고 부를 수 있는 구조물의 집합체가 있는 모양이다.

띠 모양의 거주 구역에는 통상 타입의 타우로스가 서식하고, 리더가 이끄는 작은 집단이 거주 구역을 포함하여 전체를 순찰하고 있었다.

거주 구역의 바깥쪽에 펼쳐진 필드에는 챔피언을 포함하여 잡다한 타우로스가 배회하고 있으며, 랍토르형 고륙수를 탄 타우로스 라이더라는 녀석이 몇 기 단위로 순회를 하는 모양이다. 체면 돼지라는 마물의 집단을 유도하는 타우로스 피그 호더라는 별난 종도 있다.

"모험가는 있어?"

"―있어. 요새 같은 장소를 거점으로 사냥을 하고 있나 봐."

필드 안에 크고 작은 갖가지 「요새」가 있고, 모험가가 점거하고 있는 요새에는 열 명에서 스무 명의 모험가가 있었다. 근처에서 사냥을 하는 모험가를 합치면 거점 하나당 30명에서 50명 정도의 모험가가 있는 것 같다.

모든 거점에 최상급인 금사자급 모험가가 여섯 명 이상 있다. 은호급 모험가는 마법사나 활잡이가 많고, 근접 전투에 참가하는 사람도 금사자급 모험가를 지원하는 역할이 기본인 것 같다.

여기는 그만큼 공략 난이도가 높은 장소인 거겠지.

"헤~ 그러면, 우리도 그런 거점을 찾는 편이 좋을까?"

"그거라면, 마침 좋은 곳이—."

"기다려 주세요, 주인님."

꽤 가까운 곳에 타우로스 챔피언 세 마리가 점거하고 있는 적당한 거점이 있으니까, 그걸 가르쳐주려고 했는데 리자가 막았다.

"이번에는 저희들에게 맡겨 주십시오."

"미안, 리자 씨. 그랬었지. 무심코, 평소처럼 주인님한테 의지해버릴 참이었어."

그러고 보니 다양한 경험을 쌓기 위해 되도록 자기들끼리 하고 싶다고 했었지.

"알았어. 거점 선정은 맡길게."

내가 말하자, 리자가 다시 한 번 사과한 다음에 아리사와 방침을 의논했다.

대략적으로 정리하면 미아의 정령으로 「요새」를 탐색하고, 아리사의 공간 마법이나 타마의 척후로 제압 가능한 장소를 찾고, 그곳에 거점을 구축하는 것인가 보다.

"그러면, 가자!"

아리사의 호령으로 이동을 재개했다.

외벽의 사방에 부서진 문의 흔적이 있지만, 거기까지는 거리가 있어서 가까운 장소에 있는 외벽의 갈라진 틈으로 침입했다.

"넓어~?"

"바깥이랑 달라서 목장 같은 분위기인 거예요."

"수목은 듬성듬성 나 있지만, 허리춤까지 양치류 식물이나 넝쿨 같은 잡초가 나 있군요."

아인 소녀들이 근처의 관목에 올라가 주위를 둘러보았다.

"3시 방향에 구조물이 보입니다. 아마도 저것이 『요새』겠죠."

망원경을 든 리자가 요새를 발견했다.

"누가 싸우고 있는 것 같습니다."

"챔피언~?"

"어쩐지 핀치인 거예요."

"기다려, 괜찮아."

사삭, 전투 준비를 시작한 타마와 포치를 말렸다.

여기서는 잘 안 보이지만, 금사자급 모험가의 방패 전사가 다수 있어서 챔피언의 맹공을 막고 있는 모양이다.

"더 가까이 가서 관찰하자."

"응, 동의."

아리사와 미아에게 재촉을 받아 전장에 다가가자, 다수의 모험가들이 관목의 뿌리 근처에 숨어서 뭔가 준비를 하고 있는 걸 알 수 있었다.

"아마, 함정~?"

"함정, 인 거예요?"

타마와 포치의 시선 끝에서, 초원에 숨어 있던 그물이 솟아올라 챔피언에게 엉켰다.

동시에, 관목의 뿌리 근처에 숨어 있던 마법사들이 챔피언에게 행동저해 마법을 쏘았다.

"우웅?"

"도주를 시작했다고 고합니다."

나나가 말한 것처럼, 모험가들은 뒤도 안 돌아보고 요새를 향해 전력질주를 시작했다.

챔피언이 그물을 찢는 걸 포기하고, 그대로 그물을 끌면서 달려갔다.

"우~웁스~?"

"챔피언 아저씨가 추락 함정에 빠진 거예요."

추락 함정은 챔피언의 무릎 깊이밖에 안 되지만, 발이 빠진 챔피언이 앞으로 넘어졌다.

그 사이에, 모험가들은 모두 무사히 요새로 도망치는데 성공했다. 그와 거의 동시에 몇 겹의 장벽이 요새를 감쌌다.

저 요새에는 거점 방어용 마력로나 장벽 장치가 있나 보군.

—BZUUMZOOOO!

챔피언이 함성을 지르며 공격하지만, 장벽에 막혀서 요새에 접근하지 못하고 있었다.

그래도 챔피언은 집요하게 도끼를 쾅쾅 후려쳤다.

"주인님, 장벽에 금이—"

"괜찮아. 안쪽에 다음 장벽이 준비되어 있는 것 같으니까."

이 요새의 장벽은 마력로의 마핵이 떨어지거나, 몇 겹의 장벽이 한 번에 깨지는 공격을 받지 않는 한 문제없을 것이다.

—BZUMZOO.

"끈질기네."

"모험가들은 반격을 하지 않는 걸까요?"

"저 클래스의 적에게 도전하는 건 리스크라고 생각하는 모양이네."

루루의 질문에 대답했다.

그걸 들은 리자가 창에 마력을 흘리기 시작했다.

"주인님. 저들이 싸우지 않는다면, 저희들이 해치워도 문제없겠죠?"

"괜찮을 거야."

공간 마법 「멀리 듣기」로 확인했는데, 요새 안의 모험가들은 얼른 챔피언이 물러가길 바라는 발언을 하고 있었다. 마력로의 마핵이 소모되는 것에 짜증을 내는 느낌이었다.

"루루, 챔피언을 저격해서 이쪽으로 오도록 해주세요."

"네, 알았어요!"

루루의 휘염총 탄환이 챔피언의 뒤통수에 격돌하여 작은 폭발을 일으켰다.

그 정도로 두꺼운 챔피언의 방어 장벽을 관통할 수는 없었지만, 요새를 향한 적의를 이쪽으로 돌리는 것에 성공했다.

"—나나."

"예스 리자. 챔피언은 챔피언이라도 스키야키 건더기의 챔피언이라고 고합니다!"

"스키야키 맛있어~?"

"포치도 스키야키 아주 좋아하는 거예요!"

나나의 도발을 들은 타마와 포치가 침을 닦으며 눈빛을 반짝거렸다.

—BZYYMZOOOO!!

챔피언은 용맹한 함성을 지르며 공격해 왔지만, 식욕으로 부스트된 동료들이 보여주는 노호의 기세를 이기지 못하고 이전보다도 시간을 들이지 않고 토벌돼버렸다.

이번 챔피언이 가지고 있던 양손도끼는 전과 달리 마법 도끼 타입이 아닌 걸지도 모르겠네.

"누가 와~?"

"요새의 모험가 대표 같다."

그들은 동료들이 전투를 하는 걸 요새의 누각에 매달려 관전하고 있었다.

"금사자급 모험가 티거다. 『신수포식자』의 우두머리를 맡고 있지."

굉장히 마초적인 사자 수인 모험가가 말하며 악수를 청했다.

아리사가 뒤에서 「사자인데 타이거?」 하고 중얼거리며 고개를 갸우뚱거렸지만, 단지 발음이 독일어 비슷한 것뿐이라고 생각한다.

"처음 뵙겠습니다. 은호급 『펜드래건』의 사토입니다."

"—은호급?"

"네, 이제 막 등록을 했어요. 최근까지 시가 왕국에 있는 세리빌라의 미궁에 있었죠."

"세계에서 가장 오래된 대미궁 출신인가? 그러면, 그 챔피언을 가볍게 해치우는 실력자인 것도 이해가 되지."

사자 수인이 감탄하여 말했다.

"그러면 『성』에 오는 건 처음인가?"

"네, 여기가 『성』이라고 불리는 것도 몰랐을 정도니까요."

"―그렇군. 그러면, 충고해주지. 성의 내벽에는 다가가지마. 미로 거리의 타우로스를 사냥할 때도, 결코 내벽에는 다가가지 마라. 거의 없지만, 벼슬이 순찰하고 있을 때가 있다. 그 녀석들은 갑옷 자식들보다 위험하니까."

사자 수인이 말하는 약칭은 잘 이해가 안 됐지만, 이야기의 흐름으로 추측할 수 있다. 갑옷 자식이 타우로스 리더, 벼슬이 내벽 안쪽에 있는 타우로스 캡틴일 것이다.

"갑옷 자식이 부하 타우로스를 강화하잖아? 벼슬도 같은 스킬을 가지고 있는데 갑옷 자식의 스킬이랑 효과가 중첩되거든. 만약 밖에서 놈들과 만나면 가능한 빨리 지휘 개체를 해치워."

집단으로 강해지는 타입의 마물이구나.

"최근에는 내벽 밖에서 안 보이니까 괜찮을 거라고 생각하지만, 조심해서 나쁠 거 없어."

맵 정보에 따르면 성의 가장 깊은 곳에는 타우로스 제너럴과 타우로스 로드 같은 상위종이 존재하며, 리더나 캡틴하고 다른 종류의 부하 강화 스킬을 가지고 있었다.

이 녀석들의 스킬이 더욱 중첩된다면, 좀 방심할 수 없는 집단으로 발전하겠군.

"말할 것도 없지만, 내벽의 문에는 다가가지 마라. 보이는 장소도 안 된다. 활을 든 녀석이나 저격수가 머리를 노리니까."

저격수란 말을 들은 루루의 눈동자가 반짝 빛났다.

어쩌면, 조금 승부욕을 자극한 걸까?

"화살이 문제라면 방패를 들면 되는 거 아냐?"

"정말로 위험한 건 그 녀석들이 아냐. 문지기한테 들키면 곧장 벼슬의 정예집단이 나온다. 그 녀석들에게 고생하는 사이에, 안쪽에서 타우로스 장군이 이끄는 본대가 나와서 숫자로 짓이기기를 시도한다."

"제법 상대할 맛이 날 것 같군요."

"이봐! 비늘 누님. 실력에 자신이 있어도 절대 도전하지 마. 장군이 나오면 그 대규모 집단이 그대로 성 밖으로 나와서 주변의 요새를 함락시키고 다니거든. 그러니까 무모한 녀석이 상대하러 간다고 해도 『멋대로 도전해서 죽어라』라고 말을 못한다니까."

그렇군. 대규모 집단이 상대라면 챔피언 때와 달리 요새에 농성하는 지구전을 했다가는 점점 궁지에 몰리게 되는군.

그 밖에도 방심할 수 없는 적의 이야기나, 체면 돼지는 산 채로 붙잡는 편이 비싸게 팔린다는 돈벌이 이야기도 들려주었다.

"다음에 술이라도 마시면서 세리빌라 이야기를 들려줘."

"기꺼이. 그때는 수해 미궁 이야기도 들려주세요."

"그러면, 또 보지! 대마녀님의 가호가 있기를!"

마지막으로 금사자 수인과 인사치레를 나누고, 우리는 거점을 찾으러 갔다.

◆

"타마가 깃발을 휘두른 거예요! **아처**는 전멸한 거예요!"

타우로스가 점거한 요새의 꼭대기에 숨어들어간 타마가 신호를 보냈다.

요새에 있던 활잡이는 루루가 차례차례 저격했고, 차폐물에 숨어 있던 마지막 한 마리는 타마가 지금 막 처리했다.

"아리사의 게이트 매직~."

아리사가 공간 마법「공간 연결문」으로, 상부 구조물의 지붕에 공간을 이었다.

"갑니다."

"예스 리자."

"라져인 거예요!"

전위진이 아리사가 이어놓은 공간을 빠져나가 요새로 난입했다.

"문."

요새의 문을 열고, 타우로스의 작은 집단이 뛰쳐나왔다.

"노려서, 쏩니다!"

"……■ 엉킴 물줄기."

루루의 휘염총이 차례차례 타우로스의 다리를 저격하여 넘어뜨리고, 미아의 물 마법이 타우로스를 땅바닥에 묶어 놓았다.

"탈리호~?"

"라리호~인 거예요!"

요새의 제압을 마친 타마와 포치가 뛰쳐나와서, 땅바닥에서 버둥거리는 타우로스들에게 마무리를 지었다.

두 사람에 이어서 리자와 나나 두 사람도 정문을 통해 돌아왔다.

"수고했어. 건물 안에서는 좀 달라?"

"그렇지도 않습니다. 좁은 공간에서는 챔피언도 그냥 커다란 표적이었어요."

"안에 있는 건 한 마리뿐이니?"

"네. 타마의 조사로는 두 마리 더 있었으니, 요새 바깥으로 나가 있는 게 아닐까요?"

─정답.

나는 내심 박수를 쳤다.

"그러면, 얼른 안에 들어가자. 미아, 흙 계통 정령 부를 수 있어?"

"응, 게노모스."

"안에 들어간 다음에라도 괜찮으니까, 요새 바깥에 호를 파줄래?"

"맡겨둬."

미아가 톡 작은 가슴을 두드리고, 긴 영창을 시작했다.

아리사는 무영창으로 탐지 계통 공간 마법을 쓴 다음 타마를 보았다.

"접근 감지용 인술 같은 거 있어?"

"알람판~?"

"아아, 그렇구나. 알람판이 있구나. 설치할 수 있어?"

"맡겨두시라~?"

"포치도 같이 돕는 거예요!"

"히어 위 고~."

타마와 포치가 요새를 뛰쳐나갔다.

"대충 해도 돼! 바깥에 나가 있는 타우로스가 돌아오기 전에 돌아와야 된다!"

"아이아이 서~?"

"라져인 거예요!"

아리사가 주의를 마치고, 다른 멤버들에게도 지시를 내렸다.

"루루는 물가를 확인해. 마물이 없는 건 확인했지만 벌레나 작은 동물이 남아 있으니까 주의해."

"응, 알았어."

"리자 씨랑 나나는 타우로스의 시체를 정리해줄래?"

"그거라면 이미 회수를 마쳤습니다."

"오옷, 역시!"

"······■ 땅 정령 창조." <small>크리에이트 게노모스</small>

미아가 암석으로 만든 정령을 만들어냈다.

아니, 다르네. 저건 암석의 드레스를 입은 아가씨다.

"아리사."

"헤~ 처음 보는 애네. 그러면 호를 부탁해."

"응, 해줘."

게노모스가 고고 하는 땅울림으로 대답하고, 땅을 파도 치게 만들면서 요새 밖으로 나갔다.

조금 흥미가 생겨서 미아랑 같이 요새 외벽에 올라가 게노모스의 활약을 구경했다.

"흙 마법의 프로페셔널이구나."

"그래."

풀이 뿌리를 내린 단단한 땅바닥을 점토 세공처럼 파내고, 남은 흙으로 바깥쪽에 낮은 담장을 만들었다.

"저것도 미아가 지시한 거니?"

"응, 이심전심."

미아가 재는 표정으로 엄지를 척 올렸다. 좀 귀엽군.

알람판 설치를 마친 타마와 포치가 돌아오는 것에 맞추어 나도 아래로 내려갔다.

"다녀와오~."

"다녀왔습니다인 거예요."

"수고했어. 리자 씨, 문 내려줘."

도르레를 조작한 리자가 정문의 목제 문과 금속제 격자문을 내렸다.

"내부의 먼지는 공간 마법으로 날려버렸으니까, 요새 안의 가구나 물건을 전부 바깥으로 꺼내줘. 2층이나 안쪽 방에서는 창문으로 던져 버리면 돼. 아래쪽에 누가 없나 주의해."

아리사가 와일드한 말을 꺼냈다.

듣자니 동영상 사이트에서 본 오래된 민가의 리폼 방법을 보고 배운 모양이다.

"태워버릴 수 있는 건 불 마법으로 소각해 버릴 거야. 타고 남은 재랑 안 타는 물건은 게노모스가 파낸 구멍에 묻어 버리자."

평소에는 내가 스토리지에 수납하는 흐름이지만, 여기서도 제대로 자신들이 처리하는 모양이다.

"역시, 고레벨이면 작업이 빠르네. 동영상에서는 1년 걸려 하는 일도 적지 않은데."

게노모스가 바깥의 호를 다 팠을 무렵에는, 요새 안의 고물이 대강 안뜰에 쌓여 있었다.

그 틈에 바깥으로 나갔던 챔피언이 돌아왔지만, 알람판에 조기 발견되어 루루의 저격과 아리사의 상급 불 마법 연타로 다가오지도 못하고 쓰러졌다.

잿더미가 된 챔피언을 보고 아인 소녀들이 「고기이⋯⋯」 하고 중얼거리며 슬퍼한 것이 인상에 남았다. 나머지 한 마리 챔피언이 돌아왔을 때는 분명히 불 마법이 금지되겠군.

"침대나 욕조는 필요 없니?"

"그건 다음에 아카티아에 돌아갔을 때 옮길 거야. 이번에는 요정 가방에 들어 있는 가구로 충분해. 샤워는 없지만, 미아의 물 마법이 있으니까."

"응, 거품 세정."
^{버블 워시}

미아가 최근에 나설 차례가 없었던 마법을 말했다.

"식량이나 조미료는—."

"괜찮다니까. 그런 건 루루의 요정 가방에 잔뜩 들어 있고, 고기는 자급자족할 수 있으니까. 이 정도면 1주일이나 2주일 정도는 여기 틀어박혀서 레벨 올리기 할 수 있어."

동료들의 의지가 굳은 모양이다.

"알았어. 나는 손대지 않겠지만, 부디 무리하지는 말아라."

"응, 맡겨둬!"

아리사가 남자다운 표정으로 턱 가슴을 두드리며 말했다.

일단 위험한 상태가 되면 망설이지 말고 구조 신호를 보낼 걸 약속하고, 나는 혼자 먼저 요새도시 아카티아로 귀환했다.

어쩐지 아이들의 독립을 맞이한 아빠 같은 기분이다. 조금 쓸쓸하지만, 동료들의 성장을 기대하며 참아야지.

용사 상점

"사토입니다. 잡화점에서 아르바이트를 한 적이 있습니다만, 가장 힘들었던 건 무거운 물건의 창고 정리나 계산 업무가 아니라, 클레이머 대응이었습니다. 뭐 한 달에 몇 명 정도지만요."

"말린 고기 열흘 분 줘."

단골손님이 카운터에 동화를 좌르륵 펼치며 주문했다.

동료들과 요새에서 헤어진 나는, 지난 사흘 정도 가옥을 수선하면서 용사 상점의 점원으로 일하고 있었다.

"고기만 먹으면 몸에 안 좋은데요?"

"그래? 그러면 맛없는 보존식도 10끼 분량 사가야지."

"그렇게 맛이 없어요?"

"그래. 시고 쓰고, 먹고 있으면 이상하게 구역질이 나. 불을 피울 수 있으면 수프에 녹여서 소금으로 얼버무리며 먹을 수 있는데, 수해 안에서 그런 짓을 하면 마물한테 둘러싸이니까."

헤에, 그렇구나.

확실히 정글의 동물은 코가 좋을 법한 느낌이네.

"웃샤 상회의 보존식은 그나마 먹을만한데, 그쪽은 여기나 길드의 세 배는 되니까. 조금만 더 맛있거나, 싸면 좋은데~."

91

"그러면, 틈을 봐서 맛있는 보존식을 연구해볼게요."

"그거 좋네. 부탁해, 젊은 주인장. 잔뜩 벌어서 로로랑 애들 호강시켜줘야지."

단골로 보이는 곰 수인 모험가가 그렇게 말하고 물러갔다.

"그렇게 맛이 없나……."

"먹어 보실래요?"

로로가 장난꾸러기 같은 표정으로 제안했다.

"그렇네. 라이벌의 맛을 모르면 개량도 못하니까."

먹고 나서 후회했다.

세류 시에서 먹은 가보 열매 빵이나 파리온 신국에서 먹은 니르보그와 큰 차이 없었다. 아니, 그나마 근소한 차이로 이쪽이 나을지도 모르지만, 이걸 늘 먹는 건 괴롭겠다.

"맛이 없죠? 수해 미궁은 습도가 높아서 평범한 보존식은 금방 곰팡이가 피거나 벌레가 꼬인다고 해요."

"그렇구나―."

농담으로 「모험가라면 벌레 정도는 그대로 같이 먹을 법 하네」라고 로로에게 말해봤더니, 「잘 씹어서 먹지 않으면, 뱃속에서 날뛰어서 굉장히 아프대요」라고 아무렇지도 않게 대답해서 조금 반응하기 어려웠다.

이거 꼭 맛있는 보존식을 개발해야겠군.

물론, 요새도시 아카티아에서 손에 넣을 수 있는 소재만 쓰는 게 제일 좋다.

그런 생각을 하고 있는데, 누군가가 문을 열고 들어왔다.

다음 손님은 어떤 사람―.

"물러나."

들어온 것이 스켈레톤인 것을 알고 로로를 등 뒤로 감쌌다.

"아앙······."

로로가 작게 소리를 냈다.

―아앙······?

손에 부드러운 감촉이 느껴져서 재빨리 떼었다.

보호 대상에게는 우연한 행운이라도 안 좋아.

"괜찮아요, 사토 씨."

로로가 내 팔 아래를 지나 스켈레톤 쪽으로 갔다.

"―배달, 수고하셨어요. 거기 두시면 돼요. 수령 확인용 짝패를 바구니에 넣어둘게요."

가만 보니 스켈레톤은 짐을 지고 있었다.

그러고 보니 이 요새도시에서는 사령술사가 사역하는 스켈레톤이 노동력으로 활용되고 있었지.

로로에게 짝패를 받은 스켈레톤이 경례 같은 동작을 하고 돌아갔다.

"우캬."

"우뉴."

"아와와~."

창고 쪽에서 햄스터 꼬마들의 비명이 들렸다.

"어라? 뜰에서 잡초 제거를 하고 있었을 텐데."

로로랑 둘이서 창고를 보러 가자, 햄스터 꼬마들이 짐의 산더미에 깔려 있었다.

"큰일이야! 어째서 이렇게—."

로로랑 같이 햄스터 꼬마들을 구출했다.

어느 정도 짐을 정리하자, 원인이 보였다.

선반 위에 올려둔 악마 눈꽃야채 바구니가 햄스터 꼬마들이랑 같이 묻혀 있었고, 막내 햄스터가 양손으로 단단히 브로콜리 덩어리를 쥐고 있었다. 추리할 필요도 없군.

"군것질하면 안 된다고 말했지."

"로로, 미안."

"로로, 오해."

"로로, 먹으면 안 돼?"

햄스터 꼬마들이 사과하거나, 얼버무리려 하거나, 스트레이트하게 조른다.

미궁에 다녀온 기념품으로 브로콜리를 선물했더니, 햄스터 꼬마들에게 엄청나게 호평이었던 말이지.

"안녕하세요~ 로로 없어~?"

가게 쪽에서 목소리가 들렸다. 누군가 손님이 온 모양이군.

"네~에! 금방 갈게요!"

로로가 손님을 상대하러 달려갔다.

나는 햄스터 꼬마들과 창고 정리를 하고서 가게로 갔다.

가게에 있는 것은 내가 아는 인물이었다.

—그녀가 어째서, 여기에?

"사토 씨, 소개할게요. 단골인 티아 씨예요. 종종 큰 의뢰를 해 주시는 분이에요."

"자, 잠깐, 로로. 누구야? 어느새 동족 연인을 만들었어?"

"아, 아니에요! 사토 씨는 가게 안쪽에 하숙하고 있어서, 가게 를 도와주고 있어요."

"하숙이라는 건, 역시 동거하는 거 아냐?"

티아 씨가 연애색으로 물든 발언을 한다. 나이 치고는 연애담 을 좋아하는 사람일지도 모르겠군.

"저만 묵는 게 아니라, 제 동료들도 함께 하숙하고 있어요."

"뭐~야. 드디어 로로한테 봄이 왔다고 생각했는데. 처음 뵙겠 습니다. —사토 씨?"

"처음 뵙겠습니다."

나도 그녀에게 무난하게 인사를 했다.

"사토 씨, 티아 씨는 굉장해요! 자그마치 대마녀님의 제자라니 까요!"

"헤에, **대마녀님의 제자**군요. 그건 굉장하네요."

그렇군. 로로는 티아 씨의 **정체**를 모르는 모양이다. 티아 씨도 밝힐 생각이 없는 것 같으니 입 다물고 있어야지.

그건 그렇고, 사극이나 라이트 노벨이었다면 정석이지만 설마 현실에서 이런 패턴을 보게 될 줄은 몰랐다.

"티아 씨. 대마녀님은 어떤 분인가요?"

"괴팍한 노인이에요. 언~제나 제자를 혹사시켜서 난처하다니 까요."

"티아 씨도 참! 언제나 그렇게 밉살맞은 말만 하고. 사토 씨, 대마녀님은 몇 백 년이나 전부터 요새도시 아카티아를 수호해주신 여신님 같은 분이에요. 만난 적은 없지만, 분명히 근사한 숙녀이심이 틀림없어요!"

로로가 역설하는 옆에서, 뭐라 말하기 어려운 낌새로 티아 씨의 표정이 막 바뀌고 있다.

"티아 씨, 얼굴이 빨간데요—."

"빠, 빨개? 그, 그렇지 않, 않을 걸요!"

티아 씨가 노골적으로 동요했다.

보고 있으니 좀 즐겁군.

"정말이네요! 조금 빨개요. 혹시 열이라도 있는 거 아닌가요?"

"그래! 열! 아침부터 열이 조금 있었어~."

로로의 말에 티아 씨가 바짝 매달렸다.

"수해열이 유행하고 있다고 하니까 조심하세요."

"응, 괜찮아. 제대로 휴식을 할 거야."

진심으로 몸 상태를 걱정하는 로로의 태도에, 티아 씨는 조금 켕기는 모양이다.

"그러고 보니, 용건을 아직 못 들었네요. 이미 다 보셨나요?"

"용건?"

내가 도와주자, 티아 씨가 갸우뚱하는 표정을 지었다.

"—그랬었지. 세이코 있어? 요전의 마법약이 무척 좋기에 칭찬해주러 왔어. 살짝 요령만 알려준 임시 스승이라지만, 제자의 성장은 칭찬해서 늘려줘야지."

세이코라면, 내가 로로랑 만나는 계기가 된 말 수인이다.

"그게, 세이코 씨는 그만둬 버렸어요. 커다란 상회에서 데려간 모양이에요."

"그래? 뭐 의뢰는 잘 마치고 관뒀으면, 최소한의 의리는 지킨 거구—."

로로의 표정에서 사실을 깨달은 티아 씨가 말문이 막혔다.

"설마, 의뢰를 하다 말고 도망쳤어?"

"네. 중간이라기보다, 의뢰를 시작하기 전에……."

"그런데도 용케 시간을 맞췄네. 납기가 상당히 빠듯했잖아?"

티아 씨가 배려하는 시선으로 로로를 보았다.

—어라? 로로는 전에 「처음 거래하는 곳」이라고 하지 않았나?

로로는 깨닫지 못한 모양인데, 그 거래처는 티아 씨가 소개를 해준 모양이다.

"그건 사토 씨가 열심히 해줬어요."

"흐음, 당신 굉장하네."

티아 씨의 눈동자가 번득였다.

"세이코가 레시피를 두고 갔어?"

"아뇨, 단편이랑 메모뿐이었어요."

"그걸로도 만들어 버리는 거구나— 이거 줄게."

티아 씨가 아이템 박스에서 꺼낸 소책자를 건넸다.

"레시피집인가요?"

"그래. 연금 길드에 공개된 분량이니까, 여기서 쓰기에는 문제 없어."

"고맙습니다."

"괜찮아. 그 대신 일을 열심히 해줘야 하니까."

티아 씨가 멋진 미소를 지으며 대량 발주서를 내밀었다.

로로가 발주서를 보고 비명을 지르지만 걱정 없다.

기간은 타이트하지만 보수는 그만큼 많고, 재료도 아카티아 안에서 팔고 있다. 못 사는 것도 미궁에서 채취할 수 있을 법한 것들이다.

"어때? 할 수 있겠어?"

"네, 문제없어요."

"자신만만하네. 그러면, 잘 부탁해~."

"기다려요, 티아 씨!"

로로가 다리에 힘이 풀려서 비통한 목소리로 붙잡았지만 티아 씨는 무시하고 물러갔다.

그 다음에 눈물을 글썽거리는 로로를 진정시키는데 시간이 걸렸지만, 티아 씨의 발주는 문제없이 클리어했다. 재료를 사서 모으는데 시간이 좀 걸렸지만, 레시피집에 대량 생산용 힌트가 숨겨져 있기에 생각보다도 여유롭게 연성해냈다.

마지막에는 로로와 햄스터 꼬마들이 새하얗게 불타버렸지만, 도움이 되는 레시피집을 얻은 데다가 당장의 운용 자금을 얻었으니 좋은 의뢰였다고 생각한다.

내일부터 잠시 한가해지니까, 맛있는 보존식의 연구라도 해보도록 할까.

"역시 마물 소재가 많네."

"아카티아는 수해 미궁 한복판에 있으니까요."

납품을 마치고 다음날, 나는 로로랑 같이 아카티아의 시장에 왔다.

용사 상점은 임시휴업이지만, 이 시간대는 본래 손님이 안 오니까 괜찮은가 보다. 햄스터 꼬마들은 집보기를 하고 있다. 공간 마법 「멀리 보기」로 확인했더니, 시원한 나무그늘에서 기분 좋게 낮잠을 자고 있었다.

"개중에는 평범한 야채나 과일도 있지만, 꽤 비싸서 저희들 같은 서민은 도저히 손댈 수가 없어요."

마물 유래의 식료품은 저렴한 것도 있지만, 평범한 야채나 과일은 말린 것이라도 다섯 배 이상이고 신선한 것은 열 배 이상의 가격이 붙어 있었다. 운송 코스트도 비쌀 거고, 하이 리스크 하이 리턴이 되는 것도 당연한 거겠지.

"그럼, 새로운 보존식 재료는 마물 소재를 써야겠네."

"네!"

로로가 멋진 미소로 식재료의 맛이나 가공법 같은 걸 설명해 줬다.

어쩐지 루루랑 같이 다니는 것 같군. 요새를 점거한 동료들의 사냥은 닷새를 넘어서고 있는데, 조금 더 열심히 하고서 한 번 돌아온다고 했다. 아침점심저녁의 정기 연락에서는, 이 짧은 기간에 레벨이 오를 것 같다면서 기뻐하고 있었다.

—응?

문득 시선을 깨닫고 몰래 주위에 시선을 돌렸다.

—저기군. 본 적 있는 얼굴이다.

전에 마족을 토벌한 늑대 수인풍 청년인데, 티아 씨가 펜이라고 불렀었다.

그가 보고 있는 건 내가 아니라 로로다. 혹시 로로의 스토커인가?

내가 보고 있는 걸 깨달았는지, 홱 시선을 돌리더니 인파 속으로 사라져 버렸다.

"왜 그러세요?"

"아니, 마물 유래의 식재료는 독기 중독이 걱정인데—"

로로를 불안하게 하고 싶지 않으니, 적당한 화제로 얼버무렸다.

"시장에 있는 건 괜찮아요. 대마녀님이 만든 정화 창고에 보관한 다음에 나오니까요. 아무리 싸도 암시장에서 사면 안 돼요?"

그 말을 듣고 확인해 보니, 아카티아의 시장에 있는 식재료는 거의 독기를 띠지 않았다.

그렇군. 이러면 독기 중독은 걱정 안 해도 되겠는걸.

"아카티아의 『음식』은 대마녀님이 있어서 안심하고 안전하게 공급된다는 거구나."

"우후후. 식재료만 그런 게 아니라 물도 그래요. 평범하게 우물에서 퍼 올린 물에는 독기가 있어서, 그대로 마시면 배탈이 나거나 병이 나버려요."

라이프라인을 대마녀가 완전히 지배하고 있구나. 마물이 침입하지 않도록 결계도 치고 있는 모양이고, 대마녀가 있기에 미궁 안에서 도시를 유지할 수 있는 모양이다.

"물도 정화 창고 같은 장치가 있어?"

"네, 아카티아에 있는 탑 대부분이 그걸 위해 있는 거예요. 정수탑이라고 해요."

그렇군. 그래서 탑이 잔뜩 있었구나.

"아! 사토 씨, 이거!"

로로가 시장의 노점에서 뭔가 발견하고 달려갔다.

"이건 우엉토란이라는 야채인데, 떫은 맛을 빼는데 수고가 들지만, 씹는 맛이 좋고 싸요."

로로가 검고 가는 야채를 집었다.

"그러면, 그것도 사자."

로로가 권하는 대로 여러 가지 식재료나 조미료를 가격에 상관없이 사들였다. 비싼 것이라도 소량 쓰는 정도라면 전체 코스트를 그렇게 올리지 않을 수 있으니까.

"이 『털 없는』 자식이!"

매도에 돌아보자, 인간족의 노인이 수달 수인 모험가들에게 차이고 있는 참이었다.

"그만 둬! 노인은 배려해줘야지!"

"도움도 안 되는 『털 없는』 녀석은 닥치고 있어!"

노인 앞에 양의 뿔 장식 투구를 쓴 여성 모험가가 끼어들자, 수인 모험가가 고함을 내지른다.

"노나 씨……."

"아는 사이야?"

"네, 우리 단골이에요."

"─크악."

"노나 씨!"

비명과 함께 여성 모험가─ 노나 씨가 날아오는 걸 받아냈다.

레벨 차이가 있었는지, 노나 씨의 체력이 상당히 줄어들었다.

"약한 주제에 나서지 말았어야지."

"너는 모가지다. 『털 없는』 녀석. 두 번 다시 우리들 앞에 나타나지 마라."

수달 수인들이 노인을 짓밟고 깔깔 웃었다. 아무래도, 그들은 같은 파티 멤버였던가 보다.

"노나 씨! 노나 씨, 정신 차려요!"

나는 노나 씨의 입에 마법약을 흘려 넣고, 귀찮은 일에 개입할 걸 결단했다.

"이제, 괜찮아."

걱정하는 로로에게 노나 씨를 맡겼다.

"─거슬린다."

그윽한 목소리가 들렸다 싶더라니, 노인을 밟고 있던 수달 수인이 하늘로 날아갔다.

아까 인파 속으로 사라졌던 늑대 수인풍 청년 펜이 한 짓이었다.

"무, 무슨 짓이야!"

"너는 『털 없는』 놈들 동료냐!"

수달 수인들이 편가르기를 해서 주위를 아군으로 붙이고자 했지만, 명백하게 강해 보이는 펜 앞에서는 의미가 없었다.

"불쾌하다. 사라져."

위압 스킬을 쓰지도 않았는데 위압감 MAX인 펜의 명령을 듣고서, 수달 수인들이 당황하면서 허둥지둥 달아났다.

"—흥."

펜이 이쪽으로 왔다.

"울고 있군. 어디 다쳤나?"

펜이 로로에게 물었다.

"아, 아뇨. 저는 괜찮아요."

"그렇군."

로로가 무사한 걸 확인하고 만족했는지, 펜이 한순간 상냥한 눈으로 로로를 본 다음 물러갔다. 어쩌면, 이 아니군. 노나 씨를 걱정하는 로로의 외침을 듣고 달려온 걸지도 모르겠다.

◆

"사토 씨, 교대할까요?"

"괜찮습니다. 이렇게 보여도 힘이 세거든요."

정신을 잃은 노나 씨를 방치할 수도 없어서, 우리는 장보기를 중단하고 노나 씨를 업고 용사 상점에 돌아왔다.

"로로, 누군가 손님이 있나 봐."

용사 상점 앞에 도마뱀 수인의 부인이 있었다.

"사토 씨는 처음이죠? 대대로 가게에 양초를 납품해주는 양초 상점의 사모님이세요."

짐을 가지고 온 게 아닌 걸 보니 납품이 아니라, 용건이 있거나 매매 대금 회수를 하러 왔나?

"안녕하세요? 아줌마."

"어서 오렴, 로로. 미안하지만, 우리 아들이 어디 있는지 모르니?"

"아들이면, 샤시 말인가요? 지금 시간이라면 사령술사 길드나 현장 아닐까요?"

"그게 사흘이나 돌아오질 않았어. 소꿉친구인 너라면 짚이는 데가 있을 것 같아서……."

로로의 표정을 보니, 그다지 친한 소꿉친구는 아닌가 보다.

맵 검색을 해보니, 그 인물이 환락가 구석에 있는 걸 알 수 있었다. 동료로 보이는 연장자 사령술사 두 사람이랑 대낮부터 마시는 모양이다. 이미 만취 상태다.

"아드님인지는 모르겠지만, 도마뱀 수인 사령술사라면 환락가에서 봤습니다."

지푸라기라도 잡으려는 느낌의 부인에게 아들이 마시고 있는 가게 이름과 장소를 알려주었다.

"장소가 그런 곳이니, 남편이랑 같이 보러 가볼게. 고마워, 로로의 새신랑."

"아, 아줌마?!"

오해를 풀려는 로로를 무시하고, 부인이 발 빠르게 가 버렸다. 철없는 아들인가 보군.

"─정말로 참. 다들, 금방 오해를 해버려요……."

로로가 얼굴이 빨개져서 분개했다.

아니, 입가가 풀어져 있으니 사실 화를 내는 건 아닌 모양이군.

"그런데, 사토 씨."

나를 올려다보는 로로의 미소가 조금 무섭다.

"어느 틈에, 환락가에 다녀온 거죠?"

자기 허리에 손을 대고서 누나 모드가 된 로로가 설교를 시작했다.

들어보니, 아리사랑 미아가 로로에게 바람 감시를 부탁했다고 한다.

내가 먼저 돌아오기로 한 건 미궁도시 탐색 중에 정한 거였는데, 어느 틈에 그런 의뢰를 한 거지.

철벽 페어, 무시무시하군.

노나 씨를 용사 상점의 긴 의자에 눕혀놓고, 나는 부엌을 빌려서 보존식 개발을 시작했다.

보존식 자체는 미궁도시 세리빌라에 있을 때도 만든 적이 있으니, 엘프의 요리사인 네아 씨나 휴식중인 루루에게 공간 마법「원거리 통화」로 조언을 받으며 작업을 진행했다.

"─이 정도면 되나?"

오늘은 오랜만에 생활 마법「건조」를 써서 소재를 가공했다. 미아의 물 마법이나 아리사의 공간 마법과 달리, 방심하면 가다랑어포 만큼 딱딱해질 정도로 건조되어 버리니까 조절이 어려웠다.

"사토, 딱딱해."

"사토, 달콤해."

"사토, 데굴데굴."

딱딱해진 과일 조각을 햄스터 꼬마들이 주워서 입에 넣었다.

"깨끗한 거 줄 테니까 『퉤』 하세요."

햄스터 꼬마들에게 떨어진 조각을 뱉어내게 하고 — 막내 햄스터는 고집이 있어서 꽤 고생했다 — 새로운 조각을 주었다.

완성품의 맛보기를 시작하자, 먹고 싶은 표정으로 바라본다.

"사토, 맛있어?"

"사토, 혼자 먹어?"

"사토, 나도 줘?"

"안전한지 확인한 다음에."

맛은 생각보다 좋다. 다만 너무 건조시켜서 입 안의 수분을 빼앗긴다. 물이 부족할 때는 안 먹는 게 안전하겠군.

"다음은 양산 방식인데……."

시험작은 마법을 썼다. 당분간은 내가 양산하면 되겠지. 로로를 위해서 언젠가는 마법을 쓰지 않는 공정을 확립해서, 우리가 없어도 용사 상점의 라인업에 낼 수 있도록 해야지.

"노나 씨!"

긴 의자 쪽에서 로로의 목소리가 들렸다.

노나 씨가 정신이 든 모양이군. 햄스터 꼬마들이 그쪽을 향해 넘어질 듯 이동하기에 그 뒤를 따라갔다.

"오~ 너희들 안에 있었구나."

노나 씨가 햄스터 꼬마들을 힘차게 쓰다듬었다.

지금 깨달았는데, 노나 씨는 상당히 노출이 많다. 아카티아가 열대 기후라서 그런지, 가슴 보호대랑 숏팬츠에 골제의 부분 갑옷을 장착했다. 벌레 퇴치를 하려고 기름을 발라 피부가 번들거리기도 해서, 거친 아마조네스 같은 느낌이다.

"—누구?"

"용사 상점의 점원인 사토라고 합니다."

움찔하는 표정으로 묻기에, 적절한 자기소개를 했다.

"노나 씨 상처를 고쳐주고, 여기까지 옮겨줬어요."

"어? 진짜로? 나 무거웠을 텐데."

노나 씨가 얼굴이 빨개져서 올려다보는 시선으로 이쪽을 살폈다.

"그렇지 않아요. 이래 보여도 힘이 세거든요."

몇 톤짜리 바위도 거뜬히 들 수 있어요.

"그렇구나. —어쩐지 입안이 달콤한데."

"마법약을 먹어서 그렇겠죠. 달콤한 맛으로 만들었으니까요."

"마법약? 서, 설마 입으로—."

노나 씨가 새빨간 얼굴로 이쪽을 보았다.

"안심하세요. 병에서 직접 입으로 흘려 넣었습니다."

"그, 그렇구나, 그렇겠지."

노나 씨는 안도와 실망이 섞인 복잡한 표정으로 깊게 숨을 내쉬었다. 의외로 소녀 같네.

"그렇지. 마법약 대금 낼게. 리더에게 배를 차였을 때는 죽는

107

줄 알았으니까 꽤 좋은 약 쓰지 않았어?"

"아뇨, 하급 체력 회복약이었어요."

효과는 중급 마법약의 표준에 가깝지만, 틀림없이 하급 마법약
이다.

그냥 좀 최고품질일 뿐이지.

"헤에, 세이코 녀석, 실력이 늘었네."

"아뇨, 그게……. 만든 건 사토 씨예요. 세이코 씨는 그만 뒀어요."

"그랬어? 로로는 좋은 남편을 찾았구나. 나도 이제 슬슬 결혼
을 생각하지 않으면 노처녀가 될 거야. 최악의 경우 누군가에게
씨를 받아서 아이를 만들기만 해도 될 텐데."

AR표시에 나타난 노나 씨의 연령은 스물셋이다. 내 감각으로
는, 아직 조바심 낼 나이가 아니라고 생각한다.

"어이쿠. 이상한 이야기를 해서 미안해. 그 마법약 다섯 개 정도
사갈게. 아까 마신 거랑 포함해서 여섯 개 분량이네. 그리고 『길
잡이 양초』열 개랑 무진장 맛없는 보존식을 30끼 분량 부탁해."

"……저, 저기 노나 씨."

통 크게 주문하는 노나 씨에게, 로로가 아까 수달 수인이 말했
던 파티 추방 이야기를 했다.

"그렇구나. 어차피 빠지려고 생각했던 개똥같은 파티였으니까
후련하네."

노나 씨가 허세를 부리는 것 같지도 않게 말했다.

"주문한 건 살 거야."

"괜찮으세요?"

"그래. 귀인(鬼人) 거리에서 고블린이 대량 발생했다고 하더라. 길드의 긴급 의뢰로 토벌대가 결성될 거야. 그러니까 파티를 빠져도 문제없어."

노나 씨의 말에 로로가 안심한 표정을 지었다.

매상이 확보된 것이 아니라, 노나 씨가 길거리에 나앉지 않게 된 것을 기뻐하는 모양이다.

"나 같은 『털 없는』 녀석도 부를 정도니까, 아랑급의 모험가는 죄다 모으고 있는 거 아닐까? 귀인 거리는 넓고, 고블린은 잘 숨으니까."

나중에 로로에게 들었는데, 귀인 거리라고 불리는 수해 미궁의 사냥터에서 고블린이 대량 발생하는 건 몇 년에 한 번 있는 재해 같은 거라고 한다.

"로로, 양초."

"로로, 보존식."

"로로, 칭찬해줘."

햄스터 꼬마들이 창고에서 주문한 물건을 가져왔다. 머리 위로 들고서 가져오는 모습이 귀엽다. 사진을 찍어서 앨범에 장식하고 싶을 정도군.

참고로, 마법약은 떨어뜨리면 안 되니까 카운터 뒤쪽 바닥 아래 수납고에 보관한다.

"─어라? 보존식이 많은데?"

대금을 지불하고 상품을 받은 노나 씨가, 몰래 끼워둔 물건을 깨달았다.

"그 하얀 끈으로 묶은 건 시험작이에요. 이 벌레 퇴치제도 괜찮으면 써보세요. 나중에 감상 들려주세요."

벌레 퇴치제는 나랑 따로 행동하는 동료들을 위해 개발한 거다. 나랑 같이 있으면 생활 마법「해충 퇴치」가 있으니까.

"혹시, 웃샤 상회의 무지 비싼 보존식 같은 거야?"

"가격은 2할 정도 비싸게 될 것 같아요."

"흐~응. 그러면 맛이 문제네. 기대할게."

노나 씨가 도전적인 웃음을 남기고 가게를 나섰다.

로로에게 가게를 맡기고, 나는 신상품 개발을 하러 돌아갔다. 가끔 카리온 신이 골렘 재주꾼에게 줬던 종이 골렘의 마법을 해석하는데 한눈을 팔거나, 햄스터 꼬마들에게 신작 맛보기를 시켜주거나, 미궁도시 세리빌라의「담쟁이 저택」지하에서 몰래 진행중인 키메라 복원 처리의 경과를 집 요정 레리릴에게 원거리 통화로 확인하면서 지냈다.

저녁 먹은 뒤의 정기 연락에서는―.

『주인님, 이쪽은 순조로워. 오늘은 성 아랫마을에 원정을 가서 타우로스를 마구 사냥했어. 하지만, 이제 그만 주인님 성분이 떨어질 것 같으니까 모레쯤 돌아갈 생각이야.』

『알았어. 그러면, 맛있는 거 준비하고 기다릴게. 먹고 싶은 거 있니?』

『―얘들아. 주인님이 맛있는 거 먹고 싶은 거 없냐, 고.』

아리사가 원거리 통화 내용을 동료들에게 전달하는 소리가 들렸다.

『주인님. 조금 소화하기 어려우니까, 순서대로 그쪽에서 원거리 통화 걸어줄래?』

아무래도, 아리사 쪽에서 수습할 수 없는 사태가 일어난 모양이다.

일단, 작은 애들부터 순서대로 걸어볼까?

『주인님! 포치인 거예요! 포치는 아주아주 열심히 하고 있는 거예요! 오늘도—.』

포치를 처음에 연결한 건 잘못이었을지도 모르겠군. 노호 같은 기세로 포치가 어떤 활약을 했는지 어떤 식사가 맛있었는지 이것저것 이야기를 해준다.

『타우로스 고기는 맨날 배부르게 먹고 있는 거예요! 하지만 주인님 밥은 더 먹을 수 있으니까, 포치는 역시 고기가 좋은 거예요! 햄버그 선생님도 스테이크도 통구이도 스키야키도, 포치는 뭐든지 아주 좋아하는 거예요! 주인님이랑 같이 먹으면 포치는 그걸로 밥 세 그릇 먹는 거예요!』

포치의 기쁜 마음이 전해져서 나도 기뻐진다.

이어서 타마, 나나, 미아, 루루, 리자 순서로 먹고 싶은 음식과 근황을 듣고 통화를 마쳤다.

조금 부족한 재료가 있으니, 장을 보러 갈 필요가 있겠군. 에치고야 상회에도 이제 슬슬 얼굴을 비쳐야 하고, 히카루나 시즈카가 어떤지 봐두는 편이 좋겠다.

나는 로로에게 다음날 점심까지 나갔다 온다고 하고, 심야에

「귀환전이」로 시가 왕국 방면에 이동했다. 시차를 생각하면 그쪽
은 마침 동틀 녘일 거야.

인터미션

"사토입니다. 스케줄을 미리 잘 짰어도, 불가항력인 트러블이나 지연이 거듭돼서 살인적으로 바빠지는 경우가 종종 있습니다. 그래도 우선순위를 매기고 처리를 하다 보면, 대개는 어떻게든 되는 법입니다."

"안녕? 아침이야."

천개가 달린 커다란 침대에 앉아서, 사랑스런 사람에게 상냥하게 말을 걸었다.

깨어 있을 때의 빛이 춤추는 것 같은 미소도 아주 좋지만, 졸음 속에서 무방비한 옆 모습도 좋다.

"……사토."

살짝 뜬 눈동자가 나를 발견하고, 꽃이 피는 것처럼 웃음을 지었다.

주변에 색색의 꽃잎이 흩어질 것처럼 가련하다.

이대로 욕망에 넘어가서 덮쳐버리고 싶은 기분이 들지만, 내 등 뒤에서 간수처럼 서 있는 무녀 루아 씨가 무서우니까 괜히 높은 정신력 수치에 의지하여 신사적인 태도를 유지했다.

"좋은 아침, 아제 씨."

"좋은 아침, 사토."

놀라서 눈을 뜬 아제 씨가, 이불로 얼굴을 감췄다가 조심조심 눈가까지 이불을 내려서 이쪽을 보았다.

"혹시, 나 자는 얼굴 봤어?"

"네, 아주 귀여웠어요."

솔직한 감상을 말하자, 아제 씨의 예쁜 얼굴에 붉은색이 드리웠다.

응. 부끄러워하는 아제 씨는 평소보다 더 귀엽다.

"아제 님. 옷 담당 브라우니들이 도착했습니다. 조금 더 걸릴 거라면 밖에서 기다리게 할까요?"

무녀 루아 씨가 설탕을 토할 것 같은 표정으로 말했다.

"아, 안 기다려도 돼. 들어와."

"알겠습니다. ─들어와도 좋으시답니다."

문에서 어린 소녀 같은 용모를 가진 집 요정 브라우니들이 조심조심 들어왔다.

모두들 하나 같이 나를 보고 놀란 다음, 연애담을 꽃피우는 여중생 같은 표정으로 꺅꺅 들뜨기 시작했다.

"자, 여러분. 일을 해야죠. 일을."

무녀 루아 씨가 짝짝 손뼉을 치자, 브라우니들이 척척 움직여 아제 씨의 머리를 빗어내고, 얇은 요정 비단의 네글리제를─.

아제 씨의 하얀 어깨에 눈길이 빨려 들어갈 것 같았지만, 의지의 힘을 총동원해서 뒤로 돌았다.

엘프들이나 하이 엘프는 나체를 드러내는데 거리낌이 없는 걸 잊고 있었군.

나는 옆방에서 기다린다고 아제 씨와 무녀 루아 씨에게 말을 하고 방을 나섰다.

복도에 피어 있는 꽃들이 상쾌한 향기로 내 번뇌를 씻어내 주었다.

뇌리를 스친 아제 씨의 하얀 어깨는 머리 속 ●REC로 무덤까지 가져갈 생각이다.

"우후후. 아침 식사를 같이 먹는 건 오랜만이네."

기분 좋은 아제 씨랑 같이, 궁정 요리조차 빛 바랠 정도로 맛있는 엘프 요리를 먹었다.

하나하나의 완성도도 그렇지만, 아제 씨랑 같이 먹는다는 게 비중이 클지도 모르겠다.

"지금은 어디에 가 있어? 전에는 내해의 소국을 관광하고 있다고 했었지?"

세련된 아제 씨의 동작은 참으로 예뻐서, 무심코 식사를 하는 것도 잊고 눈길을 빼앗길 것 같았다.

"대륙 남서쪽에 있는 수해 미궁에 있어요."

"혹시, 미아랑 다른 애들 수행이야?"

"네. 지금도 수해 미궁에 묵으면서 열심히 노력하고 있어요."

"그렇게 강하니까, 이제 충분하지 않아?"

아제 씨가 포크를 멈추고 고개를 갸웃거렸다. 이런 표정도 희귀해서 귀엽다.

"파리온 신국이나 피아로오크 왕국에서 강적이랑 싸웠을 때

힘이 부족하다고 느낀 모양이에요."

마왕이나 「따르지 않는 것」이랑 싸웠다는 말은 안 한다.

아제 씨가 걱정을 할 테니까.

"그래? 요전에 본 미아의 레벨이라면, 상급 마족 상대로도 싸울 수 있을 것 같은데……."

"아무리 그래도 아직 상급 마족 상대는 무리죠."

지금도 죽지 않고 싸울 수는 있을 거라 생각하지만, 아무 희생 없이 이기려면 상대에 따라 다르지만 레벨 60 후반은 필요하다. 안전 마진을 듬뿍 둔다면, 레벨 80은 돼야지.

"후우, 맛있었다. 사토. 디저트는 세계수 가지에 앉아서 먹을래?"

"좋아요. 가죠."

급사를 해준 브라우니들에게 인사를 한 다음 아제 씨가 들려는 과일 바구니를 옆에서 가로채고, 비어 있는 그녀의 손을 잡아 에스코트했다.

"세계수의 가지에서 디저트라니, 참으로 사치스럽네요."

"그래? 여기는 마나가 순환하고 있어서 참 기분이 좋아. 봐, 작은 정령들도 즐거워 보이잖아?"

정령시를 발동하자, 금색으로 빛나는 아제 씨 주위를 색색의 솜털 같은 빛이 두둥실 날아다니며 그녀 곁을 떠다녔다.

그것을 바라보면서, 과일을 슐리 마법 「만능 공구」로 만든 나이프로 잘랐다.

"자요, 아제 씨."

만능 공구의 포크로 한 조각을 찔러 내밀자, 아제 씨가 조금 부끄러워한 다음에 녹아내릴 것 같은 웃음을 지으며 과일을 깨물었다. 포크랑 같이 건넬 셈이었는데, 이런 것도 달달해서 좋네.

설탕을 머라이온처럼 토해낼 것 같은 표정을 지은 무녀 루아 씨의 시선을 받으면서, 우리는 최고의 아침을 만끽했다.

이대로 며칠 머무르고 싶은 욕구가 솟아오르지만, 또 가야 할 장소가 많으니까 요새도시 아카티아의 기념품을 건네고 물러났다. 거대한 브로콜리는 아제 씨를 비롯하여 야채를 좋아하는 엘프들에게 대환영을 받았다.

◆

"안녕, 사토 씨!"

보르에난 숲을 나와서 남쪽 바다에 있는 낙원섬을 찾아가자, 어른 모드의 레이가 허그로 맞이해 주었다. 평소에는 소비 마력이 적은 어린 소녀 형태인데 드문 일이군.

"안녕, 마스터 사토."

여동생인 유네이아가 조금 졸려 보인다.

커다란 하품은 좋지만, 잠옷이 흐트러져서 벗겨질 것 같으니까 「이력의 손」으로 몰래 고쳐 주었다.

"안녕? 레이, 유네이아."

나는 인사를 하고서, 선물로 가져온 거대 브로콜리나 요새도시 아카티아에서 산 소품을 선물했다. 레이는 독기 엄금이니까, 선물은 철저하게 정화해 두었다.

"아침 식사 준비하고 있었어. 같이 먹어."

"고마워, 그럼 같이 먹자."

보르에난 숲에서 잔뜩 먹었지만, 이렇게 멋진 미소를 지으며 말하면 거절할 수 없지.

볼륨이 든든한 남국 요리를 두 사람의 미소와 함께 맛보았다.

"사토 씨, 이거 좀 봐줘."

식후의 차를 마실 때 레이가 끈으로 묶은 종이 뭉치를 나에게 내밀었다.

표제의 문자에 눈길이 빨려 들어갔다.

―천호광개의 소형화에 대해서.

그것은 과거에, 내가 불가능하다고 단언한 것이었다.

"레이, 이건?"

무심코 흥분한 소리가 나와 버렸다.

"특수한 보석이 필요하니까, 실현이 가능할지는 모르겠지만……."

레이는 불안한 기색으로 뻗은 손가락을 꼬았다.

그녀가 말하는 보석은 신들에서 유래된 신석인 모양이다. 8종의 돌 중에서, 두 종류는 이미 내 손에 있다. 「따르지 않는 것」의 사건으로 카리온 신과 우리온 신에게 보수로 받은 녀석이다.

본래의 기능을 실현하려면 여덟 개 필요한 모양이지만, 하나나 두 개만 있어도 자동차 한 대 분량의 체적으로 줄여서 만들 수 있겠다. 조금 마력 소비가 크니까 성수석로를 증설하지 않으면 황금 장비에 조합하는 건 어려울까?

"사토 씨한테 도움이 될 것 같아?"

"돼! 되고말고! 굉장히 도움이 돼! 고마워, 레이!"

나는 레이를 끌어안고, 그 자리에서 빙글빙글 춤을 추고 말았다.

이거라면 함재용에서 소형화하지 못하고 있던 「포트리스」 기능의 방어력 상승판인 「캐슬」 기능을, 황금 갑옷에 넣을 수 있겠어. 아니, 거기에 더해서 함재용보다도 몇 배나 성능을 올릴 수 있을지도 모른다.

낙원섬에서 잠시 레이와 책자 내용에 대해 대화를 한 다음, 아쉬워 보이는 레이 자매와 헤어져 시가 왕국으로 갔다.

◆

""""쿠로 님, 어서 오세요!""""

시가 왕국 왕도에 있는 에치고야 상회 본부에 갔더니, 금방 발견되어 상회 간부들이 화사한 인사를 해주었다.

방의 구조를 바꿨는지, 방의 넓이와 간부의 수가 배로 늘어 있었다.

보고를 들어보면 남성도 간부로 등용했다고 하는데, 여기에서 근무하지는 않는 모양이군.

바로 옆의 지배인실에서, 화사한 금발 미녀 에르테리나 지배인과 지배인 비서이며 조용한 미모를 가진 은발 미녀 티파리자 둘이 나타났다.

""쿠로 님, 어서 오세요.""

이 두 사람이 나란히 서면 참 그림이 된다. 물론 단순히 장식이 아니라, 에치고야 상회를 시가 왕국 유수의 대상회로 끌어올린 실력자다.

"근황을 듣지."

쿠로의 쿨한 캐릭터를 의식하면서 말했다.

사실은 얼른 돌아가서 황금 갑옷용 「캐슬」의 개발을 하고 싶지만, 그럴 수도 없다. 사회인이라면 취미는 일한 다음에 해야 하니까.

정말 아쉽지만 뿌리치고서, 지배인들에게 의식을 집중했다.

"간부의 증원을 했습니다. 정확하게는 아직 간부 후보생입니다만, 반 년 정도면 간부로 등용할 예정입니다."

지배인이 말한 다음, 증원된 간부 후보생들을 소개해 주었다.

왕립 학원이나 정규 학교를 나온 인재가 많지만, 실력파 상인이나 사설 학원 출신 학자도 적지 않았다. 그 탓에 간부의 평균 연령이 2할 정도 올라간 느낌이군.

"이익 환원을 위한 사업 확대가 이어지고 있으니, 간부 후보생의 증원은 앞으로도 계속하게 될 것입니다."

"그렇군. 교육은 잘 되고 있나?"

속성 재배를 하면 사원 교육이 잘 안 되는 경우가 있단 말이지.

"그건 순조롭습니다. 타치바나 고문이 보내준 교육 순서에 따라 간부 후보생을 육성하고 있습니다. 귀족과 연결된 자도 있습니다만, 그쪽은 각지의 지점에 파견하거나, 신규 개척 사업에 보내는 등 궁리를 하고 있으니 안심해 주세요."

타치바나 고문— 아리사가 만든 교육 프로그램이 도움이 되는 모양이군.

지배인의 이야기가 일단락되고서, 다음은 티파리자가 앞으로 나섰다.

"루클라 단장이 이끄는 상선단 13척은, 예정대로 타르투미나의 항구에서 파리온 신국을 향해 출항했습니다."

티파리자가 얼음 같은 미모에 자랑스런 표정을 지었다.

파리온 신국의 도브나프 추기경과 사토 사이에서 맺은 교역 계약을 에치고야 상회에 위탁한다는 형태가 되어 있다. 교역에 필요한 「파리온 신의 등불」과 신관은 내가 「귀환전이」로 파리온 신국에서 타르투미나로 데리고 갔다.

"다만, 소문을 들은 귀족이나 상회의 상선 다섯 척 정도가 편승하여 따라갔다고 합니다."

"괜찮은 건가?"

"우리 선단은 『파리온 신의 등불』로 마물에게서 수호를 받고 있으니, 그것의 은혜를 노리는 거겠죠."

"만약 습격을 당해도, 당 선단에 영향은 없습니다. 그들도 리스크를 알고서 행동하는 것일 테니, 신경 쓸 필요는 없을 거라 생각합니다."

지배인과 티파리자가 담담하게 고했다.

언페어한 행동을 하는 자에게 온정 따위 베풀 필요 없다는 거겠지.

다음은 이민 담당 간부 아가씨가 앞으로 나섰다.

"무노 백작령으로 이민 건입니다만, 로틀 집정관이 오유고크 백작과 왕국 정부에 사전 공작을 해주신 덕분에, 이제 막 동방 항로로 취항한 북방 항로의 대형 비공정을 이민에 쓸 수 있게 됐습니다."

"호오, 그거 잘 됐군."

동방 항로는 왕도랑 공도와 가니카 후작령의 영도를 도는 종래의 항로이고, 북방 항로는 세류 백작령과 왕도를 잇는 신규 항로다.

"그 대신, 왕국 정부에 납품할 예정이었던 소형 비공정 2번정이, 무노 백작령이 아니라 세류 백작령으로 우선 대여되게 된 모양입니다."

지배인이 뒷사정을 가르쳐 주었다.

그렇군. 히카루의 이야기만 듣고서는 이유를 잘 몰랐는데, 제나 씨의 귀향이 연기된 이유는 이민 계획 탓이었구나. 조금 미안한 짓을 했을지도 모르겠다.

이어서, 왕도나 주변 도시의 각종 사업 보고를 받았다.

복지 사업 말고도 적자 부문이 몇 개 있었지만, 모두 연구에 대한 투자나 후원이 목적이었으니 문제없다. 다른 건 대폭 흑자고 말이지

국내 사업 이야기가 끝나고, 이번에는 타국 이야기가 나왔다.

"파리온 신국 지점의 메리나에게서 보고와 몇 가지 요청이 있었습니다."

"요청?"

"네. 현지에서 고용을 확대하여, 모래 종족의 민속 공예품을 시가 왕국과의 교역품목에 추가하고 싶다고 합니다."

"허가한다. 처음에는 손익이 안 맞아도 좋다."

메리나가 보낸 보고서를 보았다.

내가 전이로 날라준 물품을 매각하여, 막대한 이익과 내해 소국에 대한 연결고리를 얻었다고 한다. 무척이나 우수해서 듬직하군.

"그리고 내해 소국에서 온 물품을 직접 입하하기 위해서, 근거리용 선박 몇 척이 필요하다고 타진했습니다."

"도브나프 추기경과 경합하게 된다. 시기상조가 아닌가?"

"네. 저도 그렇게 생각합니다."

언젠가 손을 대는 것은 상관없을 거라 생각하지만, 초기 이익은 서로 향유하는 편이 좋다고 생각한다.

"펜드래건 자작이 의뢰한 양과 염소의 조달 및 쿠보크 왕국에 대한 운송 임무는 문제없이 완료했다고 합니다. 담당하고 있던 코스트나는 중앙 소국군을 돌면서, 각국의 수도에 에치고야 상회의 출장소를 설립할 예정입니다."

"한 번, 돌아오게 하지 않는 건가?"

장기 출장이 너무 이어지면 스트레스가 쌓이잖아.

"본인의 희망입니다. 내란이 진정되지 않는 요워크 왕국은 제외하고 있으니 안심해 주세요."

"그렇군."

에치고야 상회의 간부 아가씨들은 워커홀릭인 것 같단 말이지.

"로우나는 비스탈 공작령을 돌아보고 싶다고 희망했습니다만, 그쪽은 내전이 일어난 뒤라 치안이 악화되어 있으니 기각했습니다."

"그래."

반란에 참가한 기사나 병사들 중에는 도적이 된 자도 있을 테니까.

"바깥 쪽에 대한 보고는 이상인가?"

"아뇨, 한 건 더 있습니다. 전에 이야기를 했던 선발 상단을 파견했습니다."

그러고 보니 그 건도 있었지. 동방의 스이루가 왕국이나 마키와 왕국, 북방의 카도 왕국이나 사가 제국에 지점을 세우기 위한 사전 단계로 조사를 할 예정이었다.

"호위는 문제없나?"

"네, 미스릴 탐색자 몇 명을 고용했으니, 용이나 마족이라도 나오지 않는 한 괜찮습니다."

그런 복선은 깔지 말아줘.

사업 관련 이야기가 끝나고, 이번에는 연구 개발 이야기다.

"애송이가 부탁한 박사들은 어쩌고 있나?"

카리스오크 시에서 후원자가 된 변형 박사 조펜테일 씨를 비롯하여 주류에서 벗어난 연구를 하고 있던 박사들의 근황을 확인했다.

"다들, 정력적으로 활동하고 있습니다."

"쟈하드 박사의 공방 근처에, 그들의 공방을 신설하여 연구를 진행하고 있습니다. 아오이 군이 연결고리 역할을 맡아 쟈하드 박사와도 왕성하게 교류하는 모양입니다."

지배인의 보고를 티파리자가 상세하게 가르쳐 주었다.

"쟈하드 박사가 재설계한 공력 기관 탑재 신형 초고속 비공정은, 종래보다 3배의 양력과 비행 속도를 실현했습니다만, 종래의 마력로로는 출력이 부족하여 실용화에 이르지 못했습니다."

"그렇군. 나중에 찾아가 보지."

여전히 마개조를 하고 있는 모양이군.

공장이나 직영점에 가는 김에 잠깐 들러보자.

"따로 뭔가 있나?"

"시가8검의 류오나 님이 여전히 며칠에 한 번은 쿠로 님을 찾아오고 계십니다."

지배인이 조금 난처한 표정으로 말했다.

—시가8검은 한가한 건가?

"최근에는 시가8검이 자주 찾는 가게로 알려져, 무구가 잘 팔리고 있습니다."

무구 매장 담당 간부 아가씨가 멋진 미소로 추가 보고를 했다.

뭐 매상에 공헌을 해준다면 딱히 방치해도 상관없으려나? 중요한 용건이 있는 것도 아닌 것 같고.

직영점 매장에서 붉은 머리의 넬 일행을 칭찬하고, 어느샌가 넓이가 두 배가 된 공장에서 폴리나의 고생담을 들으며 격려하고 공장을 견학한 다음, 경비부 스미나의 부대가 하는 실전 같은 훈련을 시찰하고, 떠들썩한 공방 구역으로 이동했다.

꽤 바쁠 텐데, 어째선지 지배인과 티파리자가 수행했다.

"어째서냐! 어째서 중간에 신형 추진 기관이 멈추느냐!"

"그러니까 요구되는 출력이 너무 크다니까요."

일본인 전이자이고 미소녀풍인 아오이 소년을 중심으로, 박사들이 의논을 하고 있었다.

"아오이 소년. 이건 내가 고안한 쌍발 마력로를 채택해보면 어떻겠나?"

"요전에 동기에 실패해서 폭발 소동이 일어난 참이거든요!"

"마력로를 분해하여 처음부터 다시 조립하면 되지 않겠나?"

"박사는 분해를 해보고 싶은 것뿐이죠?!"

"속도에 맞추어 비공정의 몸체를 변형시키는 건 어떻지?"

"기각합니다! 그 변형에 사용할 마력이 없다고 말했잖아요!"

아무래도, 아오이 소년은 태클 담당과 사회자인가 보다.

회전광 쟈하드 박사나 변형 박사 조펜테일 씨, 그리고 폭발 박사나 분해 박사를 비롯하여 불우 박사들이 활발하게 의견 교환을 하고 있다.

그들 근처에 놓인 신형 비공정은 변형 기구가 추가되거나, 특수 가공된 장갑이 추가되는 등 제멋대로 마개조가 되어 있었다.

"아! 쿠로 님!"

아오이 소년이 나를 발견하고 커다랗게 손을 흔들었다.

"쿠로 공! 예비 기체와 마력로를 몇 개 줄 수 없겠나? 모두 제멋대로 개조를 해대다 보니 수습이 안 된다네."

"좋다. 공력 기관 예비도 있으니 마음대로 써라."

나는 그렇게 약속하고, 그들의 마개조 내용을 순서대로 보았다.

모두 재미있는 개조였지만, 개중에서도 변형 박사 조펜테일 씨와 게으름 박사 카이바 씨가 만드는 시트 자동 탈출 장치가 재미있었다. 자동으로 안전벨트가 장착되어 의자에 고정되고, 의자 주변에 보호용 껍질이 전개된 다음에 사출되는 구조다.

"실용화는 가능한가?"

"아직은 무리로다. 사출되는 것까지밖에 안 되더군."

"테스트기에 실은 인형이 산산조각 나버렸어요."

자동 장착이라는 아이디어는 좋네.

나는 빨리 갈아입기 스킬을 이용해 변신할 수 있지만, 동료들은 긴급시에 장비를 입는데 시간이 걸린다. 일요일 아침 애니메이션이나 특촬처럼, 정해진 말로^{커맨드 워드} 장착할 수 있으면 불만이 없는데.

두 명의 박사에게 설명을 듣고서, 대략적인 원리와 필요한 재료에 대해서는 이해했다.

정보에 대한 답례로, 두 사람에게 예전에 시험 삼아 만든 낙하산을 선물했다.

"와~아, 쿠로 님이다~."

경쾌한 목소리와 함께, 자그마한 여자애가 안겼다.

돌 늑대 아가씨 로우나다. 여행 복장 그대로인걸 보니까, 왕도에 돌아와서 곧장 만나러 온 모양이군.

"로우나! 쿠로 님께, 무, 무례해요!"

"그래요. 떨어지세요, 로우나."

조바심이 난 표정의 지배인과 모닥불까지 얼어붙을 것 같은 시선의 티파리자가 로우나를 떼어냈다.

―어라?

기분 탓인가? 박사의 수가 늘었어.

"로우나, 그는?"

"이 사람은 부유석 연구자. 스카우트했어!"

사가 제국의 연구소에 있었다고 하는데, 연구비가 나오지 않아서 자재 구입도 못하니까 뛰쳐나왔다고 한다.

"―부유석?"

"응, 하늘에 떠오르는 돌이래."

그러고 보니 보르에난 숲에도 있었지. 정령시의 수행을 한 폭포 옆에, 잔뜩 떠 있었던 기억이 있다.

"로우나, 쿠로 님한테 존댓말을 쓰세요."

"네~에. 잊고 있었네― 잊고 있었어요? 괜찮죠? 쿠로 님."

스카우트 건이겠지.

"상관없다. 부유석은 짚이는 곳이 있으니, 조만간 입수해 오지."

거대한 바위가 아무렇게나 잔뜩 떠 있었으니, 조금 정도는 나눠받을 수 있겠지. 또 아제 씨를 만나러 갈 이유도 되니까 딱 좋다.

"정말인가?! 부유석은 사가 제국 북방에 있는 대괴어의 둥지에만 있다는 소문이 도는 희귀 광물인데?"

사가 제국 북방에 대괴어 토부케제라의 둥지가 있었군. 좋은 정보다.

뭐 고래 고기는 아직 여섯 마리 분량이 통째로 남아 있으니까,

129

당분간은 보충할 필요도 없겠지만.

"부유석이 어떤 원리로 떠 있는 건지는 해명되어 있나?"

"안에 있는 미세한 어둠 광석의 입자가 관계되어 있다고 추정되지만, 샘플이 너무 적어서 연구가 진행되질 않고 있어."

부유석은 현물이 없으니, 박사에게는 어둠 광석을 제공했다.

공방 구역의 빈 터에 소형 비공정용 예비 프레임 세 척 분량과 마력로를 크고 작게 몇 종류 꺼내 두었다. 마력로는 전에 남쪽 바다에서 인양한 것이나 해적에게서 빼앗은 것이다.

"이 대형이라면 출력이 충분할지도 모르겠군."

"이렇게 무거운 것을 실을 수는 없잖아요."

"그러나, 새로운 추진 기관에는 고출력의 마력로가 꼭 필요해진다."

그러고 보니 아까 그런 말을 했었지.

"이것을 써보겠나?"

"이것은?"

"창화다."

"프루 제국을 지탱한 『현자의 돌』인가!"

"설마, 진짜를 이 눈으로 보는 날이 올 줄은 몰랐군!"

창화를 손에 든 쟈하드 박사 주위에 다른 박사들이 몰려들었다.

성수석로를 줘도 괜찮겠지만, 박사들이라면 완성품을 주는 것보다도 이러는 편이 새로운 발견이나 발명이 태어날 것 같단 말이지.

박사들이 신이 나서 연구에 몰두하기 시작하기에, 로우나 일행을 데리고 에치고야 상회 본점으로 돌아왔다.

로우나 일행의 귀환 축하를 겸한 점심 식사는 참가자가 급증하여 길에 사람이 넘칠 정도로 성황이 되어 버렸다. 티파리자가 미리 위병소나 근처에 연락을 해두지 않았으면 난처한 일이 일어났을지도 모른다. 유능한 비서는 얻기 어렵다니까.

◆

에치고야의 용건을 마쳤으니 히카루를 만나러 갔다.

낮이라 그런지, 왕립 학원 근처에 있는 하숙집 앞에서 즐겁게 빗자루 청소를 하고 있었다.

"히카루, 별 다른 거 없어?"

쿠로의 모습으로 올 수도 없으니까, 수염만 달고서 대충 변장을 하고 히카루 앞에 나섰다.

"어? 이치로 오빠? 이치로 오빠다! 이치로 오빠아!!"

히카루가 예상 밖의 기세로 안겼다.

당황하면서 히카루를 받아내고, 자신이 터무니 없는 실수를 했다는 걸 깨달았다.

"미안, 히카루. 나는 사토야. **너의 스즈키 이치로**가 아냐. 이건 그냥 변장이야."

나는 수염을 떼고, 히카루가 재회를 바라는 히카루의 세계에서 온 「스즈키 이치로」가 아닌 것을 고했다.

"—어? 그럴 수가, 그럴 수가아."

울음을 터뜨린 히카루를 끌어안았다.

변장을 한다고 해도, 좀 더 다른 변장을 했어야 했군. 그녀의 이치로가 수염을 길렀다는 걸 몰랐다.

"악당 발견~!"

"관리인 언니를 울리지 마!"

아이들의 소리가 나고 누가 뒤에서 엉덩이를 걷어찼다.

내구 수치가 높은 탓인지 나를 찬 아이들이 발목을 누르면서 웅크렸다.

이대로는 사토라는 걸 들킬 것 같으니, 적당한 가면으로 얼굴을 가렸다.

"히카루 선생님을 놔줘!"

멀찍이 있던 아이들이 나한테 외쳤다.

본 적이 있는 얼굴이다. 이 애들은 미궁도시 세리빌라의 사립 양육원에서 왕립학원의 유년학사에 유학을 온 아이들이다. 아이들 사이에 파리온 신국에서 구출한 전생자 다이고도 있었다.

그러고 보니 발치에 웅크리고 있는 아이들 중 한 명— 여자애는 다이고랑 마찬가지로 유니크 스킬을 잃은 전생자 치나츠다. 마지막으로 만났을 때는 쇠약해져 있었는데, 하급 엘릭서랑 시즈카의 간병이 효과가 있었는지 활기차 보인다. 다행이군, 다행이야.

"다들, 괜찮아. 관리인 언니는 기운차니까!"

히카루가 눈물을 닦고서, 억지로 웃음을 만들어 아이들을 안심시키고자 했다.

억지로 기운을 낸 것은 아이들도 아는 모양이다. 하지만 히카루를 배려해서 그것을 지적하지 않고, 히카루의 손을 잡고 하숙집 안으로 들어갔다.

나는 어색해져서, 일단 하숙집을 벗어나 펜드래건 가문의 어용상인 아킨도우로 변신해서 다시 왔다.

"아킨도우 씨다!"

"여기 오는 건 처음이네."

"오늘 선물은 뭐야? 단 거? 아니면 고기?"

아이들이 몰려들었다. 다이고와 치나츠는 처음 봐서 그런지, 다른 애들에게 「누구야?」 하고 물어보았다.

나는 아이들에게 선물을 건네고, 히카루가 있는 관리인실로 갔다.

"이치로 오빠, 아까는 흐트러져서 미안해."

"사과는 내가 해야지. 섬세함이 없는 짓을 해서 미안."

"나쁜 마음은 없었잖아? 내가 알아볼 정도의 변장을 한 거지."

"아니, 정말 미안해. 진짜로."

맞는 말이지만, 히카루를 울린 건 사실이니까 바닥에 닿을 정도로 머리를 숙여 사과의 말을 거듭했다.

"에이 됐다니까. 나는 내 이치로 오빠랑 만날 수 있다고, 파리온 신도 보증을 해줬으니까— 이 얘기는 여기서 끝!"

히카루가 짝 손뼉을 치고 억지로 이야기를 끝냈다.

더 이상은 건드리지 않는 게 좋겠군.

"그보다도, 사가 제국이나 파리온 신국에서 세테한테 친서가 왔어."

히카루가 말하는 세테는 시가 국왕의 애칭이다.

"친서라니. 그 두 나라에서 왔다면, 내가 마왕 토벌에 협력했다는 내용이야?"

"응, 그래. 그거.『용사랑 둘이서 마왕을 토벌한 영웅의 탄생이다!』하면서 왕궁에서 대소동이야."

─진짜냐.

"둘이서라니. 나 말고도 하야토의 종자들이나 흑기사나 성검사도 있었는데?"

"응. 공문서는 용사 일행에게 조력한 것을 감사한다는 내용이었는데, 종자였던 린그란데라는 공작 영애가 이치로 오빠의 활약을 써서 보냈다고 해. 그 내용이 오유고크 공작령의 귀족들을 중심으로 퍼진 모양이야."

……린그란데 양, 뭔 짓을 한 건가요.

자세히 물어보니, 먹보 귀족 로이드 후작과 호엔 백작 두 사람이 무척 열심히 말하고 다니는 모양이다. 그 두 사람이니까, 선의로 하는 행동이겠지만…….

"요새도시 아카티아에 있다고 말하진 않았으니까 안심해. 세테는 서방 소국의 대사들에게 사토의 소환장을 보냈어."

받으면 시가 왕국에 돌아가지 않을 수가 없으니, 수해 미궁에 가기로 결정한 건 요행이었다는 거군.

"일단은, 내 쪽에서 무난한 내용의 보고서를, 재상과 무노 백작에게 보내둘게."

그 밖에도 미궁도시 세리빌라의 태수부인이나, 부인의 친구이며 왕도 사교계에 절대적인 영향력을 가진 엠마 릿튼 백작부인 두 사람에게도 편지를 보내서 소문의 진화에 협력을 구해야지. 다행히 서방 소국에서 손에 넣은 그녀들 취향의 액세서리나 미술품이 상당히 많으니까, 선물의 여유은 충분하다.

"그러고 보니 다이고랑 치나츠가 여기 와 있는 모양이던데."

"사흘쯤 전부터, 시험 삼아 유년 학사에 다니고 있어. 시즈카도 아이들은 학교에 보내는 게 좋다고 했고, 두 사람도 이쪽 학교에 흥미진진했거든."

"흐~응. 그 두 사람의 전생에 대해서 들었어?"

"다이고는 고교생 정도였고, 치나츠는 초등학교 고학년이었나 봐."

"좀 불확실하네?"

"그게— 잘 기억이 안 난대. 둘 다."

히카루 말로는, 다이고와 치나츠 두 사람은 유니크 스킬을 잃은 뒤부터 전생의 기억이 점점 흐릿해지고 있는 모양이다.

"이건 시즈카 앞에서는 말하지 마. 신경 쓸 테니까."

"알았어. 말 안 해."

다른 사람에게 강요를 받아서 한 일이라지만, 두 사람의 유니크 스킬을 빼앗은 것에 책임감을 느끼는 모양이다.

시즈카는 우울증과 스트레스로 마왕화까지 해버린 섬세한 멘탈을 가졌으니까, 섣부른 발언은 금물이지.

"시즈카는 잘 지내고?"

"응, 잘 지내. 개를 기르고 싶다고 하기에 세테한테 말해서 귀여운 강아지를 받았어. 지금은 강아지를 돌보면서 창작활동에 전력이야."

열중할 수 있는 게 있으면 고민할 틈도 없는 거겠지.

"얼굴 보러 가줘. 다이고랑 치나츠는 이쪽에 익숙해질 때까지 돌려보내지 않기로 했으니까, 나만 만나러 가거든."

"알았어. 가자."

히카루의 마차로 그녀의 저택인 미츠쿠니 공작 저택으로 갔다.

마부에게 들리지 않도록「밀담 공간」의 마법으로 차음을 하고서, 대화를 재개했다.

"미궁도시 근황은 알아?"

"부트캠프는 정기적으로 하고 있어. 카리나랑 제나는 둘 다 레벨 40 돌파. 아진 자매들은 이제 곧 레벨 40이야!"

"그거 굉장하네."

세류 시의 마법병으로서 나름대로 훈련을 해온 제나 씨라면 모를까, 무노 남작령에서 우리랑 만난 뒤부터 훈련을 시작한 카리나 양이 레벨 40을 돌파한 건 굉장하다. 카리나 양의 경우,「지성이 있는 마법 도구」라카가 철벽의 수호와 강화를 해주고 있다지만, 그래도 굉장하다.

인텔리전스 아이템

자매들의 성장은 나나에게 꼭 전해줘야겠는걸.

"카지로 군은 레벨 50이 보인 느낌. 아야우메, 이르나, 지에나도 레벨 30을 넘었고, 펜드라의 애들도 가장 높은 애가 레벨 30에 닿을 것 같던가?"

미궁도시 세리빌라의 탐색자 학교에서 교사를 맡고 있는 사가 제국의 사무라이 카지로 씨와 여닌자 아야우메 양, 고참 교사이

자 전직 탐색자인 이르나와 지에나, 그리고 탐색자 학교의 졸업
생인 「펜드라」들도 열심히 하는 모양이다.

제각각의 활약을 듣는 사이에 마차가 공작 저택에 도착했다.

히카루에게 이상한 소문이 나면 안 되니까, 빨리 갈아입기 스
킬로 히카루와 닮은 여성 상인으로 둔갑하여 그녀의 사실로 갔
다. 마부가 놀랐지만, 무시했다. 히카루와 닮은 건 여성의 얼굴을
한 변장 마스크가 용사 나나시 용으로 만든 히카루의 얼굴밖에
없었기 때문이다.

"맞다. 말하는 걸 잊었는데—."

히카루가 그 말을 시작으로, 고우엔 씨가 범죄노예 부대 무라
사키와 함께 벽령으로 출발한 걸 알려주었다. 사모님과 딸들은
안전을 위해서, 잠시 이궁에서 생활을 계속하는 모양이다.

그런 이야기를 하면서, 히카루와 함께 비밀기지로 갔다.

"다음에, 텐짱 불러도 돼?"

텐짱— 천룡 말이군.

"상관없는데, 본체가 아니라 아바타 쪽으로 부탁해."

"아하하, 그거야 물론이지. 본체로 오면 이 근처의 나무가 전부
부러져서 큰일나니까."

천룡은 무척 크니까.

샘 옆을 걸어서 시즈카의 집으로 갔다.

"히카루는 백룡의 서식지 몰라?"

"백룡? 하얀 성룡이라면 용사 시절에 사가 제국의 북쪽에서 봤
어. 용의 계곡에도 잔뜩 있었고, 찾으면 또 있지 않을까?"

유감. 백룡이라는 것 하나로는 특정할 수가 없구나.

이야기하는 사이에 도착해서, 히카루가 초인종을 울렸다.

서두르는 발소리가 나고, 문이 안쪽에서 열렸다.

"히카루! 이거 봐! 신작이야!"

평소보다도 톤이 높은 들뜬 목소리와 함께, 내 눈앞에 알몸의 남성들끼리 뒤엉켜 있는 원고가 확 들어왔다.

아, BL이란 거구만.

"시즈카, 안 돼!"

"—어? 우왓, 사토 씨?!"

원고를 내민 상대가 나라는 걸 깨달은 시즈카가 황급히 원고를 몸 뒤로 감추었다.

이제 와서 새삼스러운 것 같지만, 그보다도—.

"시즈카, 가려! 이치로 오빠도 고개를— 돌렸구나. 역시 대단해."

무방비한 속옷 차림으로 뛰쳐나온 시즈카가 당황하여 빙글빙글 도는 것을 공간 파악 스킬이 알려주었다.

"볼품없는 걸 보여서 죄송합니다 이건 아니에요 원고를 그릴 때는 솔로 활동에 전념하는 게 아니라 갈아입는 게 귀찮아졌을 뿐이고 옷을 안 입은 걸 까먹은 거예요 죄송합니다 오해하지 말아주세요 캐릭터가 알몸이라고 그리고 있는 나도 알몸이 되어 버린다는 그런 게 어라 무슨 말을 하는 걸까 일단 오해예요."

시즈카가 빠르게 변명했다.

그래, 듣기 어려우니까 중간에 숨은 좀 쉬자.

"시즈카. 변명은 됐으니까 먼저 옷을 입어. 아~, 또 식사도 안

하고 원고했지."

"제대로 먹었어. 보존식이지만. 왕타한테도 밥 잘 주고 있는걸."

히카루와 이야기하고 있으면 시즈카가 약간 어린애 같은 말투가 되네.

현관 앞에서 두 사람의 사이좋은 대화를 흘려들으며 시즈카가 옷을 입기를 기다리는데, 강아지가 나타나 쫄래쫄래 걸어오더니 내 손을 핥았다. 털이 긴 치와와 같은 견종이다.

손에 머리를 비비는 강아지의 털을 브러쉬로 빗어주며 기다리자, 집 안에서 정리가 시작된 소리가 들렸다.

"나도 도울까?"

"괜찮아! 괜찮으니까, 기다려줘!"

"아하하~ 소녀의 프라이드를 위해서도, 이치로 오빠는 조금 밖에서 기다려."

지저분한 방을 정리하는 건 특기고, 내가 아는 히카루의 방은 생각보다 어질러져 있었던 기억이 있는데.

뭐, 됐어. 왕타라는 이름의 강아지와 공놀이를 하고 있으면 시간 따위 금방 지난다.

정리가 끝난 방에서 히카루와 시즈카에게 저녁을 대접하고, 왕타에게도 강아지용 푸드를 만들어 줬다.

돌아가는 길에는 아리사에게 줄 선물이라는 동인지를 맡았는데, 「절대로, 펼치지 마세요. 약속이에요!」 하면서 손가락 걸기까지 해버렸다. 걱정 안 해도 엿보는 취미는 없어.

요새도시 아카티아에 돌아간 뒤 아리사에게 원거리 통화로 선물 얘기를 했더니, 「얼른 읽고 싶어!」라고 소란을 피우기에 「물질 전송」 마법으로 배달해줬다.

그리고 교육에 안 좋으니까 포치, 타마, 나나 근처에서 읽지 않도록, 리자와 미아가 아리사에게 요청했다고 한다. 취미는 자유지만, 아이들에게는 아직 이를지도 모르지.

신제품

"사토입니다. 게임 개발만 그런 게 아니라, 처음 기획서가 완성품까지 가는 동안 변하는 일은 흔히 있습니다. 높은 사람의 생각으로 변하게 되는 일도 있지만, 대개는 강의 흐름으로 연마되는 조약돌처럼, 보다 근사한 형태로 연마되어 가는 것입니다."

"사토 씨, 차 드세요."

용사 상점 안에서 마법약 조합을 하고 있는데, 로로가 우물물로 식힌 향초차를 가져다 주었다.

"고마워, 로로. 미안하지만, 7인분 정도 추가해줄래?"

내 말과 동시에, 벌컥 가게 문이 열렸다.

"다녀왔어~!"

"다녀와오~."

"다녀와오인 거예요!"

아리사를 선두로 동료들이 기운찬 소리와 함께 들어왔다.

"주인님인 거예요!"

"발견~."

포치랑 타마가 축지가 이러랴 싶을 속도로 내 얼굴에 달라붙었다.

찰싹찰싹 날아온 둘을 상냥하게 받아주었다.

〉「연기공(軟氣功)」 스킬을 얻었다.

받아 흘리기 스킬을 의식했었는데, 거의 움직이지 않고 받아낸 탓인지 새로운 스킬을 획득해 버렸다. 「연공(軟功)」 스킬이 아니라는 게 조금 신경 쓰이지만, 사소한 건 뭐 됐어. 재밌어 보이니까 스킬에 포인트를 분배하고 유효화해두자.

"줸줸님~."

"주인니움 충전중인 거예요."

타마와 포치가 쓱쓱 머리를 비벼댄다. 평소보다 격렬하군.

쓸쓸한 마음이 든 건 나만 그런 게 아니었구나.

"사토."

타박타박 걸어온 미아가 내 손을 잡고서 헤실 웃었다.

"마스터 성분 보충에 참전한다고 고합니다."

나나가 뒤에서 착 달라붙었다. 백은 갑옷을 입은 상태라 돌기 부분이 닿아서 조금 아프다. 마력 갑옷 스킬로 핀포인트 방어를 해두자.

"나중에 마력 보충을 리퀘스트하고 싶다고 애원합니다."

"좋지."

무표정하게 올려다보며 어리광부리는 나나의 부탁을 승낙했다.

"아하하, 나도 주인니움을 보충해야지~."

"그러면, 나도."

아리사가 웃으며 안기고, 루루가 얌전하게 옆에 붙었다.

오늘은 다들 어리광쟁이인 느낌이군. 리자가 새침한 표정으로 대기하고 있지만, 꼬리가 차분하지 못한 움직임을 보이고 있으니, 비어 있는 손을 펼쳐서 「이리 온」 하고 말해서 불러들였다.

"사이가 참 좋네요."

로로가 놀라면서도 웃었다.

"로로, 같아~."

"로로, 사이 좋아."

"로로, 좋아."

햄스터 꼬마들도 동료들에게 촉발됐는지, 로로의 다리를 끌어 안았다.

◆

"『성』은 어떤 느낌이었어?"

동료들이 만족한 참에, 모두의 이야기에 귀를 기울였다.

로로는 가게를 보러 갔고, 나나에게 붙잡힌 막내 햄스터 말고 는 로로 옆에 있었다.

"글쎄~ 단적으로 말하면 사냥감 쟁탈이 심했어."

"그랬어?"

"네잉."

타마가 막대사탕을 할짝할짝 핥으면서 어려운 표정으로 고개 를 끄덕였다.

"하지만, 타마는 사냥감을 딱 잡아온 거예요!"

"아하하, 너무 지나쳐서 주변 파티가 『부탁이니까 다른 장소에서 해줘』 하고 울면서 매달렸으니까."

"뉴~."

타마가 테이블 위에 찰싹 엎드렸다.

마물의 쟁탈에 열중한 나머지, 힘 조절을 잊어버린 모양이군.

"『성』 주변은 상당히 사냥감이 많았던 것 같은데……."

"보통 타우로스나, 체면 돼지 같은 게 쟁탈 대상이었어. 리더가 이끄는 작은 집단이나 배회하는 챔피언을 만났을 경우에 도망치기 쉬운 장소에서는 쟁탈이 격렬해. 밖에서 작은 집단을 적극적으로 사냥하는 건 티거 씨네랑 또 하나의 금사자급 사람들뿐이네."

"요새를 거점으로 한 거 아니었어?"

"그건 다수의 작은 집단이나 라이더의 무리를 사냥할 때야. 실력에 자신이 없는 모험가는 이동하면서 세 마리 정도까지의 잔챙이 마물을 사냥하는 느낌인가 봐. 안 그러면 사냥감이 부족해지는 거 아닐까?"

그렇군. MMORPG의 사냥터 같았구나.

"적극적으로 강자와 싸우는 모험가는, 사령술사가 사역하는 언데드 타우로스나 흙 마법사가 조종하는 골렘을 방패로 썼다고 보고합니다."

"커다란 고륙수를 사역하는 테이머도 있었습니다."

그렇군. 소모해도 되는 방어 담당이 있는 파티만, 정면으로 타우로스의 집단이랑 싸우는 모양이다.

"그런 느낌이었으니, 저희들은 사람이 적은 장소에서 작은 집단이나 라이더 무리를 찾아 사냥을 하러 다녔습니다."

"라이더는 참호나 바위의 기마 방어 울타리를 써서 싸운다고
고합니다."

"응. 게노모스, 유능."

그렇군. 미아의 흙 정령이 참호를 파고, 그걸로 발을 묶은 타우
로스 라이더나 타고 다니는 랍토르형 고룡수를 사냥하는 거구나.

"**랍토르** 고기는 새고기 같아서 참 맛있었습니다. 선물로 잔뜩
가져왔으니, 나중에 맛을 봐주세요."

"고마워, 리자."

표정을 보니 리자 마음에 든 모양이다. 솜씨를 발휘해서 조리
해야겠는걸.

"체면 돼지는 아주아주 쥬시~?"

"지방이 많아서 조금 끈질겼다고 고합니다."

"체면 돼지의 지방은 아주 달콤해서 맛있는 거예요?"

"맛은 부정하지 않는다고 고합니다."

그렇군, 체면 돼지는 지방이 풍부하구나.

"독기, 귀찮아."

"분명히 독기를 빼내는데 시간이 걸렸네요."

"예스 루루. 전투 뒤에 쓰는 성비의 마력 보충이 중노동이었다
고 고백합니다."

나나가 무표정하지만 질색하는 분위기를 둘렀다.

체면 돼지는 전반적으로 독기가 짙은 모양이고, 타우로스들은
상위종일수록 독기가 짙고 고기가 단단한 모양이다.

"챔피언의 힘줄 고기는 리자 씨 말고는 무리였어."

"씹는 맛이 뛰어나고, 참으로 맛있었습니다."

"뉴~."

"포치한테는 조금 **박찼던** 거예요."

"맛은 좋으니까, 다음에 압력솥으로 흐물흐물해질 때까지 쪄볼
게요."

루루가 말하고, 분한 기색을 보이는 타마와 포치의 머리를 쓰
다듬었다.

"뭐, 그런 느낌으로 너무 남획해서 『성』의 필드 에리어가 과소
화됐으니까, 다음 원정은 성 아랫마을을 노릴 거야."

"사자 수인의 베테랑이 말한 것처럼, 내벽 근처에는 다가가면
안 된다?"

"그거야 알~지. 우리가 스탬피드의 방아쇠가 될 수는 없으니까."

우리 애들이라면 캡틴이 이끄는 정예부대랑 정면으로 싸워도
이길 수 있을 법하고, 공간 마법 「미로」나 「전이」로 따돌릴 수 있
겠지만, 괜히 리스크를 질 필요는 없다.

"혹시 스탬피드가 시작되면, 자기 손으로 해결하려고 하지 말
고 나나 주변 사람들한테 의지해야 된다?"

"응, 그럴게."

오기를 부리면 위험하니까, 못을 박아두었다.

집광 레이저나 「폭렬」 마법을 연타하면, 스탬피드도 처리할 수
있을 거야.

"장식품."

"아아, 그랬었지."

미아의 재촉을 받은 아리사가, 전리품용 「마법의 가방」에서 장식품을 우수수 꺼냈다.

모두 투박하고 중량이 있는 금속제나 골제였다. 인간의 두개골 같은 것도 쓰는 모양이군.

"라이더의 지휘관이나 성 근처의 리더가 장비하고 있었어. 저주받은 물건 같아서 어떤 성능인지는 조사 안 했어."

"독기가 짙을 뿐이야. 저주 받은 건 이 두개골 달린 것뿐이고."

AR표시에 나타난 상세 정보에 따르면, 장비자에게 휴먼 슬레이어라는 사람을 상대로 한 추가 효과가 붙는 모양이다. 인간족이나 수인이 장비하면 저주를 받아서 쇠약 상태가 되는 느낌인가?

"그밖에는 금속 소재나 보석으로서 가치가 있는 정도일까?"

커다란 수인이라도 장비하기에는 무거울 거고, 무엇보다도 센스가 맞는 사람을 찾기 힘들 것 같다.

"티거 씨네가 말해줬는데, 길드에 가져가면 포상금이 나온대."

"모험가증의 승격에 영향이 있을지도 모르겠네."

이 요새도시 아카티아에서도, 미궁도시 세리빌라와 마찬가지로 마핵은 강제 매수였다고 한다.

마핵은 중요한 전략물자니까 그건 어쩔 수 없겠지.

"티거 공의 말로는, 타우로스는 뿔이나 가죽이 비싸게 팔린다고 합니다. 고기도 팔린다고 합니다만, 『마법의 가방』에 다 들어가질 않으니 태반은 요새에서 소비하거나 소각한다고 했습니다."

"우리들도 너무 사냥해서 『마법의 가방』에 다 들어가질 않게 됐

어. 내 『격납고』로 옮겼는데, 내부 공간을 너무 넓혔더니 상시 소
비 마력이 커서, 조금 힘들어.”

아리사의 「격납고」는 소형 비공정을 여유롭게 수납할 수 있는
데, 그렇게 말하다니 드문 일이군.

그렇게 잔뜩 있는 걸까?

“미아의 얼음 정령으로 냉동을 못했다면, 가지고 돌아오기 전
에 고기가 상했을지도 모르니까.”

“얼음 정령?”

“응, 프라우.”

흥미가 있어서 미아에게 「다음에 보여줘」라고 부탁했다.

“그러면 회수하자.”

안뜰에 나와서, 아리사의 「격납고」에 「이력의 손」을 뻗어 냉동
보존된 타우로스 따위의 시체를 회수했다.

타우로스만 수백 마리, 전부 합치면 천 마리 이상의 수라서 소
비하기 힘들겠다. 뭐 타우로스는 소고기 계통의 맛이 나니까 쓸
길은 충분히 많다. 소고기 육포도 양산할 수 있겠어.

“이렇게 짧은 기간에 레벨도 올랐으니까, 『성』은 좋은 사냥터야!”

“응, 못 따라잡아.”

본의 아닌 것 같은 미아의 머리를 톡톡 두드리고 안아줬다.

모두 1씩 레벨 업을 했는데, 미아만 필요한 경험치가 많아서 다
른 애들보다도 레벨 1 낮은 상태다. 경험치 게이지의 변화를 보
면, 미아가 레벨 업을 해서 레벨 57로 오르기 전에 다른 애들이
2레벨 올라가서 레벨 59가 되어 버릴 것 같았다.

성의 내벽 안쪽에서 레벨 올리기를 할 수도 없으니, 어딘가 레벨 조정이 될 법한 장소를 찾아야겠어.

그런 생각을 하는 사이에, 꼬르르르르 포치와 타마의 배가 울었다.

"니헤헤~."

"고기를 봤더니 배가 우는 거예요."

"조금 이르지만, 무사한 귀환과 레벨 업을 축하하며 연회를 시작할까?"

내 제안은 동료들 모두의 환성으로 인정 받고, 로로나 햄스터 꼬마들도 불러서 성대한 연회를 열었다.

요리는 미리 준비를 해뒀으니, 장소의 준비를 하기만 하면 끝이다. 용사 상점은 넓은 식당이 없으니까, 안뜰에 커다란 시트를 깔아 준비했다.

"와구와구와구~."

"역시 주인님의 햄버그는 최강인 거예요!"

"타우로스 힘줄 고기도 맛있습니다만, 주인님의 새 구이는 당해낼 수 없습니다."

아인 소녀들이 고기 요리에 감탄을 금치 못했다.

"로로 씨, 맛은 어떤가요?"

"모두 맛있지만, 제일은 햄버그예요! 아카티아에서는 고기 요리가 드물지 않지만, 이 햄버그란 요리는 처음이에요. 찌꺼기 고기 경단이랑은 전혀 맛이 달라서 깜짝 놀랐어요!"

"이것은 고기 다짐기로 다진 두 종류의 고기를 쓴 거예요. 드워프 마을에서 만든 고기 다짐기를 써서 다짐 고기가 매끄러워져요."

"그런가요! 역시 드워프들은 굉장하네요!"

루루와 로로가 사이좋게 요리 이야기를 하고 있었다.

"유생체도 야채만 먹지 말고, 사양하지 말고 고기를 먹는 것을 권장합니다."

곁들인 스틱 야채를 오독오독 깨물고 있던 햄스터 꼬마들에게 나나가 고기 요리를 권했다.

나나가 햄스터 꼬마들의 입가에 고기를 내밀자, 휙휙 고개를 옆으로 저으며 싫어했다.

"야채, 좋아."

"야채, 맛있어."

"고기, 싫어."

"단백질이 몸을 만드는 겁니다라고 정보를 개시합니다."

더욱이 고기를 권하는 나나를 미아가 말렸다.

"억지로, 안 돼."

"예스 미아. 반성합니다."

햄스터 꼬마들의 얼굴을 본 나나가 풀이 죽어서 고기를 물렸다.

"괜찮은 거예요. 고기는 포치가 먹어주는 거예요."

"타마도 도와~?"

나나가 젓가락으로 집고 있는 고기를 포치와 타마가 냠냠 깨물었다.

우물우물 먹는 두 사람을 리자가 회수했다.

"콩."

"그렇네. 콩은 밭에서 나는 고기라고 하니까."

"굿 아이디어라고 평가합니다. 유생체는 콩도 먹어야 한다고 조언합니다."

"콩?"

"콩, 먹어."

"콩, 좋아."

스틱 야채를 다 먹은 햄스터 꼬마들이, 나나가 내민 커다란 콩을 양손으로 붙잡고 와작와작 갉아 먹었다. 마음에 들었는지, 입안에 몇 개나 넣어서 볼주머니를 가득 채운 다음에 우물우물 먹기 시작했다.

"마음에 든 모양이네요."

"예스 로로. 아이들은 단백질이 필요하다고 고합니다."

나나가 안심한 표정으로, 자신의 식사를 재개했다.

눈길이 햄스터 꼬마들에게 고정됐고, 막내 햄스터가 목이 막히는 것을 본 순간에 전광석화 같은 빠르기로 물을 주고 있었다.

"사냥터에서는 고기만 먹어서 질린 거 아냐? 야채 요리도 잔뜩 있으니까 사양하지 말고 먹어."

아인 소녀들은 방치하면 고기만 먹기 때문에, 야채도 권했다.

"네잉."

"괜찮은 거예요! 주인님의 고기는 먹을 수 있는 거예요!"

포치가 햄버그를 한 손에 들고 함박웃음을 지었다.

"죄송합니다. 한동안 정성들인 요리를 만들지 못해서……."

151

"루루도 매일 격전으로 지쳤을 테니까, 간단한 요리가 되는 것도 어쩔 수 없어."

풀이 죽은 루루를 위로했다.

"아하하, 그게 아냐. 주인님이 상담을 했다고 하면서, 요즘에는 잠깐 보존식 만들기에 주력하고 있었지?"

"……죄송합니다."

루루가 더욱 몸을 움츠렸다.

"사과할 필요는 없습니다, 루루. 식사 준비는 당신만 해야 하는 역할이 아니니까요. 그건 모두 다 알고 있을 겁니다."

리자가 말하자, 동료들이 고개를 끄덕였다.

"그보다도, 연구 성과를 주인님한테 보여주세요."

"네, 리자 씨!"

루루가 요정 가방에서 꺼낸 다섯 종류의 보존식을 나에게 내밀었다.

보존식은 다갈색이나 검은색이 많고, 하나만 노란색이었다.

"여, 여기요! 주인님!"

"그러면, 먹어볼게."

보존식을 받아서 한 입씩 깨물었다.

"전부 맛있네."

분명히 아카티아 주변에서 구할 수 있는 소재로 만들었다.

"다들 먹어볼래?"

물어봤더니 끄덕끄덕 고개를 끄덕이기에, 로로나 햄스터 꼬마들에게도 권했다.

"피림 맛, 맛있어."

"포라리 맛, 맛있어."

"과일 맛, 맛있어."

햄스터 꼬마들은 과육으로 맛을 낸 노란색 보존식만 오독오독 깨물어 먹었다.

노란색 보존식은 모두 햄스터 꼬마들이 독점해버렸으니, 로로는 나머지 네 종류를 시식했다.

"모두 고기 맛이네요. 검은 건 굉장히 맛있지만, 이거 타우로스 고기죠? 은호급 이상인 사람밖에 못 살 것 같아요. 이 체면 돼지도 맛있어요. 이 짙은 갈색은 고룡수 고기라고 생각하는데요, 어떻게 냄새를 없앴는지 신경 쓰여요. 마지막으로 다갈색은 체면 돼지 같은 맛이 나는데요, 식감은 개미 고기 같아요. 이건 꽤 싸게 만들 수 있을, 까요?"

로로는 맛의 평가에 더해서, 용사 상점에서 판매할 때 일까지 생각하는 모양이다.

코스트를 따지면 후반의 두 개가 좋아 보이지만, 맛은 전반의 두 개도 버릴 수 없다.

내가 만든 토란과 고기를 반죽한 보존식과 맞추어서 개량해야지.

"다음은 건조 야채네요. 『악마 눈꽃야채』나 『악마 꽃야채』를 건조시켜서 블록 모양으로 굳혀봤어요. 이걸 수프에 넣으면 비타민 부족도 해결되고—"

루루가 건조야채 블록을 테이블에 놓자, 햄스터 꼬마들이 노호 같은 기세로 몸을 내밀어 블록을 갉아 먹었다. 세 방향에서 오독아득 필사적으로 먹었다.

그러고 보니 미궁의 선물로 브로콜리를 선물했을 때도 굉장한 기세로 갉아 먹었지.

"유생체, 다음 원정에서는 반드시 『브로콜리』와 『콜리플라워』를 사냥해 온다고 약속합니다."

"나나, 기뻐."

"나나, 기대."

"나나, 좋아."

건조야채 블록을 다 먹은 햄스터 꼬마들이, 나나에게 머리를 비비면서 어리광을 부렸다.

"속물적인 애들이네."

"그것도 귀엽다고 고합니다."

기가 막힌 표정의 아리사에게, 나나가 정색하며 고개를 끄덕였다.

◆

"주인님, 저 타우로스의 두개골을 간판에 장식하고 있는 가게가, 금사자급 모험가가 소개해준 무구상입니다."

동료들의 귀환과 레벨 업을 축하하는 대연회를 한 다음날, 나는 리자와 둘이서 모험가 길드 근처의 무기 상점 거리에 왔다.

"상당히 훌륭한 가게로군요."

열대의 기후 탓인지, 문이 없는 오픈된 가게가 많다.

간판 아가씨라는 옵션은 없는 건지, 가게로 손님을 부르는 게

모두 덩치 큰 아저씨들이었다.

신기하게도 금속제 무기보다도 뼈나 뿔을 가공한 무기가 많았다.

"손님이 왔어, 톱파."

"손님이 왔구만, 탑포."

우리를 맞이해준 건, 소 같은 두개골을 쓴 드워프들이었다.

뼈 액세서리를 주렁주렁 달고 있었다.

"여어, 우리 가게는 처음 오는 손님한테는 안 팔아."

"그래. 우리는 처음 보는 손님은 상대 안 한다지."

"티거 공의 소개로 왔습니다."

리자가 말하며 편지를 두 사람에게 건넸다.

"놀랍군. 정말로 티거구만."

"깜짝이야. 설마 티거가 소개를 하다니."

두 사람은 시선을 편지와 리자의 얼굴 사이에서 몇 번인가 왕복했다.

"뭐, 어쩔 수 없지. 마음껏 봐."

"그래, 어쩔 수 없다. 갖고 싶은 무기를 찾아봐."

탑포라고 불린 드워프가 의자에 앉고, 또 한 명이 안쪽 공방으로 사라졌다.

"여기에는 금속제 무기가 있네요."

"그래. 금속제 무기만 쓰는 머리가 굳은 녀석도 있으니까."

카운터 뒤쪽에 장식해둔 미스릴 합금제 장검 한 자루를 빼면 모두 철제 물품이다. 그렇지만 금속제 무기는 전체의 1할 정도고, 그것 말고는 모두 뼈나 뿔을 소재로 한 무기였다.

"이 하얀 무기는 사령술로 가공한 건가요?"

"대개 그렇지. 사령술로 가공하는 걸 배우면, 공구를 써서 가공하는 건 귀찮아서 못 해먹어."

"거의 그렇지. 수작업으로 만든 건 싸구려도 많지만, 개중에는 어설프게 사령술을 쓴 것보다 튼튼한 것도 있어."

안쪽으로 간 드워프가 돌아와서 이야기에 끼어들었다.

설명을 들으면서 무기를 둘러보았다. 거의 모든 뼈 무기는 철제품 이하의 성능이고, 미스릴 합금제 무기를 넘어서는 것은 하나도 없었다.

"미스릴 같은 금속제가 더 튼튼하지 않나요?"

"그거야, 우리들의 마을이 아니라면 가공할 수가 없다."

"미스릴은, 우리들의 마을이 아니면 가공 못 한다니까."

그러고 보니 드워프 자치령인 보르에하르트에서도, 미스릴을 가공할 수 있는 건 지하에 숨겨진 전용로뿐이었지.

"물건에 따라서는 뼈보다도 강철이 튼튼하지."

"대개는 강철이 베는 맛도 좋다니까."

"그러면, 어째서 뿔 제품이나 뼈 제품이 많은 걸까요?"

신경 쓰여서 물어봤다.

"여기는 습기가 많으니까 검이 녹슬기 쉽다."

그렇군, 고온다습한 열대라서 문제가 있구나.

"녹칠 덩굴처럼 체액이 녹의 원인이 되는 마물도 있으니까."

"그러니까, 손질을 게을리하면 금속제 검은 금방 못 쓰게 된다."

녹칠 덩굴은 우리가 쓰러뜨린 것들 중에도 있었지만, 기본적으

157

로 마인을 둘러 무기를 보호하고 있었으니 문제의 체액이 어느 정도 성가신지 잘 모르겠다.

"뭐, 그것뿐이 아니야."

"그래, 그것뿐이 아니라니까."

"―또 있나요?"

"이 근처에는 철의 광맥이 없다."

"재료를 미궁 밖에서 가져오는 게 비싸게 먹힌다니까."

그렇군. 그렇다면 금속제 무기가 괜히 비싼 것도 납득이 된다.

"뼈나 뿔이라면 재료가 넘친다."

"모험가도 소재를 가져온다니까."

어쩐지 몬스터를 사냥해서 얻은 소재로 무기를 강화하는 가정용 게임을 떠올렸다.

"마법의 무기는 없나요?"

"있다, 안에."

"안에 있다니까."

보여 달라고 부탁하자, 뜻밖에 간단히 안쪽으로 안내해 주었다. 티거 씨의 소개장 덕분이겠지.

"절반 이상은 『성』이나 『귀인 거리』에서 마물이 떨군 거다."

"저주 받은 물건이 많군요."

"그거야 어쩔 수 없지. 사령 마법은 독기가 짙은 편이 효과가 좋아."

"그건 어쩔 수 없어. 저주가 발현하기 쉬워지는 건 필연이라니까."

그렇군. 사령 마법에 그런 조건이 있다는 건 몰랐다.

전에 마왕 신봉 집단 「자유의 날개」에서 회수한 주원병이나 혼돈 항아리에 들어 있는 독기를 사용하면, 마왕 「황금의 저왕」이 떨어뜨린 유엽도 같은 무기를 만들 수 있겠군. 뭐 그런 계통이라면 저왕이 늑골로 만들어낸 흑염골도가 스토리지에 잠들어 있지만.

"이건 마법의 창이군요."

"그건 명품이지. 귀인 거리의 보물전에서 발견된 녀석이라니까."

큼직한 얼음 광석과 작은 어둠 광석이 박혀 있는 마법의 창이다. 이름은 「빙탈골창(氷奪骨槍)」이라고 한다.

마력을 주입하면 빙설을 두르는 타입의 창이겠지. 어둠 광석은 열을 흡수하기 위해서 달린 건가?

타우로스의 뿔이 베이스 소재인 모양이군. 조금 무겁다.

"이건 얼마나 하나요?"

"동화 200개구만."

"동화 2만닢이 타당하다니까."

시가 왕국의 동화보다도 자그마하니까, 금화 180닢쯤 되나?

뭐, 타당한 느낌?

"그 정도 동화는 가진 게 없으니, 보석이나 귀금속의 괴라도 상관없나요?"

"물론, 상관없다니까."

"그래, 그쪽은 환영하지."

나는 스토리지 안에서 사전에 준비해둔 보석을 테이블 위에 놓았다.

모두 금화 10닢쯤 되는 물건이다.

"오오! 이거 굉장하구만!"

"이 루비 봐. 이 크기면 하나라도 동화 3만닢은 된다니까!"

"이 강철은 엄청 상급품이다! 동화 1만닢, 아니, 2만닢은 될 거야."

생각 이상으로 가격이 높군.

루비는 「석제 구조물」 마법으로 찌꺼기 루비를 굳혀서 만든 인조 보석이고, 강철도 도적이나 해적의 몰수품을 「화염로」 마법을 써서 괴로 되돌린 녀석이다. 후자는 조금 다시 단조해서 탄소 농도를 조정했지만, 큰 수고를 들이지는 않았다.

드워프들은 괴를 받을지 보석을 받을지 잠시 투닥거린 다음에, 괴를 골랐다.

빙탈골창을 리자에게 건넸다. 해석이나 성능 비교가 끝나면 리자의 컬렉션에 넣으면 되겠지.

─어라?

들어왔을 때는 몰랐는데, 뼈 무기가 아무렇게나 담겨 있는 통이 있었다.

가격은 통에 붙어 있었다. 내구성이 줄어든 것은 동화 다섯 닢으로 살 수 있는 모양이군.

"그건 중고품이나 새내기 사령술사의 작품이야."

통을 들여다보는 나에게, 드워프가 어떤 물건인지 설명해 주었다.

"꽤 싸네요."

"뼈 무기는 사령술사 말고는 수리를 못하니까. 끈으로 묶어서 응급처치를 한 뼈 무기는 몇 번 휘두르면 망가진다. 갈아낼 수는 있지만, 금속 무기랑 비교가 안 되는 속도로 약해지니까 추천하지는 않아."

싸구려 뼈 무기는 기본적으로 쓰고 버리는 모양이다.

나는 드워프에게 또 온다고 하면서 용사 상점으로 돌아갔다.

◆

"용사 상점의 신규 상품에 뼈 장비를 더하자."

동료들이 다시 미궁으로 출발한 다음날, 나는 시험작 무기나 방어구를 늘어놓고 로로에게 말했다.

"뼈 장비를 말인가요? 장비품은 잘 모르는데요. 꽤 좋은 것 같아요."

뼈 가슴 보호대나 뼈 투구를 체크한 로로가, 하나만 따로 둔 한쪽 날의 대검을 보았다.

"―이 대검, 뭔가 다른 거랑 다르지 않나요?"

"알아보겠어? 그건 마법 무기야."

리자가 산 빙탈골창을 모방해서 만들려다가, 그만 저질러 버린 물건이다.

타우로스 챔피언의 뿔을 사용한 게 안 좋았는지, 흥이 나서 마력을 너무 주입한 게 안 좋았는지, 아니면 얼음 광석 대신에 상위 소재인 빙정주를 사용한 게 안 좋았는지…….

돌이켜보면, 저질러버린 게 당연했을지도 모르겠다. 반성해야지.

"마법의 무기인가요?! 그런 굉장한 물건을 우리 가게에 둬도 안 팔려요!"

"괜찮아. 이건 카운터 안쪽에 장식해서, 보여주는 무기— 새내기 모험가들이 목표로 삼을 법한 무기로 할까 생각해."

언젠가 저 무기를 쓸 수 있게 된다면. 이건 게임에서도 메이저하게 쓰는 모티베이션 중 하나다.

성능은 특수능력을 고려해도 동료들이 쓰는 무기보다도 두 랭크 이상 떨어지고, 시가 왕국에서 「영걸의 검」으로 치하를 받는 후기형 주조 마검보다 한 랭크 위 정도니까. 그 정도로 문제는 일어나지 않을 거야. 도난 대책으로 경비용 골렘도 둘 거고.

로로와 이야기하고 있는데, 손님이 들어왔다.

"안녕~!"

"안녕하세요? 티아 씨."

가게에 들어온 것은 자칭 「대마녀의 제자」 티아 씨와 늑대 수인 풍모의 펜 두 사람이었다.

펜은 아무 말 없이, 입구 옆의 벽에 기대어 서서 로로를 보았다.

"로로, 아는 사이야?"

"아뇨. 티아 씨를 호위하는 사람이에요. 분명히."

로로에게 귓속말을 하자 그렇게 대답했다.

펜이 로로랑 아는 사이인 건 아닌 모양이군.

"펜 씨는 신경 쓰지 말아 주세요. 딱히 해는 없으니까요."

티아 씨가 어깨를 으쓱거렸다.

그렇게 말한 게 마음에 안 드는지, 험악한 눈을 한 펜이 카운터에서 이야기를 하는 티아 씨 옆으로 다가왔다.

"우왓, 깜짝이야. 펜 씨, 화났어요?"

"아니다. 이 무기— 만져도 되나?"

내가 고개를 끄덕이자, 펜은 저질러 버린 대검을 손에 집고서 마력을 주입했다.

칼날 주위의 공기가 얼어붙고, 떨어져 있어도 알 수 있을 정도로 기온이 내려갔다.

"굉장한 마검이네요. 『성』에서 나왔나요— 어어, 헤파이스토스? 내가 작성자를 알 수 있다면……. 미궁의 보물 상자에서 나온 게 아니라, 누군가가 만든 건가요?"

티아 씨가 감정 결과에 놀라더니, 카운터 너머에서 나를 붙잡았다. 자그마한 가슴을 밀어붙이는 건 관두세요.

"네, 아는 마검 대장장이 분이 양보해주신 물건입니다."

물론, 사실은 아는 사람이 아니라 내 가명 중 하나다.

헤파이스토스에 대해 물어보는 티아 씨에게, 시가 왕국에 있을 무렵에 만난 사람입니다. 하고 커버 스토리로 대답했다.

"티아, 지불 부탁한다."

"어, 잠깐 펜 씨?"

펜은 대검을 쥐고 무게를 확인하더니, 지불을 티아 씨에게 맡기고 나가 버렸다.

가격은커녕 판매하는 상품이라고 말도 안 했는데요. 그러면 이 대검을 가지고 있어도 그렇게 문제가 되지 않을 거고, 정신 못 차릴 정도로 마음에 든 모양이니까, 뭐 괜찮으려나.

"저, 저기, 가격은 얼마나."

"동화 1000개입니다."

““천 개!””

티아 씨랑 로로가 입을 모아 놀랐다.

"거, 거짓말이죠?"

"네, 농담입니다. 300개 정도면 돼요."

"비, 비싸."

"그런가요? 지금이라면 반품도 가능합니다."

리자에게 사준 빙탈골창의 가격과 비교해봐도, 괜찮은 가격이라고 생각하는데.

"우욱. 펜 씨를 보니까 무리일 것 같아요. 알았어요. 내일이라도 돈 보낼게요."

티아 씨는 로로가 권한 의자에 앉은 다음, 철야를 한 샐러리맨처럼 카운터에 엎어졌다.

"티아 씨, 기운 내세요."

로로가 신제품인 과실수를 티아 씨에게 제공했다.

"맛있어! 이거 뭔가요?"

"마법약의 일종입니다. 영양 보급제 같은 느낌이네요."

시장에서 산 과일 중에 마법약의 재료가 되는 것이 꽤 있다는 걸 깨달아서, 에치고야 상회에서 판매하는 영양 보급제의 아카티아판 같은 걸 만들어봤다. 스태미나 증강계 소재가 싸기에, 시가 왕국에서 팔고 있는 것보다 상당히 싸게 만들 수 있었다.

"건네준 레시피에는 이런 거 안 실려 있었는데?"

"네. 레시피는 없었지만, 소재의 설명을 봤더니 쓸만할 것 같아서 만들어봤어요."

"만들었어? 이렇게 짧은 기간에?"

티아 씨가 빈 컵을 쥐고 놀라며 소리를 높였다.

"당신…… 정말로 정체가 뭐야?"

"용사 상점의 종업원이고, 로로의 친인척, 일까요?"

그런 의혹의 눈으로 보시면 곤란합니다.

"티아 씨, 한 잔 더 드릴까요?"

"먹을래."

로로가 과실수를 따르자, 티아 씨는 싫은 일이 있었던 샐러리맨이 술잔을 들이켜는 것처럼 단숨에 마셔 버렸다.

"이거 가격 얼마야?"

"한 잔에, 동화 5닢 정도로 할까 해요."

"너무 싸! 하다못해 동화 20닢으로 해."

"경합 가게에 대한 배려인가요?"

"그것도 있지만, 너무 싸면 중독되는 바보가 나올 것 같으니까."

아아, 그런 걱정도 있구나. 회사 근무할 무렵에 드링크제를 규정량 이상으로 마셔서 도리어 건강이 무너지는 녀석도 있었지.

"알겠습니다. 그 가격으로 조정할게요."

비싸면 용사 상점의 단골이 손대기 어렵겠지만, 좀 더 희석한 걸 동화 5닢, 지금 이걸 동화 20닢 정도로 하자.

"당연하지만, 레시피는 역시 비밀이지?"

"레시피는 조만간 공개할 테니까 그때까지는 용사 상점에서 구입해 주세요."

"알았어. 기대할게."

티아 씨가 기지개를 켜더니 마음을 바꿔먹은 뒤, 로로에게 마법약을 대량 발주했다. 물론 신제품인 과실수도 통 단위로 주문했다. 한 되 사이즈의 커다란 병을 골라서 가져갔을 정도니까, 과실수가 상당히 마음에 든 모양이다.

잡담할 때 티아 씨에게 받은 레시피집을 모두 마스터했다고 했더니, 새로운 레시피집과 소재의 설명이 적힌 자료를 살 수 있는 장소를 가르쳐 주었다. 다음에 장을 보러 갈 때 사러 가야겠군.

◆

티아 씨의 의뢰를 받고서 닷새 뒤, 의뢰를 마친 나는 로로와 둘이서 소재를 사러 왔다.

"커다란 하품이네요."

로로가 웃으며 지적했다.

잠이 부족해서 괜히 하품이 나온다.

"기한까지 아직 시간이 있었는데, 너무 서두른 게 아닐까요?"

"그건 아냐. 괜찮아."

잠이 부족한 원인은 의뢰 탓이 아니라, 이제 막 완성한 신석회로판 「캐슬」 기능을 나나의 황금 갑옷에 조합하려고 고생한 탓이다.

중량이 늘어났으니까, 긴급 회피용 버니어 같은 것도 달아볼까?

이런 생각을 하면서, 메뉴 안에서 AR표시되는 메모장에 시선을 보내며 옆을 걷는 로로에게 확인했다.

"여기서 사야 하는 건 전부 샀어?"

"네, 사토 씨."

로로가 루루에게도 지지 않는 미소녀 얼굴로 고개를 끄덕였다.

성은 물론이고 대륙이라도 기울 법한 미모지만, 지금 있는 요새도시 아카티아에는 인간족이 거의 살지 않으니까 공감을 얻기가 어렵다.

뭐 인간족이 많더라도 시가 왕국이랑 미추의 감각이 비슷한 것 같으니까 루루랑 마찬가지로 매도의 대상이 될 테니, 로로에게는 인간족에게 관심이 없는 다른 종족 안에서 살아가는 게 더 좋을지도 모른다.

"이 천벌 받을 놈!"

갑작스런 매도에 놀라 버렸지만, 나한테 말한 게 아닌 모양이다.

"사토 씨, 저쪽이요."

소매를 쿡쿡 당기는 로로가 가리키는 방향을 보자, 사령술사로 보이는 남자들과 쥐 수인의 사제를 필두로 한 신관들이 뭔가 말다툼을 벌이고 있었다.

그러고 보니 신관을 오랜만에 보네. 어째선지 요새도시 아카티아에는 신전이 없단 말이지.

"죽은 자를 가지고 노는 지저분한 사령술사 놈!"

"뭐라고?! 우리 사령술사는 생전에 계약을 맺은 자만 스켈레톤으로 만든다!"

"흥! 계약이라고오? 사후에도 안녕을 얻지 못하고 예속을 강요하는 것은, 용서 받을 수 있는 일이 아니다!"

"네가 뭔데 용서를 해! 사후의 자신이 일해서, 남겨진 자에게 조금이나마 생활의 양식을 준다는 빈자의 바람조차도 부정하는 거냐!"

"빈자에게 파고드는 사교도 놈!"

사제와 사령술사가 점점 더 뜨거워진다.

"지금, 이 악령술사 네크로맨서에게서 해방시켜주마! ■─."

"그만둬!"

영창을 시작한 사제의 뺨에 어린애가 던진 진흙 같은 게 명중했다.

지난 며칠 비가 내리지도 않았으니 주룡의 똥 같은 거겠지.

"무슨 짓이냐!"

"우리 아빠를 두 번 죽이지 마! 아빠가 죽은 다음에도 일을 한 덕분에, 병에 걸린 엄마랑 여동생이 어떻게든 먹고 살 수 있는 거야!"

"그래그래! 사령술사가 조종하는 스켈레톤이 지저분한 일을 해주는 덕분에 우리 도시가 성립된다고!"

"사령술사가 없으면 뼈나 송곳니를 무기로 만드는 것도 고생이지."

"이 근처에서는 철을 채굴할 수가 없으니까, 아마 무기가 엄청 비싸질걸."

어린애를 옹호하듯, 주위의 시민과 모험가들이 사령술사를 옹호하는 소리를 질렀다.

"으그그, 이럴 수가 있나! 이렇게까지 사령술사의 마수가 퍼져 있을 줄이야."

사제가 분통이 터진다는 표정으로 신음했다.

"이렇게 되면 어쩔 수 없다. 조국의 신전장에게 말씀 드려서, 성전(聖戰)을—."

"모로크 공! 이런 곳에 계셨군요!"

불온한 소리를 중얼거리기 시작한 사제 앞에, 로브 차림의 여성이 끼어들었다.

"—티아 씨? 사토 씨, 저기 티아 씨예요."

로로가 말한 것처럼, 로브 차림의 여성은 대마녀—의 제자를 자칭하는 티아 씨였다.

티아 씨는 솜씨 좋게 주변 사람들을 달래고, 사제를 말로 구슬려서 대마녀의 탑으로 그를 데리고 갔다. 역시 대단하군.

◆

"다녀왔어~."

"로로, 어서 와."

"로로, 쓸쓸했어."

"로로, 선물 있어?"

용사 상점의 문을 열자, 안에서 햄스터 꼬마들이 넘어질 법한 기세로 뛰어 나왔다.

막내 햄스터는 진짜로 넘어져서 로로가 받아주었다.

나는 안고 있던 종이봉투를 가게 카운터에 두고, 상점가에서 장을 볼 때 받은 못생긴 가지 오이를 종이봉투에서 꺼냈다.

가지 오이는 이름 그대로 가지처럼 길쭉한 오이인데, 버들잎처럼 나무에 매달려서 나는 미궁 식물이라고 한다.

"마시타, 오이."

"마시타, 그거 줘."

"마시타, 얼른."

방금 전까지 로로에게 어리광 부리던 햄스터 꼬마들이 순식간에 모여들어서 눈빛을 반짝거리며 나를 올려다보았다. 여전히 속물인 애들이야. 나나 말로는 그게 귀엽다고 하는데.

햄스터 꼬마들이 나를 이름이 아니라 「마시타」라고 부르는 건, 나나가 어느샌가 교정해 버린 탓이다. 이런 식으로 부르니 공도에서 만난 바다사자 꼬마들이 떠오르네.

"잠깐만 기다려—."

받은 가지 오이의 끄트머리 부러진 부분이 상했기에, 손가락에 만든 마인으로 잘라서 햄스터 꼬마들에게 주었다.

가지 오이를 받은 햄스터 꼬마들이 오독오독 열중하며 갉아먹기 시작했다.

셋 다 먹보인지, 갉아먹으면서 잘라내 도려낸 상한 가지 오이의 끄트머리에 손을 뻗었다.

"이건 안 돼."

내가 재빨리 상한 끄트머리를 가로챘다.

햄스터 꼬마들이 「어째서?」 하고 말하는 표정으로 나를 올려다보았다.

"배탈 나니까."

내가 이유를 말하자, 아쉬워하면서도 포기해 주었다.

물론, 그 동안에도 오독오독 가지 오이를 먹는 손을 멈추지 않았다.

"로로 있어~?"

준비중의 표찰을 오픈으로 바꾸기 전에 손님이 찾아왔다. 단골인 노나 씨다.

"어서 오세요, 노나 씨."

"개점 전에 미안한데, 『길잡이 양초』세 개랑 맛있는 보존식 20개. 그리고 전에 사토 씨가 시험작으로 줬던 벌레 퇴치제도."

"얘들아, 보존식을 창고에서 가져와. 좋은 냄새 나는 거야?"

"알았어."

"좋은 냄새."

"가져 올게."

로로의 지시를 받은 햄스터 꼬마들이 앞 다투어 창고로 갔다.

"벌레 퇴치제는 얼마나 드릴까요?"

이 수해 미궁은 열대의 정글이 메인이니까, 벌레 퇴치제가 필수란 말이지.

"오, 사토 씨도 있었구나. 벌레 퇴치제 수는 가격을 봐야지. 최소한 한 개는 필요하지만, 너무 비싸면 못 사니까."

"가격은 『길잡이 양초』랑 같은데요?"

"어어? 그렇게 싸? —아니, 싸진 않나? 하지만 그 성능으로 그 가격이면— 사야지. 세 개— 아니, 다섯 개! 벌레 퇴치제 다섯 개

살래!"

그렇게 이익이 큰 건 아니지만 비싼 소재를 쓴 것도 아니고, 이 정도 가격이면 충분하다.

레시피도 용사 상점의 선행 이익을 확보하고 나면, 연금 길드에 공개할 셈이니까.

"매번 고맙습니다. 벌레 퇴치제용 바구니를 준비했는데, 써보실래요? 시험작이니까 무료인데요?"

"쓸래! 사토 씨, 최고야!"

안겨 드는 노나 씨를 떼어내면서, 입구의 영업 표찰을 오픈으로 변경했다.

"아이참! 노나 씨! 우리 가게는 접촉 금지예요!"

"아하하, 미안미안. 로로의 좋은 사람한테 손 안 대."

"조, 좋은 사람이라뇨……."

로로가 얼굴이 새빨개져서 고개를 숙였다.

"노나 씨, 우리 점장님은 순진하니까, 놀리지 말아 주세요."

"네~에."

노나 씨를 타이르는 사이에, 햄스터 꼬마들이 안쪽에서 보존식을 가져왔다.

막내 햄스터가 평소처럼 넘어졌지만, 다른 둘이 도와줘서 보존식은 무사하다.

"여어, 로로. 연마 부탁했던 무기는 다 됐어?"

"보존식 새로운 거 만들었다고 들었는데, 아직 재고 남아 있어?"

"벌레 퇴치제! 벌레 퇴치제 팔아줘! 이상한 냄새 안 나는 거!"

노나 씨가 계산을 마치는 사이에도, 차례차례 손님들이 찾아왔다.

신제품을 여러모로 준비한 보람이 있어서, 최근에는 노나 씨 말고 단골도 늘었다.

"이 가게에서 두루마리를 비싸게 사준다고 들었는데―."

"사토 씨, 두루마리 매수요."

오옷, 모집하고서 처음이네.

나는 축지로 카운터에 이동하여, 두루마리를 가져온 상인풍 남자 앞으로 갔다.

"기다리셨죠. 담당인 사토입니다. 그래서 팔고 싶은 두루마리는?"

"열 개 정도 있어."

"열 개! 그거 멋지네요!"

신이 나서 춤을 춘 탓인지, 손님과 로로가 깜짝 놀랐다.

"보고 놀라지 마라! 여덟 개는 시가 왕국산이다. 시멘 공방의 순정품이지."

"그거 굉장하네요."

공도에 있는 시멘 공방의 익숙한 봉납이 찍힌 두루마리다.

유감스럽게도, 내가 가지고 있는 마법들이었다.

나머지 두 개를 기대해야겠군.

"흡혈 미궁에서 나온 『점착 그물』과 『성광』이다."

전자는 점착성의 투망을 날리는 비살상 포박 마법, 후자는 언데드용으로 성스러운 빛을 뿜어내는 마법이다. 신성 마법에도 같은 이름의 마법이 있지만, 이건 빛 마법인가 보군. 전자가 레이저 같은 공격 마법인 것에 비해, 후자는 턴 언데드에 가까운 효과의 마법이다.

"이건 보기 드문 마법이군요. 둘 다 동화 30개로 사겠습니다."

"오옷! 그렇게 비싸게?! 그러면 이쪽 여덟 개는?"

"그건 동화 한 개네요."

"그렇게 싼가요?"

어디서 구해왔는지는 모르지만, 적자는 안 날 거야.

"죄송합니다. 아는 수집가에게 의뢰를 받은 거라서요. 그가 가지고 있지 않은 두루마리는 비싸게 사지만, 시멘 공방하고는 직접 거래를 하고 있어서 일괄적으로 그 가격이에요."

상인은 흡혈 미궁산 두루마리 두 개를 내가 제시한 가격으로 매각하여 같은 가치의 보석을 받고서 돌아갔다. 상인에게는 신제품의 시험작 세트를 선물했다. 미궁 안쪽에 있는 아카티아까지 행상을 하러 오는 그라면, 새로운 판로를 개척해줄 것 같단 말이지.

◆

"로로 있어어~."

손님이 빠진 다음, 지친 티아 씨가 찾아왔다.

용사 상점에 오는 사람은, 다들 비슷한 소리를 하면서 들어오네.

"어서 오세요. 티아 씨. 지치셨나 봐요."

"우~ 지쳤어어~. 머리가 굳은 성직자 상대는 진짜 무리야. 요새 도시에 신전 건설을 **허가하지 않은 건** 진짜 정답이었어."

티아 씨, 티아 씨, 그런 발언을 하면 로로한테 정체가 들켜요.

"그 신관들은 뭐 하러 요새도시에 왔죠?"

"응~ 『사신전(邪神殿)』에서 고위 언데드가 목격됐어."

티아 씨가 말하는 「사신전」은 수해 미궁 안에 있는 사교의 신전 같은 장소의 통칭이다. 맵 검색으로 확인했는데, 마족도 마왕 신봉자도 없었다.

"거기는 원래 저급 언데드만 나오는 초급 모험가의 사냥터니까, 얼른 구제하고 싶단 말이지~."

"고위 언데드를 구제하는 것뿐이라면, 마법사나 마검사면 되지 않나요?"

"쓰러뜨리기만 하는 거면 그런데~ 재발생하지 않도록 정화할 필요가 있어~."

카운터에 철퍼덕 엎드린 티아 씨에게, 과실수풍 영양제를 건넸다.

"이거야 이거~ 이게 없으면 요즘에 못해 먹겠어~."

영양제 병을 본 티아 씨가 벌떡 일어나서, 얼른 병의 뚜껑을 열었다.

"이상한 성분 들어 있는 거 아니지?"

허리에 손을 대고 쭈욱 들이 마신 티아 씨가, 씨익 웃으면서 그런 농담을 했다.

"사토 씨는 그런 짓 안 해요!"

곧장 로로가 화를 냈다.

농담으로 못 들은 모양이군.

"미안 미안, 농담이야."

그치? 티아 씨가 도움을 바라기에 동조해줬다.

티아 씨는 로로에게 약한 모양이군.

"티아 님!"

용사 상점의 문이 열리고, 티아 씨랑 같은 의장의 로브를 입은 여성이 들어왔다.

"티아 님, 모로크 공이 또 소동을……."

"에~ 또야~."

티아 씨가 싫은 표정을 지었다.

"미안, 로로. 또 올게."

티아 씨가 병에 남은 영양제를 들이켜고, 작게 손을 흔들며 가게를 나섰다.

"로로, 있니?"

티아 씨 일행과 교대하듯, 도마뱀 수인 부인이 들어왔다.

용사 상점에 양초를 납품해주는 업자였던가 그렇다.

"안녕하세요? 아주머니."

"미안한데, 우리 샤시 어디 있는지 모르니? 또 사라져 버렸어."

그러고 보니 전에도 아들이 돌아오질 않는다고 했었지.

"어디서 못 봤니?"

"아뇨, 못 봤어요. ―사토 씨는 모르시나요?"

맵 검색을 해 보니 요새도시 아카티아에서 그다지 떨어지지 않은 수해 미궁에 있었다.

친구로 보이는 사령술사들과 함께 있고, 주위에서 사역하는 언데드들이 호위를 하고 있다. 방어벽에 적합한 레벨 20급의 언데드도 있으니, 사냥이라도 하러 간 게 아닐까?

"얼마 전에 친구로 보이는 사령술사 분들이랑 문 쪽에서 걸어가는 걸 봤어요. 언데드를 데리고 있었으니, 뭔가 일을 하러 간 게 아닐까요?"

"그러니? 그렇다면 괜찮은데……."

부인이 걱정스런 표정으로 중얼거린 다음, 나랑 로로에게 인사를 하고 물러갔다.

이세계에서도, 엄마는 아이의 걱정을 하는 법이군.

막간: 낙오된 사령술사

"우왓, 마물이다!"

도마뱀 수인 사령술사 샤시가, 왜곡 공간 경계에서 나타난 마물에 놀라 엉덩방아를 찧었다.

"주검들이여! 마물을 쓰러뜨려라!"

"종들아! 이몸들을 지켜라. 어이, 일어나, 샤시! 너도 종들에게 명령을 내려라!"

동행하고 있던 나이 든 사령술사들이, 언데드들을 사역하여 공격해온 마물을 요격했다.

"아, 알았슴다! 싸워라, 종들아!"

샤시가 떨리는 목소리로 지시하자, 스켈레톤들이 막대나 풀 베기 낫을 휘둘러 마물의 요격에 참가했다.

개구리 수인 노사령술사 잔자산사가 사역하는 언데드는 무기를 가지고 있는데, 그의 스켈레톤은 농기구밖에 없었다. 스켈레톤의 레벨도 낮아서, 마물의 반격으로 팔이나 다리의 뼈가 부러져 움직이지 못하는 개체가 속출했다.

"이런 잔챙이 상대로 부서지는 거냐. 주인이랑 똑같아서 쓸모가 없구만."

쥐 수인 중년 사령술사 조조가 매도하자, 샤시가 분함에 입술을 깨물었다. 작은 쥐 수인이 체격 좋은 도마뱀 수인을 매도하는 건 코미컬한 그림으로 보이지만, 본인에겐 그런 게 상관없다.

보다 못했는지, 노사령술사가 하얀 턱수염을 매만지며 중재했다.

"동료를 탓하지 마라. 샤시, 부서진 주검을 사령술로 수복해라. 할 수 있지?"

"아, 예, 할 수 있습다. 하겠습다. ■■■■■ 골격 수복.^{리페어 스켈레톤}"

샤시는 범용 수복 마법이 아니라, 스켈레톤 전용 수복 마법을 사용했다.

"용케 그런 기막히게 마이너한 주문을 배웠구만."

"에헤헤, 이, 이거 편리함다."

"칭찬한 거 아니다. 하급 언데드 전반에 쓸 수 있는『하급 뼈 수복^{리페어 렛서 언데드}』이 더 편리하잖아."

"그, 그거야 그렇지만……."

중년 사령술사의 말에 샤시가 고개를 숙였다.

"골격 수복이 마력 소비가 적다. 스켈레톤을 다루려면 나쁘지 않은 선택이야."

"그, 그렇죠?"

"그보다도, 이제 그만 일어서라. 해가 떨어지기 전에『사신전』에 간다."

"아, 알겠습다."

샤시는 스켈레톤들의 도움을 받아 일어서더니, 이동을 재개했다.

몇 번 마물과 마주쳐서 호위 언데드들의 수가 줄어들었지만, 목적지인「사신전」에 도달할 수 있었다.

"켁. 걸림돌이 있는 탓에 해가 완전히 져 버렸군."

"죄, 죄송합다."

중년의 매도에 샤시가 어깨를 움츠리며 작아졌다.

"여기서부터가 진짜다. 긴장을 풀지 마라."

"그러고 보니, 여기에 나오는 고위 언데드라는 건 뭐야? 레이스나 와이트? 고스트는 아니겠지?"

"그것도 조사한다. 사전 정보를 들어보면, 적어도 고스트는 아니다."

"그러면, 와이트나 레이스군……. 와이트라면 이몸도 지배할 자신이 있지만, 레이스는 몰라. 당신이라면 조종할 수 있어?"

"걱정 마라. 만에 하나의 경우는 마왕 『사령명왕』의 유물을 쓴다. 유물의 힘을 쓰면 지배할 수 없는 언데드 따위 없어."

"그러면 안심이지. 이봐, 간다."

"아, 알겠슴다."

중년 사령술사를 선두로, 세 사람이 「사신전」으로 발을 들였다.

"—그래. 지배할 수 없는 언데드 따위 없다. 그것이 설령, 사령명왕의 잔류사념이라고 해도, 말이다."

노사령술사가 혼잣말을 중얼거렸다.

"뭐라고 했어?!"

"신경 쓰지 마라. 영감의 혼잣말이야."

"그래? 그래서, 중앙으로 가면 되는 거지?"

"그렇다. 잠깐 길이 있으니, 그대로 나아가라."

세 명의 사령술사들은 별빛이 안 닿는 어둠의 안쪽으로 사라졌다.

마치, 이 앞에서 기다리는 운명을 암시하는 것처럼.

아가씨의 도전

"사토입니다. 호호호 웃는 건 옛날 순정 만화에서 시작됐다고 친구가 말했습니다. 지금도 악역 영애의 정석 스타일입니다만, 실제로 그렇게 웃는 사람은 본 적이 없어요."

"짜~자안~?"

"다나나왔습니다인 거예요!"

오랜만에 동료들이 미궁에서 돌아왔다.

필요 경험치가 두 배 가까운 미아가 레벨 업할 때까지라는 목표로 노력한 탓에, 예정보다도 사흘 정도 연장해서 귀환했다.

"주인님, 말씀하신 고룡수의 송곳니를 가능한 확보해 왔습니다."

"고마워, 리자."

타우로스 소재도 좋지만, 공룡 같은 고룡수는 이곳의 주류 소재니까 두루두루 다뤄보고 싶었단 말이지.

"유생체, 선물인 악마 눈꽃야채라고 고합니다."

"나나, 고마워."

"나나, 기뻐."

"나나, 쓰다듬어."

나나가 데쳐놓은 거대 브로콜리를 내밀자, 햄스터 꼬마들이 끌어안고서 갉아먹기 시작했다. 이 애들은 이걸 참 좋아한단 말이지.

"응, 브로콜리 맛있어."

야채를 좋아하는 동료가 늘어서 미아도 기뻐 보인다.

냠냠 열심히 브로콜리를 갉아 먹는 햄스터 꼬마들을, 나나가 상냥한 눈으로 지켜보았다.

"로로 씨, 부탁한 약초랑 과실이에요."

"고마워, 루루 씨."

루루와 로로가 나란히 서면, 정말로 쌍둥이 같군.

그야말로 기적의 향연이야.

"주인님. 미안한데 얼른 사냥감 회수 부탁해. 『격납고』를 빠듯하게 확장해서 조금 힘들어."

"좋아, 안뜰로 가자."

안뜰에서 열 수 있는 아슬아슬한 사이즈의 입구를 열어서, 거기에 「이력의 손」을 뻗어 회수했다.

소형 마물이나 각종 타우로스도 수가 많지만, 이번에는 브론토사우르스 타입의 고룡수가 체적의 대부분을 점하고 있나 보군. 이거랑 비교하면 티라노사우르스 타입의 고룡수도 어린애 같다니까.

"이번에는 소형도 한 마리씩 냉동했구나."

지난번에는 작은 건 한꺼번에 얼음 큐브 안에 넣었었는데, 이번에는 한 마리씩 따로 얼려둔 게 많다.

"그건 리자 씨야."

"—리자가?"

"네, 사주신 빙탈골창의 능력입니다."

리자가 뒤에서 대답했다.

"마물을 쓰러뜨리면 얼어붙으니까 잔챙이 사냥에 좋다니까~."

"네, 대단히 편리했습니다."

리자는 사냥감의 이동을 도우러 온 모양인데, 딱히 도울 일이 없어서 미궁에서 있었던 일을 이것저것 들려주었다.

"이번에는 처음 가는 장소라는 것도 있었습니다만, 예상 밖의 장소에서 나타나는 적이 좋은 자극이 되었습니다."

"뭐, 자극이라고 하면 자극이네. 손에 땀을 쥔 건 오랜만이었어."

"그렇게 힘들었어?"

레벨을 봐서는 여유일 거라고 생각했는데.

"성 아랫마을이 헤비했어~. 건물 벽을 돌파하고 나타나는 챔피언이나, 건물을 뛰어 넘어서 오는 챔피언이나, 내벽 탑 위에서 점프해오는 새빨간 챔피언이나, 일제히 오지 좀 말라니까."

"챔피언들 투성이구나."

그 거구로 재빠르니까 대처가 어려운 거겠지.

"거기에다 리더가 이끄는 작은 집단이 사방에서 몰려왔다고 보고합니다."

돌아보자, 햄스터 꼬마 셋을 품에 안은 나나가 모두와 함께 와 있었다.

안겨서 들리는 게 싫은 건지, 햄스터 꼬마들이 나나의 품에서 버둥버둥 몸을 움직였다.

"예스~? 돌바닥 뒤집기 열심히 했어~?"

다다미 장판이 아니라 돌바닥으로 한 거구나……. 역시 닌자 타마. 예상을 삐딱하게 넘어주네.

"네, 그건 도움이 됐습니다."

"니헤헤~. 타마, 도움 돼~?"

"포치도! 포치도 팔랑크스로 열심히 한 거예요!"

"그렇군요. 포치의 반응도 근사했습니다."

리자의 칭찬을 받은 타마와 포치가 꾸물꾸물 움직이며 부끄러워했다.

"미아의 정령이 또 한쪽을 지탱하고, 나머지 한쪽을 내 『미로』마법으로 발을 묶고, 나나가 챔피언즈를 막았어. 그리고 루루의 저격이랑 리자 씨를 앞세워 수를 줄였다는 느낌이네."

개중에는 나나의 도발 스킬을 무시하고 돌격해서, 후위진을 공격하는 위험한 장면도 있었다고 한다.

"뭐, 루루의 공기 메치기가 멋지게 작렬해서 무사했어. 그치? 루루 언니."

아리사가 장난꾸러기의 웃음으로 루루를 보았다.

"아이참, 아리사. 그건 주인님한테는 비밀이라고 했잖아."

"아하하, 안미안미. 깜빡 했어."

"루루 씨, 굉장해요! 타우로스 챔피언이라면, 금사자급의 달인도 싸우는 걸 피하는 굉장한 마물인데! 저, 존경스러워요!"

"어, 그게~ 고맙습니다?"

흥분한 로로가 손을 잡고 붕붕 흔들자, 루루가 난처한 표정이다. 이런 두 사람도 귀엽구나.

"포치도 핀치였던 거예요!"

포치가 뿅뿅 뛰면서 주장했다.

"다치진 않았니?"

"네, 인 거예요. 알 아가가 나와서 포치를 지켜준 거예요!"

포치가 알 포대기에 담긴 「백룡의 알」을 들어 주장했다.

"알이?"

그러고 보니 피아로오크 왕국에서도 알이 요정 가방에서 튀어 나왔었지.

"네, 인 거예요! 알 아가가 어퍼~로, 챔피언을 녹아웃 한 거예요!"

"그거 굉장하네."

역시 용이구나. 알 상태에서도 전투를 바라다니.

"네, 인 거예요. 포치랑 알 아가는 뜨거운 인연으로 맺어져 있는 거예요."

포치가 알 포대기를 상냥하게 끌어안고 볼을 비볐다.

"포치, 알에게 감사를 하는 건 좋지만, 일단 핀치가 됐다는 것을 반성하도록 하세요."

"네, 인 거예요. 포치는 반성하는 거예요."

리자에게 혼난 포치가 알 포대기를 원래위치로 돌려놓고 반성의 포즈로 귀와 꼬리를 쏙 내렸다.

"로로, 없어~?"

가게 쪽에서 로로를 부르는 소리가 들렸다.

"어머, 손님이에요. 잠깐 가볼게요."

"로로 씨, 저도 도울게요."

로로와 루루가 점포 쪽으로 달려갔다.

"로로, 도와."

"로로, 같이."

"로로, 기다려."

"유생체, 기다려 달라고 고합니다."

햄스터 꼬마들이 나나의 품에서 도망쳐 로로를 따라갔다.

"너무 예뻐해서 도망쳤나 봐."

그걸 보고 있던 아리사가 사정을 가르쳐 주었다.

미아는 모르쇠하는 표정으로 술래잡기의 곡을 연주했다.

타마는 정원수의 그림자에서 몸을 동그랗게 말고 낮잠을 자기 시작해 버렸다. 냉동 마물을 아리사의 「격납고」에서 꺼냈으니까, 지금은 에어컨을 켠 것처럼 시원하단 말이지.

"나도 돕고 올게."

"주인님, 저희들도 돕겠습니다."

"미궁에서 막 돌아온 참이니까 쉬어둬."

내가 말하고 점포에 돌아갔다.

◆

"여기가 숨겨진 명품 상점이군!"

"보라고, 저 뼈 검. 이렇게 날카로운데 약해 보이는 느낌이 전혀 없어."

"거기다 가격도 적당하네."

"그보다도 그 녀석이 가지고 있던 맛있고 싼 보존식이지!"

"냄새 안 나는 양초도 있다."

"바보 자식, 특제 벌레 퇴치제랑 마법약도 있어!"

좁은 가게에 넘칠 정도의 손님을 로로와 루루가 응대하고 있었다.

돕고 있는 햄스터 꼬마들은 너무 바빠서 서로서로 부딪혀 넘어져서 눈을 핑핑 돌리고 있었다.

"어쩐지 손님이 많지 않아?"

"신제품의 소문이 괜찮게 퍼져서 그런가?"

요즘은 아침저녁으로 이런 느낌이다.

"이, 이 뼈 장비를 만든 분은 어디 있지! 부디 나를 제자로 받아주면 좋겠다!"

"죄송합니다. 제자는 받지 않는다고 해요."

제자 지원자 사령술사를 로로가 **평소처럼** 거절했다.

스킬 레벨이 최대인 탓인지, 다른 기술자들보다도 품질이 좋은 모양이란 말이지.

"주인님, 장부는 제대로 적고 있어?"

"매상이나 경비는 제대로 장부에 적고 있을 거야."

로로가 관리하는 거라 나는 잘 모른다.

"으엑, 이게 뭐야. 날짜랑 물품이랑 금액을 메모해둔 것뿐이잖아. 복식까지는 안 바라지만, 하다 못해 조금 표로 만들어서 관리를 해애애애애."

아리사가 장부를 보고서 신음했다.

"오늘 밤부터 로로에게 경리라는 게 뭔지를 가르쳐야겠어."

"살살 해줘라."

전생이 경리직 OL이었기 때문인지, 아리사는 장부에 엄격하다.

◆

"오~홋홋호!"

떠들썩한 가게 안에, 악역영애 같은 높은 웃음 소리가 울렸다.

아리사와 둘이서 고개를 내밀었다. 루루가 난처한 표정으로 웃음소리의 주인을 보고 있었다. 로로는 없다. 상품을 꺼내러 안쪽에 간 모양이다.

"낡아빠진 가게치고는 상당히 사람이 많군요."

우호적이라고 하기 어려운 말이, 금발 트윈테일 머리를 한 소녀의 입에서 튀어나왔다.

조금 뾰족한 귀가 신경 쓰여서 AR표시로 확인했다. 소녀는 요정족인 레프라콘인 모양이다.

분명히, 지구의 전승으로는 장난을 좋아하는 요정이었을 거야.

"낡아빠진 가게라는 건 말이 좀 심한 거 아냐?"

비우호적인 소녀에게 아리사가 반박했다.

"당신은 뭐죠?"

한순간 움찔 물러났던 소녀였지만, 가슴을 펴고서 새침한 표정으로 이름을 밝혔다.

"모험가 따위가 요새도시 아카티아 제일의 상점, 웃샤 상회 회장의 장녀인 케리나그레와 대등하게 이야기를 할 수 있다고 보나요? 조금 주제넘는—."

"케레나그루? 옛날에 그런 광고 봤었는데."

미안, 아리사. 그런 광고 나도 모른다.

분명히 한두 세대 전의 광고겠지.

"틀리지 말아 주세요! 제 이름은 케리나그레!"

열을 내는 소녀에게, 아리사가 미안미안 하며 가벼운 느낌으로 사과했다.

"우리 웃샤 가문은 증조부 님의 대에 브라이브로가 왕국에서 까불이 경의 지위를 받았을 정도의 명가랍니다!"

그러고 보니 나도 브라이브로가 왕국의 스마티트 왕자한테 까불이 경의 칭호를 받았었지.

혹시 그 지역에서는 굉장한 칭호인가?

"저, 저기! 그래서 케레나그리 씨는—."

"그러니까, 케리나그레! 제 이름은 케리나그레랍니다!"

다른 뜻 없이 틀려 버린 루루에게 소녀가 소리쳤다.

소녀는 눈물까지 짓고 있었다. 조금 가엾군.

어쩐지 미궁도시 세리빌라에 있는 「담쟁이 저택」의 집요정 레리릴이 떠올랐다.

"그래서 웃샤 상회의 아가씨가 용사 상점에 어떤 용건인가요?"

이야기가 진행되지 않기에, 소녀의 용건을 확인했다.

"흐, 흥! 처음부터 그렇게 말하면 되는 것을!"

소녀가 눈가에 맺힌 눈물을 닦더니, 「승부랍니다!」 하고 나를 가리키며 외쳤다. 그때 햄스터 꼬마들을 데리고 로로가 돌아왔다.

"—어라? 케리, 오랜만이야."

로로가 친근한 느낌으로 소녀를 불렀다.

"누가 케리야! 줄이지 말라고 늘 말하잖아!"

"그치만 케리, 이름을 잘못 부르면 화내는걸."

로로가 조금 토라진 느낌으로 대꾸하는 말을 듣자, 케리 양이 혼자서 끓어올랐다.

"당연하지! 우리들, 브라이브로가 씨족의 레프라콘은 이름을 귀하게 여겨! 줄이는 것도 잘못 부르는 것도 금지! 금지예요, 금지!"

"로로 씨 아는 사이인가요?"

"네, 루루 씨. 케리— 케리나그레는 제 소꿉친구예요."

루루의 질문에 로로가 대답했다.

발치에 위화감이 느껴져서 내려다보니, 햄스터 꼬마들이 내 뒤에 숨어 있었다.

"마시타, 아래 보지 마."

"마시타, 들켜."

"마시타, 숨겨줘."

햄스터 꼬마들이 작게 말했다.

아무래도, 햄스터 꼬마들은 케리 양이 거북한가 보다.

"그런 옛날 일은 잊었어. 지금 나는 요새도시 아카티아 제일의 웃샤 상회에서, 부대표를 맡고 있을 정도니까! 이런 영세 상점의 가난뱅이 점주랑 똑같이 보지 말아줘."

케리 양이 어깨에 내려온 트윈테일 한쪽을 촥, 소리가 날 정도의 기세로 뒤로 떨쳤다.

아리사가 「쟤는 표정으로 머리칼을 떨치는 동작이 엄청 어울리네. 가능하면 트윈테일 끝을 드릴처럼 세로 롤로 하면 좋겠어」라는 망언을 중얼거렸지만, 가볍게 무시했다.

"그랬어?"

"네. 케리는 어렸을 때부터 장사를 위해서 이것저것 노력해온 아이예요."

내가 물어보자 로로가 소꿉친구를 자랑했다.

"그, 그러니까, 줄이지 마!"

외치면서도 케리 양의 볼이 붉어졌다.

"마스터, 점포가 프리즈했다고 고합니다."

"응, 안쪽."

나나와 미아가 점포에 나타나, 다른 손님이 방치된 것을 지적했다.

"주인님, 점포는 저희들에게 맡겨 주십시오."

"도와~?"

"포치는 가게 돕기의 프로인 거예요!"

동료들이 가게를 맡아 주어서, 로로와 케리 양을 재촉하여 카운터 안쪽에 있는 응접실로 이동했다. 아리사도 함께다.

"이 구운 과자 뭐야? 어째서 이렇게 맛있는 거야?"

케리 양이 고상한 태도를 유지하면서도, 어마어마한 속도로 구운 과자를 입으로 옮기고 있었다.

어지간히도 마음에 든 모양이군.

햄스터 꼬마들은 로로의 소파 뒤에 숨으면서도, 구운 과자를 나눠 받아서 오독오독 열심히 먹고 있었다.

구운 과자가 신경 쓰이는 기색인 타마와 포치에게도 하나씩 선물했다.

『그러고 보니, 「승부」가 뭐라고 안 했어?』

『이대로 승부를 잊고서 돌아가 주면 편한데 말이야.』

아리사와 공간 마법 「원거리 통화」로 밀담을 했다.

응접실로 이동하는 김에 차를 권하자, 케리 양이 다과로 내온 수제 쿠키에 마음을 빼앗겨 버렸다.

이 쿠키는 가게를 보는 사이에, 현지 소재로 만든 스위트 레시피를 개발할 때 만들었다.

"아가씨, 갑자기 뛰쳐나가셨다 싶더니, 다과회인가요?"

"토마리!"

점포 쪽에서 미녀가 말을 걸었다.

가게를 보는 리자에게 막혀서, 이쪽으로 오지 못한 모양이다.

리자에게 「보내도 돼」라고 하자, 키가 작은 미녀가 이쪽으로 왔다.

케리 양과 마찬가지로 뾰족한 귀를 보니, 그녀도 요정 레프라콘인 모양이다.

"처음 뵙겠습니다. 케리나그레 아가씨의 비서로 일하고 있습니다. 웃샤 상회의 지배인 대리 토마리토로레라고 합니다."

레프라콘 여성은 혀가 꼬일 것 같은 이름밖에 없나?

그러고 보니, 아까 케리 양이 이름을 줄이지 말라고 주장했는데, 동족이 상대면 줄여도 되나?

"아가씨, 이야기가 끝나셨다면 이제 그만 돌아가야 합니다. 금 사자급 모험가 여러분이 기다리다 지친 기색입니다."

"핫! 그러고 보니 안 끝났어! 하마터면 구운 과자의 함정에 빠져서 아무것도 안하고 돌아갈 참이었어."

유감이군. 케리 양이 귀찮을 것 같은 본론을 떠올려 버렸다.

"승부랍니다!"

케리 양이 의자에서 일어서며 외쳤다.

"특별히 대마녀님의 의뢰에 참가하게 해주겠어! 이 의뢰를 달성하면, 이 가게도 대마녀님의 보증을 받을 수 있어!"

"대마녀님의 보증을……!"

로로가 보기 드물게 큰 소리를 냈다.

아무래도, 그렇게 굉장한 일인가 보군.

"아가씨, 아무리 수많은 상회가 동시에 받는 경쟁 의뢰라 해도, 괜히 경쟁 상대를 늘리는 것이 과연 바람직한 것인지 싶습니다."

"괜찮아! 네가 지면『용사 상점 특제 보존식』의 입하 루트를 가르쳐 줘야겠어! 그게 의뢰에 참가하는 판돈 대신이야!"

그렇군. 이기면「대마녀님의 보증」을 얻고, 지면「특제 보존식의 입하 루트 정보」를 준다는 거구나.

응, 잃는 게 아무것도 없어. 입하 루트는 나니까.

입하량을 몇 할 나누는 거라면 또 다르지만.

"받기 전에, 의뢰의 내용을 알고 싶은데? 설마하니, 이미 의뢰품을 다 모아놓고서 그러는 건 아니겠지?"

"당연하지! 의뢰가 있었던 것은 오늘 아침! 어떤 상회에도 재고가 없는 물건이니까 의뢰가 나온 거야!"

아리사의 의혹에 섭섭하다는 듯, 케리 양의 발언이 뜨거워졌다.

"의뢰품은 뭐야?"

"여기에 적혀 있어."

케리 양이 펼친 두루마리에 적힌 소재는 셋.

맷셔 개구리의 혀, 땅 밑을 기는 백합근, 거대 고룡수의 등에서 자라는 기생 버섯의 3종이라고 한다.

맵 검색을 해보니, 요새도시 안에는 없다. 소녀의 말에 거짓은 없는 모양이다.

"들어본 적이 없는 소재들이네. 주인님, 알겠어?"

"채취할 수 있는 사냥터 정도는."

맵 검색을 해보니, 개구리는 수해 미궁 서방의 상급자 구역 「진흙탕 유적」에, 백합근은 수해 남방의 중급 상위자 구역 「흡혈 습지」에, 기생 버섯은 최상급자 구역인 「성」에 있는 모양이다.

—어라?

버섯의 기생 구역이 익숙하기에, 스토리지를 검색했더니 이미 가지고 있었다.

"왜 그래?"

"잠깐 기다려."

나는 창고에 가는 척하면서, 스토리지에서 꺼낸 기생 버섯을 가지고 응접실로 돌아왔다.

"그, 그건 기생 버섯!"

"역시, 이거군."

"그 소재 어디 있었어?"

"『성』에서 사냥한 마물에 기생하고 있었어."

"헤~, 그러면 첫 번째 소재는 클리어네!"

"기, 기기기기—."

"케리코, 왜 그래? 부서진 레코드처럼."

스타카토를 새기는 케리 양을 보며 아리사가 고개를 갸웃거렸다.

"기다려!"

케리 양이 기생 버섯에 손을 뻗기에, 위로 들어 올려 피난시켰다.

"그건 무효! 무효로 해줘!"

엄청 당황하네.

제일 난관인 아이템이 존재하는 게 너무 예상을 벗어나서 그런가?

"에~ 그건 그쪽에 너무 편하지 않아?"

아리사가 케리 양 앞에 섰다.

"그, 그러면, 우리 쪽 입하 루트를 하나 나눠주겠어."

"우~응, 별로 득이 안 되는데~."

"그러면, 뭐가 좋은데!"

아리사가 나를 보았다. 배턴 터치로군.

"그러면, 용사 상점이나 로로가 곤란할 때, 딱 한 번 도와주실 수 있나요?"

"좋아! 그걸로 타협해줄게!"

케리 양이 즉시 대답했다. 판단이 빠르네.

"어차피 만년 적자인 가게인걸. 빚을 대신 갚아 달라거나 그런 거지?"

케리 양이 로로를 보았다.

자기한테 말할 줄 몰랐는지, 로로가 눈을 깜박거렸다.

"아, 요즘에 흑자가 됐어!"

"흑자? 그 용사 상점이? ―그러고 보니 아까 손님이 많았어."

케리 양이 눈을 깔고서 사고에 몰두했다.

"당신이구나! 당신이 용사 상점을 흑자로 만들었지!"

척 하고 나를 가리켰다.

"로로를 조금 도왔을 뿐이에요."

"그럴리가요! 아니에요! 사토 씨가 신상품을 이것저것 생각해 준 덕분이에요!"

로로가 조금 화난 표정으로 나를 올려다보았다.

"흐~응."

케리 양이 조금 생각한 다음에, 씨익 입가를 끌어올렸다.

"당신, 웃샤 상회에서 고용해줄게."

"아, 안 돼요! 사토 씨는 용사 상점의 점원이에요!"

로로가 나를 감추듯 끌어안고서, 케리 양에게 호소했다.

그 필사적인 모습에, 아리사도 철벽 행동을 할까말까 망설이는 모양이다.

"급료는 지금의 세 배야. 오늘부터 올 수 있겠지?"

"세, 세 배? ……사토 씨."

로로가 매달리는 것처럼 나를 올려다보았다.

"괜찮아. 용사 상점을 그만둘 생각은 없어."

내가 대답하자, 로로가 안심하여 내 가슴에 얼굴을 묻었다.

"―칫, 말과는 다르게 기특하네."

가로채기에 실패한 케리 양이 분해 보인다.

"―말. 혹시……."

"아니야. 고르고르 상회가 뽑아갔다는 이야기를 들었을 뿐이지. 너 그 상회에서 돈 빌렸었지?"

그렇군. 그 상회는 빚 대신에 용사 상점을 통째로 집어 삼키고자 꾸미고 있었단 느낌인가?

"아가씨, 이야기가 샛길로 빠졌습니다."

비서가 케리 양에게 넌지시 일렀다.

"알고 있어, 토마리. 일단, 뭔가 부탁 한 번 분량으로 기생 버섯은 무효야. 나머지 둘로 승부야!"

케리 양이 척 하고 **아리사에게** 손가락을 내밀었다.

이럴 땐 점주인 로로를 가리켜야 하는 거 아냐?

"모험가 길드에 소개장 필요해?"

케리 양이 아리사에게 물었다.

"필요 없어. 로로한테는 우리가 있는걸!"

"당신들이? 계급은?"

"아카티아에 온지 얼마 안 돼서 아직 은호급이지만, 실력은 금사자급한테 안 진다고 자부하고 있어!"

"그래?"

소녀는 가게에서 일하는 리자나 나나를 가늠하는 시선으로 본 다음, 「그러면, 열심히 해봐」 하는 말을 남기고 가게를 나섰다. 비서가 몇 번이고 재촉했으니까.

◆

케리 양 일행을 배웅한 다음, 로로가 미안한 기색으로 입을 열었다.

"죄송해요. 사토 씨랑 여러분을 끌어들여서."

"신경 안 써도 돼. 그 조건이라면 져도 잃는 게 없고, 우리 애들이라면 지지 않을 테니까."

내가 말하자 동료들이 자랑스러운 표정으로 웃었다.

로로에게 가게를 맡기고, 동료들을 금방 안쪽 응접실로 모아서 채취할 아이템이 있는 장소를 가르쳐 주었다.

"그래서, 우리들이 모아오는 건 어떤 아이템이야?"

"잠깐만."

나는 맵 검색으로 발견한 아이템을 타깃으로 공간 마법 「멀리 보기」를 발동하여, 그 모습을 스케치했다. 그러고 보니 익숙해진 탓인지 「멀리 보기」의 발동 가능 거리도 상당히 멀어졌다.

"진흙탕 유적에 서식하는 매셔 개구리는 이런 느낌. 포식자가 나타나면 일제히 진흙탕 안으로 파고들어 도망치니까, 포획할 때는 주의해."

마침 관찰하는 와중에 까마귀 마물이 공격해서 생태를 보았기에, 그것도 주의사항으로 동료들에게 전달했다.

"개구리 고기는 튀김~?"

"포치는 개구리 고기 스테이크나 데리야키도 좋아하는 거예요."

일러스트를 본 타마와 포치가 식욕이 가득한 감상을 중얼거렸다.

"두 사람. 이것은 주인님의 위신을 건 승부입니다. 진지하게 하세요."

"네잉."

"네, 인 거예요. 포치는 진지 파워 맥스인 거예요!"

리자가 혼내자 타마와 포치가 척 포즈로 기합을 보였다.

"또 하나. 흡혈 습지에 있는 『땅 밑을 기는 백합근』은―."

마찬가지로 스케치를 하려고 했는데, 「땅 밑을 기는 백합근」은 「땅 밑을 긴다」라는 이름 그대로 흙 속에 있어서 전체상이 잘 안 보인다. 그래도 집중하니까 나름대로 윤곽이 보이기에 그걸 그렸다.

"이 백합근의 겉모습은 이런 느낌. 레벨은 낮지만, 광대한 영역에서 지하 몇 미터의 장소를 배회하고 있어. 쓰러뜨리는 것보다 발견하는 게 힘든 마물인 것 같다."

스케치를 보여주면서 정보를 전달했다.

"지하 덩굴? 백합근은 구근 아니었어? 어째서 감자처럼 된 거야?"

"글쎄? 그런 식생의 마물이라서 그런 거 아닐까?"

아리사의 의문은 지당하지만, 나한테 물어본다고 알 리가 없지.

아마, 감자처럼 생긴 걸 열어 보면 백합근 같은 모습과 맛일 것 같은데.

"백합근, 맛있어."

"잔뜩 캐내면, 차완무시나 여러 가지 요리를 만들게요."

"응, 기대."

미아에겐 미안하지만, 티아 씨에게 받은 레시피집의 비고란에 따르면 독성이 높은 모양이다.

조리법이 있는지는 모르겠지만, 맛있게 먹을 수 있는 방법을 조사해 봐야겠는걸.

"이 둘은 사냥터가 굉장히 떨어져 있으니까 한쪽은 내가 담당할까?"

내가 제안하자, 아리사와 리자는 잠시 마주본 다음 누가 먼저랄 것도 없이 수긍했다.

"응, 부탁할게. 우리가 오기를 부려서 로로가 지면 안 되니까."

"둘 다 처음 보는 사냥터에 처음 보는 사냥감이니까, 무리해선 안 됩니다."

둘 다 제대로 우선해야 할 일을 알고 있어서 안심했다.

"그러면, 어느 쪽을 담당할래?"

"개구리~."

"포치는 개구리가 좋은 거예요!"

"백합근."

타마와 포치는 개구리를, 미아가 백합근을 골랐다. 다른 애들은 어느 쪽이든 좋은가 보다.

백합근 쪽은 아리사의 공간 마법이나 미아의 흙 정령 게노모스로도 찾는데 고생할 것 같으니까, 내가 백합근을 맡는 게 좋을까?

"그러면 내가 백합근을 담당할게."

"우응."

미아가 불만스러워 보이네.

"어떠니, 미아는 나랑 같이 갈래?"

"응, 갈래."

"자, 잠깐!"

"뉴!"

"포치도 주인님이랑 같이가 좋은 거예요!"

"저도 마스터와 동행을 희망한다고 고합니다."

미아에게 말했더니, 다른 애들이 한 마디씩 했다.

소재 채취를 하는 김에 다른 애들이랑 같아지도록 미아의 레벨 올리기를 하려고 했는데, 그건 다음 기회에 하는 편이 좋겠네.

결국, 새치기 방지 조약이라는 걸 적용해서 나는 혼자 가게 됐다.

잠시 가게를 비우게 됐군. 그 사이에 트러블이 있으면 곤란하니까, 충분한 재고를 창고에 준비해놓고 경비용 골렘을 배치했다. 덤으로 소환한 「그림자들이 박쥐」를 로로의 그림자에 숨겨두면 완벽하겠지.

맡아두고 있던 나나의 황금 갑옷은 돌려주었다. 나나의 황금 갑옷에는 시험작 「캐슬」 기능을 조합했지만, 실전 테스트를 하기 전이라 내가 없는 장소에서는 쓰지 말라고 말해두었다. 시운전은 했지만, 실전에서 문제가 없을 거라고 장담 못하니까.

우리는 이틀날 동틀 녘에, 로로의 배웅을 받으며 요새도시 아카티아를 출발했다.

그리고, 우리가 출발한 그 날.

언데드의 대군이 요새도시 아카티아를 습격했다.

막간: 죽은 자의 군세

"나를 따르라, 원령^{레이스}이여!"

개구리 수인 노사령술사 잔자산사가 마왕 「사령명왕」의 유물을 들고 명하자, 얼음 화살을 비처럼 내리던 레이스의 움직임이 멈추었다.

레이스는 느릿한 속도로 내려오더니, 노사령술사 앞에 고개를 숙였다.

"굉장해. 정말로 원령을 거느려버렸다."

"굉장함다! 잔자산사는 굉장함다!"

쥐 수인의 중년 사령술사 조조와 도마뱀 수인 신참 사령술사 샤시가 흥분하여 소리를 높였다.

언데드 중에서도 레이스를 사역하는 것은, 실력 있는 사령술사라도 불가능에 가까운 위업이다.

"후우, 어떻게든 됐군."

노사령술사는 식은땀을 흘리면서도, 턱수염을 매만지며 만족스럽게 말했다.

―WZRRRAITTTTYH.

레이스가 노사령술사에게 가까이 다가가, 땅속에서부터 올리는 것처럼 소리를 냈다.

노사령술사는 묵묵히 레이스를 보았다.

"이, 이봐, 괜찮은 거야?"

"자, 잔자산사……."

조조와 샤시가 불안한 기색으로 노사령술사를 보았다.

노사령술사는 말없이 걸었다.

"어, 어디 가는 거야?"

"지하다."

노사령술사가 조용히 대답했다.

"지하?"

"그래. 숨겨진 통로 끝에 태고의 영묘가 있다."

레이스가 그렇게 말했다고 노사령술사가 말했다.

"영묘라는 건……."

"시체가 굴러다닌다는 거군."

샤시가 중얼거리자, 조조가 이어 말했다.

"그래. 태고의 영웅을 조종하면 대마녀 아카티아도 별 거 아니지."

"그거, 좋은데! 가자, 샤시!"

"아, 알겠슴다."

사령술사들은 의기양양하게 지하 영묘로 나아갔다.

◆

"……괴, 굉장함다."

샤시의 눈앞에 백을 넘는 고위 언데드의 기사들이 정렬해 있었다.

지하 영묘에 잠들어 있던 대량의 시체를 노사령술사가 유물의 힘을 사용해 언데드화하여 거느린 것이다.

"이 부장품도 굉장하구만. 보석에 금 촛대, 그것마저도 빛바랠 정도의 마법 무기다."

조조는 부장품을 몸에 달고서 저열한 웃음을 지었다.

"조금 지쳤군. 나머지는 샤시, 네가 해볼 테냐?"

"어? 제가? 괜찮습까?"

노사령술사가 내민 유물을 보고, 샤시가 눈빛을 반짝거렸다.

"기다려! 이 몸이 쓰게 해줘, 잔자산사. 이 몸이라면 샤시의 100배는 잘 쓸 수 있지."

노사령술사는 조금 생각한 다음, 유물을 샤시가 아니라 조조에게 건넸다.

"흠. 좋아, 써봐라."

"그, 그럴 수가…… 치사함다."

"뭐야아? 뭐 불만이라도 있냐?"

샤시는 불복하듯 투덜거렸지만, 조조가 한 번 노려보자 고개를 숙였다.

"복종해라, 사령 놈들!"

조조가 외치자, 늘어선 관의 뚜껑이 안에서 열리며 안에 있던 언데드 기사들이 일어섰다.

'잔자산사가 언데드화한 기사보다 약해 보이네.'

샤시는 그렇게 생각했지만 말하진 않았다.

"상당히 지치는군."

"익숙해지면 그렇지도 않다. 오히려, 나보다도 소질이 있군."

칭찬하는 노사령술사의 말을 들은 샤시가 고개를 갸웃거렸다. 아무리 잘 봐줘도, 조조가 사역한 기사들이 약해 보였으니까.

"그렇군, 그렇다니까. 이 몸은 굉장하지~."

샤시의 내심 따위 모른 채, 조조는 칭찬을 듣고 순순히 기분이 들떴다. 가까이에 적당한 나무가 있으면 타고 올라갈 정도였다.

노사령술사의 재촉을 받고서, 조조가 차례차례 기사를 언데드화했다.

"조조, 레이스에게서 추가 정보다. 이 앞에 언데드화에 적합한 소재가 있다고 하는군."

"좋네, 기사들만 있어서 질리는 참이었어."

그렇게 허세를 부리는 조조의 얼굴에는 피로가 짙게 떠올라 있었다.

가끔 다리가 꼬이면서도 나아간 곳에, 삭아버린 옥좌가 기다리고 있었다.

옥좌에 앉아 있는 목과 팔다리가 없는 주검―.

"이건 뭐야? 몸통뿐이잖아."

"위대한 왕의 주검이다. 언데드화만 하면 육체의 결손은 어떻게든 되지."

깔보는 조조에게 노사령술사가 속삭였다.

그것을 뒤에서 바라보면서, 샤시는 땅바닥에 뿌리를 내린 듯 앞으로 나아가지 못하고 있었다.

'여기에 있기만 해도 목숨을 빨리는 느낌이 든다.'

"……저건, **안 된다.**"

샤시의 마음속에서 두려움과 다른, 제6감 같은 것이 격렬하게 경종을 울렸다.

그런 샤시 따위 신경 쓰지도 않고, 이야기가 진행됐다.

"나는 무리다만, 조조, 너라면 할 수 있을지도 모르지."

"좋았어~ 맡겨만 두라고! 어디 해보자."

노사령술사가 부추기자 조조가 팔을 걷어 부치고 주검에 다가갔다.

"기, 기다리십쇼. 저건 안 된다. 건드리면 안 되는 녀석임다."

"흥, 겁쟁이는 입 다물고 보고 있어. 이 몸의 굉장한 모습을 보여주마."

의욕이 가득한 조조는 새내기의 경고 따위 단순한 노이즈처럼 내쳤다.

"아, 안 됨—."

더욱이 말리려는 샤시를 노사령술사가 말없이 막았다.

"—잔자산사?"

샤시는 자신을 올려다보는 노사령술사의 잔혹한 눈동자에 아무 말도 하지 못하게 됐다.

"눈을 떠라, 주검! 세기의 대사령술사 조조 님의 명령이다!"

검은 안개가 시체에서 뿜어져 나왔다.

검은 안개가 사람의 형체를 이루더니, 자신의 몸을 내려다보거나 주위를 둘러보았다.

"좋아, 눈을 떴군. 이리 와라."

줄줄 비지땀을 흘리면서도, 조조는 해냈다는 표정을 지었다.

『……와, 라?』

"그래. 너의 새로운 주인, 조조 님의 명령이다."

『……명, 령.』

사람 모양의 안개는 조조 쪽에 천천히 걸어갔다.

"거기면 된다. 멈춰라."

조조가 명령하지만 사람 모양의 안개는 움직임을 멈추지 않고, 조조의 눈앞에 얼굴을 가까이 대더니 공허한 안와로 들여다보았다.

심연과 통하는 깊은 어둠에, 조조는 겁을 먹었다.

"마왕『사령명왕』의 이름으로 명한다! 이 몸에게 복종해라!"

그 두려움을 얼버무리듯, 조조가 큰 소리로 외쳤다.

『복, 종—.』

사람 모양의 안개가 순종적인 보습을 보이자, 조조가 씨익 웃었다.

『—내, 가?』

그 말의 의미를 이해한 조조의 표정이 얼어붙은 직후에, 조조의 입과 코와 눈으로 안개가 들어갔다. 마치 마비된 것처럼, 조조는 도망치지도 고개를 돌리지도 못했다. 그저 유린당할 뿐이다.

손에 든 머리칼이 생물처럼 꿈틀거리고, 조조의 몸에 몇 겹으로 휘감겨 의복을 찢고서 몸에 파고들었다.

"우와, 우와와와, 잔자, 잔자산사! 큰일 났습다! 조조가, 조조가!"

샤시가 황급히 노사령술사에게 매달리지만, 노사령술사는 흥악한 웃음이 더욱 짙어졌다.

모든 안개가 들어가자, 조조의 비명인지 오열인지 구분이 안 되는 울음소리가 흘러나올 뿐이다.

땅에 쓰러진 조조가 경련을 일으키고 움직이지 않게 됐다.

"—조조?"

샤시가 이름을 부르면서 조심조심 다가갔다.

눈을 부릅뜬 조조에게, 샤시가 「우왓」 하고 놀란 소리를 내면서 뒤로 물러섰다. 겁을 먹은 나머지, 엉덩방아를 찧은 채 부르르 떨었다.

"사령명왕 폐하시군요?"

노사령술사가 확신을 가지고 물었다.

"모른다. 나는, 이름 없는, 망령."

조조의 몸을 쓰는 누군가는, 산 자는 결코 낼 수 없는 불길한 목소리로 대답했다.

"저희들에게 힘을 빌려주실 수 없으시온지?"

"졸리다. 내, 잠을, 방해 말라."

"알겠습니다. 잠들어 주십시오. 누구도 들어오지 못하도록 입구를 봉하겠습니다."

"그래. 무례한 자의, 껍질도, 처분해라."

그렇게 말하고 조조의 몸에서 안개가 뿜어져 나와, 옥좌의 시체 안으로 사라졌다.

노사령술사는 샤시에게 지시하여 조조의 시체를 숨겨진 문 밖으로 옮겼다.

◆

"잔자산사, 이제부터 어떡함까?"

"사령술사가 하는 일 따위 정해져 있지."

노사령술사는 유물과 융합한 조조의 시체를 언데드화시켰다.

"실패한 검까? 조조의 몸에서『죽은 자의 목소리』가 안 들림다?"

적성이 있는 사령술사는 죽은 지 얼마 안 된 시체나 언데드에서 신음 소리 같은 것을 들을 수 있다.

그러나, 그것이 들리지 않는다고 샤시는 호소했다.

"이것은 주구(呪具)다."

"주구임까?"

"그래. 조조의 혼과 몸은 마왕『사령명왕』의 잔류사념에 오염되어, 주물(呪物)로 전락한 것이다."

노사령술사가 샤시에게 대답했다.

'사실은 잔류사념을 지배하고 싶었지만, 역시 죽어서도 마왕. 유물을 사용해도 마왕을 지배할 수는 없군. 조조에게는 미안한 일을 했지만, 이 잔재는 내가 의미 있게 사용해 주지.'

노사령술사는 조조를 부추겨서, 자기 대신 불구덩이에 뛰어들도록 한 모양이다.

"이 주물의 힘이 있으면, 우리들 사령술사는 더욱 강해진다. 타우로스들이 권속을 강화하는 것처럼, 이 주물이 저주 기사들을 ^{커스드 나이트} 더욱 강하게 해준다."

노사령술사가 키가 작은 조조의 머리를 잡고 마력을 흘리자, 조조의 입과 눈에서 검은 안개가 흘러 넘쳐 영묘에 정렬해 있는 기사들에게 달라붙었다.

겁을 먹은 샤시의 마음에, 불로 달군 것처럼, 차가운 칼날로 베인 것 같은 독특한 감촉이 전해졌다.

"잔자산사! 입구의 스켈레톤이 망가졌습다!"

샤시와 그가 사역하는 언데드 사이에 이어진 연결이 끊어진 것이다.

"모험가인가?"

"모험가도 있지만, 이 감촉은 신성 마법으로 정화된 것 같습다."

"신관인가?"

"아마, 그런 것 같습다!"

노사령술사는 사역마로 쓰는 시체 까마귀^{언데드 크로우}에게 명해 정찰을 보냈다.

◆

"역시 언데드가 있었군!"

모로크 사제가 방금 정화한 백골을 가리키며 신이 나서 외쳤다.

그들은 「사신전」에 나온 레이스를 퇴치하기 위해 인근 소국의 신전에서 초빙된 신관들과 호위 모험가들이었다.

"기운이 느껴진다! 부정한 기운이 있어!"

"모로크 사제, 혼자서 먼저 가지 말아 주십시오!"

사신전 안으로 뛰어들어간 모로크를 모험가들이 따라갔다.

남은 신관들도 모험가에 이어 사신전으로 발을 들였다.

"우오오오오오오!"

그 눈앞에, 필사적인 형상의 모로크가 뛰어들었다.

"모, 모로크 공?"

놀라는 신관들의 물음에도 답하지 않고, 모로크가 뒤도 안 돌아보고 「사신전」에서 벗어났다.

신관들은 어안이 벙벙했지만, 사신전 안에서 들리는 무수한 발 소리와 신음 소리에 얼굴이 파랗게 변했다.

"도, 도망쳐라~!"

모로크보다 늦게 도망쳐온 모험가들 등 뒤에는 무수한 언데드들의 무리가 보였다.

"당신들, 신관이잖아? 『정화』로 퇴치해봐!"

"말할 것도 없다. ■■ 정화!"

신관들이 입을 모아 신성 마법을 영창하고 차례차례 「정화」를 뿜어냈지만, 언데드들을 승천시키긴커녕 발길을 멈추지도 못했다.

신관들과 모험가들은 짐을 땅바닥에 내던지고, 모로크 뒤를 따라 도망쳤다.

"어째서 정화가 안 되는 거야! 당신들 잘난 듯이 성직자가 어쩌고 그랬잖아!"

"저런 고위 언데드를 우리들 같은 평신관이 처리할 수 있겠나!"

"평신관이 무리면, 더부룩이 쥐라면 할 수 있나?"

"─더부룩이 쥐? 후후, 모로크 공이라면 가능하다. 애당초 원령을 퇴치하러 온 거니까."

너무나도 정곡을 찌르는 모로크의 별명에, 신관이 무심코 웃음을 흘렸다.

"모로크 공! 당신이라면 할 수 있잖아? 좀 해봐!"

"저런 고위 언데드의 무리를 한 번에 정화할 수 있겠나! 앞줄을 정화한 직후에, 나머지 무리에 휩쓸려 버린다!"

"그러면 어떡하란 거야? 이대로 도망치는 건 위험하지 않아?"

"그렇습니다, 모로크 사제. 죽은 자는 산 자를 바랍니다. 이대로 가면 요새도시 아카티아까지 가게 됩니다."

"태세를 재정비한다. 요새도시 아카티아의 외벽이 있으면 모조리 정화해주겠다!"

헥헥 가쁜 숨을 쉬면서, 그들은 요새도시를 향해 수해 미궁을 달렸다.

그 등 뒤에서, 지칠 줄 모르는 언데드의 군세가 저벅저벅 추적했다.

◆

"홋홋후, 가라! 나의 군세여!"

언데드들이 이루는 군세의 중심에서, 노사령술사가 음험하게 웃었다.

그 늙은 몸은, 거대한 거북이 언데드— 원념 갑옷 거북의^{그럿지 터틀} 등껍질에 설치된 단상 위에 있었다.

215

"큰일났습다. 이대로 가면, 정말로 다들, 죽어 버림다."

언데드 타우로스의 어깨에 탄 샤시가 혼자 중얼거렸다.

그는 자신이 가담한 사건이 예상 밖으로 커진 것에 어떻게 하면 좋을지 모르는 모양이다.

"보인다. 대마녀의 탑이다."

노사령술사의 들뜬 목소리를 듣고서 샤시가 시선을 올렸다.

껍질 모양 외벽 틈으로 탑이 보였다.

어렸을 적부터 익숙한 탑이다.

언제나 거기 있는 탑이, 이제부터 자신들이 저지른 악행 탓에 쓰러질지도 모른다.

그것이 샤시는 무서웠다.

"기다려라, 아카티아! 내 수중에 떨어지도록 해라!"

샤시의 마음 따위 모른다는 것처럼, 노사령술사는 연극처럼 거창한 동작으로 요새도시 아카티아를 깔아 보았다.

아카티아 방어전

"사토입니다. 해외에서는 도시 방어를 주제로 한 이야기가 나름대로 있습니다만, 일본에서는 별로 없는 것 같습니다. 역시 전국시대의 공성 같은 이미지가 강하기 때문일까요?"

"여기가 흡혈 습지구나—."

나는 용사 상점과 대상회 아가씨의 납품 승부를 위해서, 「흡혈 습지」에 「땅 밑을 기는 백합근」를 가지러 왔다.

"—맵 정보를 보면 이 근처일 텐데."

습지에 도착한 뒤로는, 다른 모험가들에게 발견되지 않도록 잡초와 비슷한 아슬아슬한 높이를 천구로 이동하고 있었다.

습지에는 악어나 공룡 같은 마물이 수두룩하게 있었다. 습지에 와 있는 모험가들의 사냥감은 지하 깊숙이 잠행하고 있는 백합근이 아니라 그쪽인 모양이다.

"조금 널찍하게 팔까?"

나는 마법란에서 「함정 파기」 마법을 써서, 백합근을 둘러싸듯 차례차례 지하20미터 정도의 구멍을 출현시켰다.

잠시 기다렸더니 구멍의 벽면을 뚫고서 백합근 일부가 튀어나오기에 「이력의 손」으로 붙잡아 끌어냈다.

겉보기에는 「꿈틀거리는 지하 덩굴」 같은 느낌이다. 꾸물꾸물 몸을 뒤틀어서 기분 나쁘네.

마법란에서 사용한 새로운 마법 「점착 그물」로 굳힌 다음에, 마핵 근처를 요정검으로 도려내 마무리를 지었다.

두루마리로 썼을 때는 가장 약한 잔챙이도 몇 초밖에 홀드 못 했었는데, 마법란에서 쓴 「점착 그물」은 상당한 고정력을 발휘해 주었다. 마력 공급을 끊으면 사라지니까, 앞으로도 편리한 비살상 포박 마법으로 활약해줄 것 같다.

"기껏 여기까지 왔으니까, 조금 샘플을 모아서 갈까—."

나는 세 시간 정도 들여서, 습지의 마물이나 식물이나 광물 등등 연성 따위에 쓸 수 있는 샘플을 모으며 다녔다. 수해 미궁은 약한 마물이 많지만, 개체 수가 많으니까 남획할 걱정이 없어서 마음이 편해.

아무도 안 오는 장소를 찾아서, 「함정 파기」와 「집 제작」 마법을 사용해 지하에 숨겨진 집을 만들었다. 귀환전이의 전이 포인트용이다. 각인판을 설치했으니, 이걸로 언제든지 채집을 하러 올 수 있어.

—끼익끼익.

뇌리에 박쥐의 울음소리가 들렸다.

로로의 그림자에 숨겨둔 그림자들이 박쥐다.

그쪽에 무슨 일이 있었던 모양이라, 「귀환전이」를 써서 요새도시 아카티아의 용사 상점으로 돌아갔다.

"다녀왔어, 로로."

"아! 어서 오세요, 사토 씨. 다행이에요. 아직 습지에 안 갔네요."

내가 말을 걸자 로로는 안도의 한숨을 쉬었다. 벌써 다녀왔다고 해도 혼란스럽기만 할 테니까, 정정하지 않고 상황을 확인했다.

"사토 씨가 있으면 괜찮겠네. 그러면, 나는 이만 갈게. 얼른 길드로 피난해라!"

가게에는 단골손님인 노나 씨가 와 있었나 보다.

노나 씨는 그 말만 남기고 용사 상점에서 뛰쳐나갔다. 어쩐지 조바심을 내는 느낌인데.

"무슨 일 있었어?"

"큰일났어요! 언데드의 대군이 아카티아를 향해서 이동하고 있다고 해요."

로로의 말을 듣고 확인했더니, 분명히 언데드의 대군이 이쪽으로 오고 있었다.

수해 미궁은 마물이 많은 데다가 공간 왜곡으로 이어져 있거나 한 탓에 이동 방향을 평면도로 알기 어려우니까, 방금 전까지 깨닫지 못했다.

접근하는 건 잡다한 언데드의 집합체인 모양이다. 수는 꽤나 많지만 레벨 20 이하의 적이 대부분이고, 100개체 정도의 저주 기사가 조금 강해서 레벨 30 후반부터 40 전반 정도다. 몇 마리인가 타우로스나 고룩수 같은 대형 언데드도 있다.

마족은 이 건에 얽혀 있지 않은가 보다. 전에 요새도시 안에서 봤었으니까 조금 경계하고 있었는데, 아무데도 마족이나 마왕 신봉자가 나타나지 않았다. 펜이나 티아 씨가 열심히 처리한 덕분이겠지.

"사토 씨! 괜찮아요! 이 아카티아에는 대마녀님이 있으니까요! 굉장한 마법으로 언데드의 대군 따위는 쓰러뜨려 버릴 거예요!"

"마시타, 안심."

"마시타, 괜찮아."

"마시타, 선물은?"

로로와 햄스터 꼬마들이 격려해주었다.

입을 다물고 맵 검색을 하고 있던 탓에 걱정을 끼쳐 버린 모양이다.

뭐, 막내 햄스터는 격려가 아니라 선물의 재촉이었지만.

"미안미안. 불안하게 생각한 게 아니라, 방어에 나서는 모험가들한테 뭔가 지원해줄까 생각하고 있었어."

"그거라면—."

로로가 대답하려고 했을 때, 문이 쾅 열리고 모험가 길드의 직원복을 입은 코뿔소 수인 남자가 들어왔다.

"흥, 『털 없는』 녀석의 가게로군. 긴급사태다. 아카티아 헌장에 따라 상품을 징발하겠다!"

그는 이쪽을 노려본 다음, 그렇게 말하고 세 장의 종이를 테이블에 내려쳤다.

테이블 위의 종이를 보았다.

"체력 회복약 100개, 해독 마법약 20개, 마비 해제의 마법약 20개, 보존식 300식, 화살을 있는 대로—."

용사 상점에는 재고가 있지만, 가게에 따라서는 힘들 것 같다.

그런 생각을 하면서, 첫 장을 넘겨보고 나는 눈썹을 찌푸렸다.

"이쪽 두 장은 다른 가게의 징발영장이군요. 돌려드리겠습니다."

돌려준 종이를, 직원이 난폭하게 다시 내밀었다.

"착오가 아니다. 최근에 악랄한 장사로 폭리를 취하고 있다고 하더군. 이 두 가게는 호랑이 수인과 사자 수인이 고생하면서 낸 가게다. 이번에는 네 가게가 내라."

직원이 잘난 척하면서, 턱짓을 하며 얼른 내라고 제스처로 명령했다.

세 장의 종이를 받으려는 로로의 손에서, 소매치기 스킬을 써서 두 장을 뽑아 둘둘 말아 직원의 목덜미에 내밀었다.

"거절합니다. 징발 영장에 적힌 가게에 내세요."

용사 상점의 재고가 윤택하니까 경영이 어려운 가게 대신 내주는 건 상관없지만, 그의 태도는 조금 문제가 있다. 정말로 망할 것 같으면 나중에 지원해 주면 되지.

"뭐라고, 『털 없는』 자식 주제에!"

흥분한 직원이 나랑 로로를 붙잡으려고 했다.

내가 찍어 누르는 것보다 빠르게, 한 줄기 바람과 함께 나타난 펜이 직원의 머리를 뒤에서 붙잡아 들어 올렸다.

"로로한테 뭘 하려고 했지?"

"으칵, 으아아아아!"

직원이 괴로워 보인다.

가만 보니, 펜의 손톱이 단단해 보이는 코뿔소 수인의 머리 부분에 파고들어 있었다. 꽤 아파 보이네.

"펜 씨, 그 정도만 하죠."

이대로는 스플래터한 상황이 될 것 같아서, 펜에게 구속을 풀도록 권했다.

"크으, 이 자식! 오? 어, 너, 아니, 당신은 대마녀님의 식객인—"

화가 펄펄 나서 돌아본 직원이었지만, 펜이 누군지 깨닫고서 얼굴이 파랗게 물들었다. 그는 권위에 약한가 보군.

"—꺼져라."

펜이 짧게 말하자, 직원이 바닥을 기어가면서 용사 상점을 뛰쳐나갔다.

레이더를 보니, 바깥에 스켈레톤이 다섯 정도 대기하고 있었다. 그들이 모험가 길드로 운반을 해주는 거겠지.

"저, 저기. 감사합니다."

로로가 카운터에서 바깥으로 나와 펜에게 인사를 했다.

"신경 쓰지 마라. 너에게 받은 은혜가 더 크다."

"네? 제가 뭔가 했나요?"

짚이는 곳이 없는 느낌의 로로를 무시하고, 펜이 나를 보았다.

"바깥의 적을 처리하고 오겠다. —로로를 맡기지."

"네, 맡겨 주세요."

내가 받아들이자, 펜이 들어왔을 때와 마찬가지로 바람처럼 물러갔다.

아무래도, 로로가 걱정되어 어떤지 보러 온 모양이군. 뭔가 로로에게 은혜를 입은 느낌인데, 로로가 스스로도 모르는 사이에 뭔가 해준 걸지도 모르겠다.

"무슨 용건이셨을까요?"

"글쎄? 티아 씨한테『로로가 어떤지 보고 와 줘』라고 부탁을 받은 게 아닐까?"

고개를 갸웃거리는 로로에게 그렇게 말하자, 납득한 기색으로 길드에 전달할 징발품 준비를 시작했다.

"그런 거군요. 다들, 준비 도와줘."

"로로, 도와."

"로로, 힘내."

"로로, 좋아."

햄스터 꼬마들도 로로를 따라 창고로 갔다.

나는 마법약 준비를 마치고, 일반적인 하급 체력 회복약에 상당하는 희석 마법약을 통으로 몇 갠가 꺼내뒀다.

펜이 나서는 것 같으니 장기전이 되지는 않을 거라 생각하지만, 모험가가 싸운다면 부상자가 많이 나올지도 모르니까.

"이게 전부네요. 그러면 부탁할게요."

로로가 정중하게 인사를 하자, 스켈레톤들이 덜컥덜컥 턱을 흔들면서 길드에 짐을 날랐다. 호러는 거북하지만, 이곳의 스켈레톤은 친근한 느낌이라서 좋아.

"그러면, 우리도 피난할까?"

"기다려 주세요. 아직 손님이 올지도 모르니까, 조금만 더 가게에서 기다리고 싶어요."

내가 있으니 로로와 햄스터 꼬마들이 위험할 일은 없다. 그녀의 희망을 따라줘야지.

"알았어. 손님이 안 오면, 피난해야 된다?"

"네, 사토 씨."

손님이 오면 건넬 수 있도록, 몇 종류의 대용량 세트를 준비해
둬야지.

가게에 돌아가려는 로로를 부르는 소리가 들렸다.

"로로! 우리 아들 못 봤니?"

양초상의 부인이 로로를 보고 달려왔다.

분명히 그의 아들은 로로의 소꿉친구인 사령술사였지.

"샤시 말인가요? 아뇨, 못 봤어요."

로로가 고개를 옆으로 젓자, 부인이 매달리는 눈으로 나를 보
았다.

맵으로 확인하자, 그의 아들은 요새도시와 언데드의 대군 중
간 지점에 있었다. 언데드 타우로스의 등에 타고 대군에서 도망
치는 모양이군. 이 속도 차이라면, 따라 잡히진 않겠지.

"아드님은 사령술사죠? 어쩌면 길드 쪽에서 소집 됐을지도 모
르겠어요."

그가 요새도시로 귀환하면 소속된 길드에 보고를 하러 갈 가
능성이 높고, 괜히 혼란에 빠진 도시 안을 찾아다니는 것보다는
안전하겠지.

"그렇네. 길드에 가서 물어볼게."

부인이 몇 번인가 인사를 한 다음, 반신반의하는 표정으로 물

러갔다.

그녀가 간 다음, 단골손님들이 교대로 차례차례 마법약과 보조 아이템류를 사러 왔다.

"다행이다. 열려 있어!"

"미궁에서 막 돌아온 참이라 보충을 못했거든."

"로로, 이렇게 많이 줘도 괜찮아?"

"네, 물론이죠. 무사히 돌아와 주세요."

"그래! 맡겨만 둬! 반드시 아카티아를 지켜주마!"

단골손님이 웃으며 가게를 나섰다.

그들에게는 덤으로 전투중이라도 먹을 수 있는 시험작 칼로리바나 시체 독 해제용 마법약이나 체력 회복약을 넉넉하게 주고, 행운의 룬을 새긴 부적 나무판을 건넸다. 재료는 아까 대량으로 확보했으니 문제없다. 내 노력 말고는 코스트가 거의 제로야.

이곳의 단골손님은 로로에게 「털 없는」 녀석이라고 차별 발언을 안 하니까 아무래도 좀 많이 지원을 해버린단 말이지.

손님에게 대응하면서, 아리사에게 공간 마법 「원거리 통화」로 요새도시의 현황을 전달했다.

『큰일이잖아! 주인님이 있으니까 괜찮겠지만, 우리도 얼른 탐색을 마치고 돌아갈게.』

『아니, 그 정도로 큰일은 아니니까 서두르지 않아도 괜찮아.』

『그러면, 부상이 없을 정도로 서두를게.』

아리사가 말하고 통화를 끊었다. 동료들의 현재 위치라면 목적인 개구리가 있는 장소까지 조금 남았으니까 그렇게 고생하지는 않겠지.

손님이 조금 빠진 다음, 멀리서 종소리나 폭발음 같은 게 들렸다.

"전투가 시작된 모양이네요."

"걱정 마, 로로. 단골손님들이나 티아 씨의 힘을 믿자."

공간 마법 「멀리 보기」와 「멀리 듣기」로 전황을 확인해야지.

◆

『마구잡이로 공격하지 마! 지휘관의 지시에 따라라!』

방어대나 모험가들은 달걀 껍질 외벽에 만들어진 발코니 모양의 누각에서 지상을 나아가는 언데드의 대군에 공격을 하는 모양이다.

『활은 마법을 부여하거나 부패 촉진약을 촉에 바르고 쏴라! 그대로는 언데드한테 효과가 없어!』

『불 마법 부대는 불 지팡이 부대랑 같이 적의 전선을 태워라! 실수로라도 가시나무 결계를 태워서 상대의 진군이 빨라지면 안 된다! 비행형 언데드는 바람 마법사한테 맡겨!』

『흙 마법 부대, 물 마법 부대는 언데드의 진군을 저해하는 것에 주력해라!』

『빛 마법 부대는 공격이 아니라 방어 마법을 철저하게 써라! 놈들은 어둠 마법이나 저주를 뿜어낸다!』

베테랑들이 돌아다니며 언데드 전에 익숙지 못한 자들에게 조언을 해준다.

그 보람이 있는지, 그들의 공격은 언데드들의 전선을 순조롭게 유린하는 모양이다.

펜은 장거리 공격 수단이 없는 건지, 방어대 지휘소 옆에서 팔짱을 끼고 전선을 바라보기만 하며, 아직 전투에 참가하지 않는다.

대마녀도 상급 마법으로 잔챙이를 유린하지 않는 모양이다.

마력과 전력을 아낀다기보다는, 자신들이 손을 대지 않는 걸로 부하들의 성장이나 레벨 업을 촉진하는 느낌일까?

지금은, 지휘관이 유능해서 그런지 경상자 말고 희생을 내지 않고 전투가 진행되고 있었다.

그러나 숫자의 압력은 어떻게 하기 어렵다―.

『언데드의 선두가 외벽에 달라 붙었습니다. 오, 올라옵니다!』

급경사의 외벽을 언데드들이 기어오른다.

『기름을 쓸까요?』

『글쎄― 아니, 기다려.』

지휘관에게 작은 새가 날아와 어깨에 앉았다.

『대마녀님의 지시가 있었다! 벽에 달라붙은 언데드는 무시해라! 지금까지 한 것처럼 접근하는 언데드에 대처해!』

대마녀에 대한 신뢰가 두터운지, 방어대도 모험가도 의문을 가지지 않고 명령에 따랐다.

기어서 올라오는 언데드가 발코니 근처까지 왔을 때, 벽이 빛나면서 언데드들을 튕겨냈다. 언데드들이 최대 십 수 미터의 높이에서 떨어져, 외벽 아래의 언데드들 위에 낙하하여 큰 대미지를 받아 움직이지 않게 됐다.

그렇군, 상당히 효율적인 방법이네.

아직 적의 주력이 나오진 않았지만, 이대로 가면 일부러 내가 참견할 필요 없겠어. 마무리로 펜과 대마녀도 있으니까.

◆

"로로, 비명."

"로로, 바깥 이상해."

"로로, 무서워."

햄스터 꼬마들 말을 듣고, 공간 마법의 시각과 청각을 통상으로 되돌렸다.

입구에서 길을 엿보고 있던 햄스터 꼬마들이 달려서 돌아왔다.

—빨간 광점.

레이더에 빨간 광점이 차례차례 나타났다.

나는 축지로 입구에 이동하여, 햄스터 꼬마들을 따라서 나타난 **스켈레톤**을, **파괴하지 않도록 주의하며** 길 쪽으로 찼다.

길에 아무도 없는 걸 확인하고, 점착 그물 마법으로 스켈레톤을 묶었다. 누군가의 선조의 뼈일 거라고 생각하니 거칠게 다룰 수는 없었다.

"저건 배달을 하는—."

뒤에서 로로가 망연히 중얼거리는 게 들렸다.

듣고 보니, 분명히 포박한 스켈레톤은 배달점의 천을 감고 있었다.

또 다시 비명이 들렸다.

"로로! 문을 닫고서 기다려!"

나는 외치고서 비명이 들리는 쪽으로 달렸다.

근처에 살아서 자주 보는 사슴 수인 여성이 스켈레톤에 깔려서 넘어져 있었다.

방금 전과 마찬가지로 스켈레톤을 떼어내고, 여성에게 보이지 않도록 주의하며 점착 그물로 고정했다.

"이 틈에 집으로 피난하세요."

"아, 네! 고마워요. 용사 상점."

여성이 흐트러진 의복을 가다듬으면서, 그녀의 집으로 달려갔다.

나를 근처 상점 사람으로 인식해준 모양이군.

맵을 확인하자, 요새도시 전체의 스켈레톤들이 근처에 있는 사람을 습격하여 각지에서 전투가 발생하고 있었다.

생각보다 피해가 안 생긴 것은 외벽에 있던 모험가들 일부가 도시 안으로 돌아왔기 때문이겠지.

평소에는 대인 제압용 「유도 기절탄」을 연타하겠지만, 상대가 저레벨의 스켈레톤이면 완전 파괴를 할지도 모른다. 유족의 마음을 생각하면 가볍게 그걸 선택하는 것이 주저 되지만, 이대로는 시민들 가운데 피해자가 나와 버릴 것 같군.

"꺄아아!"

용사 상점 쪽에서 로로의 비명과, 뭔가 부서지는 소리가 들렸다.

용사 상점 뒤뜰에 스켈레톤이 침입한 것을 레이더가 알려주었다.

나는 축지로 용사 상점에 돌아가, 스켈레톤을 점착 그물로 무력화했다. 다만 이미 경비용 골렘이 억눌러놓은 탓에 골렘까지 점착 그물로 붙잡아 버렸다.

"괜찮아? 로로?"

"아, 네. 괜찮아요."

햄스터 꼬마들은 파이팅 포즈를 한 채 로로의 발치에서 기절해 있었다. 공포에 져 버린 모양이네.

이럴 줄 알았으면 용사 상점을 요새화 해둘 걸 그랬어.

불만스러운 분위기의 골렘을 점착 그물에서 해방시켜주고, 붙잡은 스켈레톤을 아까 전의 하나와 함께 묶어서 바깥으로 내놓았다.

"길의 안전을 확보했다! 피난 못한 시민은 얼른 가장 가까운 길드로 피난해라!"

길가에서 남자들의 목소리가 들렸다. 관공서의 직원이라기보다, 대마녀 직속의 종자들 같았다.

그러고 보니 내가 돌아왔을 때, 노나 씨가 「얼른 길드로 피난해」라고 로로한테 말했었지.

"그러면, 우리도 모험가 길드로 피난하자."

"네, 알았어요."

내가 햄스터 꼬마들 둘을 끌어안고, 로로는 막내 햄스터를 안고서 용사 상점을 출발했다.

맵을 보니, 스켈레톤들은 산 사람에게 이끌리고 있는지 사람이 없는 건물에는 침입하지 않았다.

길드를 향해서 걷는 사이에, 자연스럽게 마찬가지로 피난하는 사람들과 함께 이동하게 됐다.

가끔 피난하는 사람을 공격하는 스켈레톤이 있었지만, 내가 참견을 할 것도 없이 힘에 자신이 있는 수인 남녀가 쫓아냈다. 미궁 안에 있는 도시에 살아서 그런지 혈기왕성한 사람이 있나 보군.

"―앗."

로로의 시선 끝에 목재 집적소가 있고, 그 그늘에 사령술사 젊은이가 있었다.

작게 몸을 웅크리고, 중얼중얼 뭔가 말하고 있었다.

"샤시?"

양초상의 부인이 찾고 있던 사령술사 아들이다.

언데드 대군에서 도망치는데 성공하여, 무사히 요새도시에 들어온 모양이다.

"조금 상태가 이상하군. 로로는 얘들이랑 여기서 기다려봐."

나는 기분 좋게 잠들어 있는 햄스터 꼬마들을 로로에게 맡기고, 젊은이― 샤시 쪽으로 갔다.

"나, 나는 잘못한 것 없어. 나쁜 건 잔자산사임다. 그 녀석이 하라고 했슴다. 저는 잘못한 거 없슴다."

죄의식에 뭉개질 것 같아서 현실도피를 하는 느낌인가?

모르는 이름이 나왔기에 검색을 해봤더니, 밖에 있는 언데드 대군의 후방에 잔자뭐라는 사람이 있었다.

"―너희들이 이번 일의 주모자야?"

"누, 누굼까? 저, 저는 모름다. 제 탓이 아님다. 저는 잘못한 거 없슴다."

직접적으로 물어봤지만, 괜히 현실도피가 격렬해질 뿐이었다.

"그러면, 누구 잘못인데?"

"누, 누구? 잔— 아무도 잘못 안 했슴다. 잘못한 건 사회임다. 썩은 사회가 우리들을 착취하는 겁다."

동료를 팔 수가 없는 건지, 책임을 전가할 상대를 사회로 바꿔 버렸다.

"샤시!"

길 건너편에서, 양초상의 부인이 아들을 발견하고 달려왔다.

사령술사 길드에 그가 없어서, 이 혼란 속인데도 찾아다닌 모양이군.

"어, 엄마……."

"무사해서 다행이야."

부인이 샤시를 끌어안았다.

"이거 놔! 왜 온 건데! 왜 언제나 그러는데! 다들 나를 바보인 줄 알잖아. 혼자서는 아무것도 못한다고, 일도 제 몫을 못하는 반편이라고, 어째서 다들, 나를 인정하질 않는 거야!"

샤시가 부인을 밀어내고, 허공을 향해서 소리치기 시작했다. 어머니 상대로는 말투가 다르군.

도피하는 것치고는 상태가 이상하다. 정신에 변조가 있다고 해도, 뭔가 불길한 예감이 든다.

독기시를 유효화하자, 샤시의 가슴팍에 짙은 독기의 응어리가 있었다.

"잠깐 실례—."

―으엑.

가슴 중심에, 그의 것이 아닌 검푸른 손이 유착되어 있었다. 독기의 발생원은 이거다. 어쩌면, 이게 스켈레톤 폭주의 원인일지도 모른다. 나는 정령광을 전개해서 퍼져나가는 독기를 정화했다.

"샤시! 그, 그 손은 어떻게 된 거니?"

부인이 샤시의 가슴팍을 응시하면서 물었다.

"시끄러워! 엄마하고는 상관없잖아!"

"그래서, 그 가슴에 달라붙은 『손』은 뭔데?"

화를 내는 샤시에게 다시 묻자, 열이 오른 것 같은 표정으로 솔직하게 대답했다. 어쩌면 심문 스킬의 효과가 나온 걸지도 모르겠다.

"동료가 심었습다. 저한테 큰 역할을 준다고 했어요. 저는 싫다고 했습다. 하지만 거절하면 저도 조조처럼 주구로 바꿔 버릴 겁다."

샤시가 풀어 헤친 상의를 끌어안는 것처럼 닫고서, 중얼중얼거리며 대답했다.

아무래도 그는 동료에게 도구로 이용당해서 버림받은 모양이군.

"어째서―."

"만지면 안 됩니다."

주구의 손을 건드리려는 어머니를 떼어내고, 나는 품을 경유하여 꺼낸 성비로 정화의 광탑을 만들었다. 조금 화려하지만, 얼버무리려면 이게 더 좋다.

어안이 벙벙해진 샤시를 「이력의 손」으로 구속하고, 파리온 신국에서 용사의 몸에 달라붙은 마신 잔재를 제거했을 때 요령으로 주구의 손을 샤시의 가슴에서 떼어냈다. 조금 애먹었지만, 마신 잔재랑 비교하면 간단하다.

빛 마법 「환영」으로 주구의 손이나 성비가 재가 되는 영상을 겹치면서 스토리지에 수납했다.

"제거했습니다."

나는 빛을 끄고 샤시의 어머니에게 말했다.

어머니가 아들에게 매달려 울었다.

"아까 큰 역할이라고 했었지? 네 역할은 뭐였지?"

아마, 스켈레톤의 폭주 사건이 그거라고 생각하지만 만약을 위해 확인했다.

"모릅다! 도시 안쪽 깊숙이 가라는 말밖에 못 들었슴다!"

"그래서 거기에 아무 말도 못하고 따른 건가?"

하다못해 자기 몸에 무슨 일이 일어날 건지 정도는 들었을 거라고 생각하는데.

"따르는 수밖에 없었슴다! 저는 죽고 싶지 않슴다. 죽으면, 아카티아에서 혹사당하는 다른 죽은 자들처럼, 언제까지나 영원히 다른 사령술사들의 노예가 되어 버림다. 노예가 되는 건 싫슴다!"

중간부터 짜증이 난 것처럼 내심을 토로했다. 눈물로 얼굴이 엉망이군.

"아빠는 노예 같은 거 아냐! 아빠는 죽은 다음에도 우리들의 행복을 위해서 열심히 일하는 거야!"

흥분한 어린아이가 끼어들어서 샤시의 멱살을 잡았다.

어느샌가, 주위에 몇 명의 사람들이 발길을 멈추고 이쪽을 보고 있었다. 방금 성비를 쓴 탓에 사람들을 모아 버린 모양이군.

"꼬마 말이 맞다. 내 부모님도 스켈레톤이 되어 날 키워줬지. 내가 제 몫을 하게 된 다음에는 역할을 마치고, 아카티아의 묘소에서 평안하게 잠들어 있다. 절대 노예 같은 게 아니다."

곰 수인 남성이 샤시에게서 아이를 떼어내고, 조용한 어조로 말했다.

"사령술사 선생님이 말했다. 죽은 자에게 경의를 가지고 대한다고. 여기는 미궁 한복판에 있는 도시다. 언제 아이들을 남기고 죽을지 몰라. 하지만, 그렇게 돼도 사령술사들이 있으면, 죽은 다음에도 아이들을 키우는데 도움이 될 수 있어."

다른 여성이 자랑스러운 표정으로 샤시에게 말했다.

"너도 아카티아에 사는 사령술사라면, 그 정도는 알고 있을 거야."

이지적인 표정을 한 악어 수인 남성이 그렇게 타일렀다.

"……아닙다."

샤시가 지친 표정으로 고개를 옆으로 저었다.

"뭐가 아닌데?"

"당신들은 죽은 자의 목소리가 안 들리니까 그렇게 말하는 겁다."

궁지에 몰린 표정으로, 샤시가 토해내듯 말했다.

"언데드들은, 그 사람들은 언제나 원망의 소리를 지르고 있습다. 당신들은 사령술사 길드나 대마녀한테 속고 있는 겁다."

"그렇지 않다!"

"그럼, 아무렴!"

샤시의 충격적인 발언을, 주변 사람들이 부정했다.

"이걸 봐라. 내 어머니는 기한이 지나서 무덤에 돌아갔는데, 이 부적에 깃들어서 지금도 우리를 지켜봐 준다. 부적에서 전해지는 따뜻한 마음이 가짜라는 일은 없어."

고릴라 수인 남성이 가슴에서 골제 부적을 꺼내 내밀었다.

독기시 스킬의 효과가 남아 있는지, 부적에 겹쳐서 여성 같은 모습이 흐릿하게 보였다.

"네가 정말로 사령술사라면, 어머니의 목소리가 들릴 거다."

"물론, 들립다. 지금도 괴로워하고 있습다."

―아니다.

부적에 깃든 어머니는, 독기시에 구멍이 뚫린 것처럼 새하얗게 보였다.

독기― 다시 말해서 부정적인 감정이나 응어리를 띠고 있지 않다는 거다.

"뭐라고오오오오!"

"화 났습까? 하지만, 사실임다."

남성이 멱살을 잡아도, 샤시는 가학심으로 일그러진 비굴한 웃음을 지으며 상대를 올려다보았다.

부추긴다기보다는, 무지몽매한 상대를 가여워하는 느낌이군.

―이거 혹시.

독기시로 샤시를 자세히 확인하자, 도마뱀 얼굴 미간의 움푹 들어간 곳에 작고 작은 독기의 응어리― 저주가 각인된 걸 깨달았다.

"기다려 주세요."

"방해하지 마!"

"금방 끝납니다."

매달리는 샤시의 어머니에게 방해를 받아서 들어 올린 주먹을 휘두르지 못하고 있던 고릴라 수인을 옆으로 밀어내고, 나는 샤시의 이마에 손을 뻗었다.

"그만해줘! 얘는 상냥한 애야."

뒤에서 샤시의 어머니가 애원했다.

"이마의 이건 사령술사라면 누구나 각인하는 거야?"

"이, 이마? 제 이마에 뭐가 있습까?"

본인이 모른다면, 누가 저주를 걸었나?

전에 낙원섬의 레이에게서 저주를 풀었을 때보다 훨씬 간단하게 샤시의 저주를 제거했다.

저주를 푼 순간에 턱수염이 난 개구리의 악령 같은 게 되어서 공격해왔지만, 가볍게 손으로 떨쳐내기만 해도 흩어져 버렸으니 문제없다.

"—잔자산사?"

악령을 본 샤시가 중얼거렸다.

아마도, 악령의 얼굴을 본 적이 있는 거겠지.

"기분은 어때?"

"어쩐지, 머리가 가볍습다. 뭐가 있었습까?"

"너는 저주를 받았었나 봐. 그의 부적을 다시 한 번 봐."

내 말대로 부적에 시선을 옮긴 샤시가 아연한 표정을 지었다.

"아, 아까 그 사람 맞습까?"

샤시가 부적에 깃든 여성의 영과 대화했다.

"워, 원망 안 함까? 만족하는 검까?"

나한테는 아무것도 안 들리니까, 분명히 무슨 스킬이 아닌 재능이 있는 걸 거다.

"정말로, 노예가 아닌 검까……."

그는 눈물을 뚝뚝 흘리면서, 사람들에게 부끄러운 듯 고개를 숙였다.

오해가 풀려서 다행이군. 그건 그렇고, 누가 저주를 걸었는지 모르겠지만 아주 벌 받을 짓을 하는데.

"발견했다! 사악한 사령술사놈!"

사제복을 입은 남자가 인파를 헤치고 나타났다.

분명히 대마녀가 초빙한 사제였었지?

"그 독기! 틀림없다! 도시 안의 사령을 조종하는 건 네놈이군! 헤랄르온 신의 이름으로 처벌해주마!"

기염을 토하는 사제가, 들고 있던 메이스를 샤시에게 겨누었다.

성비의 빛을 지우는 게 너무 일렀나?

"기, 기다려 주세요, 신관님!"

"방해하지 마라, 여자!"

사제가 샤시를 감싸는 어머니를 짜증이 난 듯 본 다음, 메이스로 때리려고 하기에 끼어들어서 그걸 막았다.

"무슨 속셈이냐?"

사제가 자기 앞을 막아선 나를 노려보았다.

"단락적인 폭력은 그만 두세요."

"방해하지 마라, 애송이!"

다시 메이스로 때리기에 받아 흘리고 억눌렀다.

"내 고귀한 정의 수행을 방해하느냐!"

"폭력을 휘두르니까 그렇죠."

"네놈에게 무슨 권한이 있나! 나는 대마녀 아카티아의 요청으로 찾아온 사제다!"

그건 안다. 하지만, 티아 씨 말로는 그를 초빙한 건 「사신전」의 고위 언데드를 정화하기 위해서였을 거다.

"대마녀님이 당신에게 도시 안에서 날뛰는 스켈레톤을 처리하도록 명했다고요?"

"며, 명하진 않았다! 나는 선의와 사명감으로, 사람들을 습격하는 사악한 언데드 놈들을 퇴치하러 온 거다."

사제가 꾸물거리며 말한 다음, 자신의 공적을 자랑하며 뽐냈다.

"그래! 나는 봤다! 이 놈이 신성 마법으로 스켈레톤들을 재로 바꿨어!"

"그렇다! 내 성스러운 힘으로 사악한 언데드 놈들을 해치운 거다!"

사제가 칭찬을 받은 거라고 생각한 모양이지만, 고발한 청년의 얼굴은 증오에 물들어 있었다.

"그래. 네가 재로 만들어 버렸지……. 나는, 우리 아버지랑 다시 만날 수 없게 됐어."

"뭐, 뭐라?"

"우리 할아버지를 돌려줘!"

"우리 할머니도!"

아이들이 사제에게 돌을 던졌다.

아마도, 그들의 조부모의 스켈레톤을 사제가 정화해 버린 거겠지.

"나, 나는 사제로서 당연한—."

"나는 알고 있다! 너희들이 바깥의 언데드를 아카티아까지 끌고 왔잖아!"

변명을 하려는 사제의 말을 다른 수인 남성이 가로막았다.

"뭐라고? 이 녀석들 탓이었냐!"

"아, 아니다! 그건 오해다!"

사제가 필사적으로 항변했다.

허둥거리며 주위에 흔들리는 시선을 보내는 걸 봐서, 언데드를 요새도시까지 끌고 온 것이 그라는 건 사실인 모양이다.

"에이잇! 닥쳐라닥쳐라닥쳐라! 본래는 사령술사 탓이 아닌가! 그렇다! 이 놈이 스켈레톤들을 흉악하게 만든 게 틀림없다!"

사제가 책임을 벗어나려고 필사적이다.

그러나, 스켈레톤이 되어 있던 가족의 유골이 재가 된 사람들의 분노는 가라앉지 않았다. 사제들에 대한 투석이 격렬해진 즈음에, 그들이 허둥지둥 도망쳤다.

"샤시, 정말로 스켈레톤들이 사람을 공격하는 건 네 탓이니?"

"아냐! 나는 잘못한 거 없어. 나한테 주구를 심은 녀석 탓이야! 나는 피해자라고. 나는—."

"샤시!"

다시 피해자 시늉을 시작한 샤시의 볼을 어머니가 손으로 때렸다.

메마른 소리가 울리고, 반복해서 말하던 샤시가 어안이 벙벙한 표정으로 입을 다물었다.

"제 몫을 하는 남자라면, 자신이 저지른 일의 책임을 져야지!"

"엄, 마?"

"내가 네 죄를 절반 짊어져 줄게. 그러니까, 도망치지 말고 자기 죄를 속죄해라."

"엄마—."

어머니에게 혼난 샤시가 말문이 막혔다.

"알았어, 책임은 질게. 이걸 쓰면 소동을 끝낼 수 있다고 잔자산사가 말했어. 내 목숨을 양식 삼아서—."

결사적인 표정으로 발동시키려고 한 샤시의 손에서, **짧은 뿔**을 가로챘다.

"뭐 하는 검까!"

"이건 사람을 마족으로 바꾸는 사악한 마법 도구야. 이걸 써도 소동은 끝나지 않아. 오히려, 더욱 혼란에 빠뜨리는 게 목적이었던 것 아닐까?"

"그럴 수가……."

샤시가 땅바닥에 손을 대고 고개를 숙였다.

잔자산사란 인물은, 샤시를 완전히 버림돌로 보고 있었나 보군. 아까 저주를 풀었을 때 나온 악령을 보고 샤시가 그 이름을 중얼거렸으니, 그를 저주한 것도 그 인물이 틀림없다. 아무래도 상당히 악랄한 인물인 모양이군.

맵 검색을 해봤는데, 요새도시 안에는 짧은 뿔도 긴 뿔도 존재하지 않는다. 잔자산사라는 작자가 아이템 박스나 마법의 가방 안에 숨기고 있을 가능성이 있으니까, 그 점을 방어대의 높은 사람에게 알려야겠군.

"잔자산사의 목적이 뭔지는 알고 있어?"

"여김다. 잔자산사는 아카티아를 함락시킨다고 말했슴다."

"점령해서 어쩌려고?"

"그건 모름다. 왕이 되고 싶은 거 아님까?"

흑막의 목적은 요새도시 아카티아의 함락과 점령인가……. 그 밖에도 목적이 있을지도 모르지만, 그건 본인에게 확인하면 되겠지.

"뭐하고 있나! 얼른 길드로 피난하지 못하나!"

대마녀 직속의 종자들이 모여 있는 사람들을 재촉했다.

샤시는 어머니에게 이끌려 자수했다.

그에게 어떤 벌이 내려질지는 모르지만, 그건 대마녀나 도시의 사법이 정할 일이다.

나는 로로를 지키면서 길드로 피난했다.

◆

"여기는 건물 주위에 해자나 방벽이 있으니까 안전해요."

모험가 길드 직원인 토끼 수인 여성이, 명랑한 목소리로 피난해온 사람들에게 말을 걸었다. 이른바 길드의 접수원 아가씨란 거다. 폭신폭신하지만.

"그리고 여기는 나쁜 언데드들이 습격하는 장소에서 가장 머니까, 가장 안전할지도 몰라요~."

토끼 직원이 생긋 웃었다.

"도시의 소란도 잦아든 모양이지만, 안전을 위해서 잠깐 여기서 쉬고 있으세요."

맵으로 확인해 보니, 아카티아 안의 스켈레톤들은 차분함을 되찾았고 사령술사 길드의 지하 영묘에 격리된 모양이다.

—응?

방어대나 모험가와 싸우고 있는 언데드의 움직임이 이상하군.

아직 정글 안에서 나오지 않은 언데드들 일부가 둘로 갈라져서, 요새도시를 우회하는 움직임을 보였다. 흑막인 사령술사 잔자산사는 움직이지 않는 모양이군.

한쪽은 시계 방향으로 돌아서 이쪽에 오고 있었다. 또 한쪽은 시계 반대 방향으로 똑같이 이동하고 있는데, 중간에 길을 잃은 건지 조금씩 요새도시에서 떨어지고 있었다. 언데드가 되어도 방향치인 녀석은 있는 모양이군.

"사토 씨. 식사 배급을 도우러 갈까요?"

"그렇네. 좋은 생각이야."

"로로, 도울래."

"로로, 맡겨둬."

"로로, 배고파."

햄스터 꼬마들도 데리고 로로와 함께 식사 배급을 도우러 갔다. 셋 다 배가 고픈 느낌이라, 가지 오이를 하나씩 선물해줬다.

"야채 껍질 벗기기는 할 수 있니? 못하면 이 야채를 씻어다 줘."

아줌마의 지시를 받아서 다 함께 작업을 도왔다.

햄스터 꼬마들도 야채를 씻어 오는 건 잘하는 모양이다. 침을 흘리고 있지만, 방금 가지 오이를 먹은 참이라 주워 먹지는 않고 버티고 있었다.

작업을 하면서 맵을 확인하자, 언데드의 별동대에 대처하고자 은호급의 모험가 파티 몇 개가 이쪽으로 파견됐다. 이러면 괜찮겠지.

"손놀림이 좋네. 요리도 할 수 있지? 이걸로 하나 만들어줘."

"이봐이봐, 좀 봐주라고. 『털 없는』 녀석한테 조리를 맡기는 거야?"

근처를 지나던 모험가가 폭언을 뱉었다.

"돕지도 않는 녀석이 불평하지 마라! 『털 없는』 게 어디가 어때서! 이 애들이라면 털이 빠져서 요리에 들어갈 일도 없구만!"

조리 지휘를 하고 있는 아줌마 직원이 혼내자, 폭언을 내뱉은 모험가가 말 그대로 꼬리를 말고 도망쳤다.

"『털이 없다』고 해서 미안해. 수인이 다들 너희들을 싫어하는 게 아니니까 오해는 말아주렴."

"네, 알고 있―."

바깥의 언데드가 외벽 안에 침입했다.

"왜 그러니?"

"잠깐 배가 좀 아파서― 잠깐 다녀올 테니, 뒷일을 부탁해도 될까요?"

"그래, 상관없어. 얼른 다녀와."

"죄송합니다."

나는 화장실의 칸막이 안으로 뛰어드는 것과 동시에 공간 마법 「귀환전이」로 용사 상점에 돌아가, 거기서 바람 같은 속도로 언데드의 침입 지점까지 서둘러 달려갔다.

아무래도, 언데드들은 밀수업자가 파놓은 지하통로를 통해 침입한 모양이다.

세류 시나 미궁도시 세리빌라에도 있었지만, 이런 녀석이 제일 보안의 구멍을 만든다니까.

"젠장, 무기가 효과가 없다!"

"부적을 감아, 부적! 대마녀님 특제 부적을 감으면 고스트도 벨 수 있다!"

몇 명의 모험가가 스물이 넘는 언데드와 싸우고 있었다.

신분이 들키는 걸 막기 위해, 외투의 후드를 깊숙하게 눌러 썼다.

"이길 수 없는 상대가 아니다! 이쪽에는 『금사자급에 가장 가까운 남자』 사자 수인 탄파 씨가 있으니까!"

"후하하하! 그렇게 띄워주지 마라!"

웃으면서 무쌍하는 사자 수인이 있군.

뼈의 대검을 휘두를 때마다, 언데드가 파괴되어 굴러다닌다. 레벨이 37이나 되니까 잔챙이 언데드라면 혼자서도 여유롭겠군.

"다음은 갑옷을 입고 있군! 기사 행세를 하는 거냐, 후하하하!"

사자 수인이 지하 통로 출구에서 고개를 내민 기사 타입의 언데드에게 덤벼들었다.

―위험해.

"방심하지 마라! 그 녀석은 격이 다르다!"

저건 타우로스 챔피언과 동급의 적이다. 그에겐 조금 일러.

내 경고가 들렸는지, 무방비한 몸통을 휩쓸러 온 저주 기사의 한손검을 뼈의 대검으로 받아냈다.

"한손인데 이 정도냐."

"또 온다!"

저주 기사가 방패를 든 쪽 손에서 저주탄을 쏘아냈다.

"지엣토오오오오오오오!"

사자 수인이 뭐라는 건지 알 수 없는 외침을 지르면서 칠흑탄을 가까스로 회피했다. 처음 보면서 레벨 5 정도 격이 높은 저주 기사를 상대로 잘 싸우네.

그러나, 그는 거기까지였다.

"아비에에에에에에에!"

저주 기사의 발차기를 맞은 사자 수인이 호를 그리며 모험가의 머리 위를 뛰어 넘었다.

이상한 외침은 그의 버릇인가?

"타, 탄파 씨가!"

"탄파 씨의 원수우우우우!"

안 죽었어, 안 죽었다니까. 조금 타박상을 입고 저주를 받았을 뿐이다.

사자 수인의 파티 멤버들이 저주 기사에게 돌격하려고 했지만, 다른 언데드가 그 앞을 가로막았다. 적이지만 그 움직임은 나이스다.

나는 그 틈에 저주 기사 앞에 축지로 다가가서, 듬뿍 마력을 쏟은 마인을 두른 요정검으로 상대의 방패와 갑옷까지 한꺼번에 싹둑 양단했다.

그대로 통로에 뛰어들어서, 나머지 저주 기사 아홉을 한꺼번에 처리해 두었다.

아직 잔챙이 언데드가 남아 있지만, 나머지는 모험가들이 어떻게 할 수 있을 것 같기에 용사 상점으로 「귀환전이」하여 몰래 모험가 길드로 돌아왔다. 물론 화장실 칸막이는 「이력의 손」으로 해제해 뒀으니 안심이다.

"지부장! 탄파 씨가 도시 안으로 침입한 언데드 무리를 쓰러뜨렸다고 해요."

"허어, 탄파가? 이제 슬슬 금사자급 승급 시험을 받아도 될지도 모르겠군."

완성된 요리를 배급하고 있는데, 토끼 직원 누나가 곰 수인의 길드 지부장에게 보고하는 게 들렸다. 그 사자 수인은 무사히 전선에 복귀한 모양이군. 역시 수인은 터프하네.

"지부장!"

직원이 길드 지부장 곁으로 달려가 귓속말을 했다.

"대마녀님의 사역마가 왔어요. 기어이 언데드 놈들이 외벽의 누각에 올랐다고 해요."

"칫, 낭보를 받은 다음에 이거냐. 그래서, 위험할 것 같나?"

"지금은 버티고 있다고 합니다만, 수해의 나무들 사이에 얼마나 언데드가 남아 있을지 모르는 게, 불안 요소라고 합니다."

"그래서, 이쪽에 대한 요청은?"

"그쪽 지부에 피난해 있는 시민들의 추가 수용과, 방금 탄파 씨 일행이 막은 통로 말고 침입 경로가 없는지 조사해달라고 합니다."

"알았다. 그렇게 전달해줘."

지부장이 비서관과 비축 식량이나 인원 배치의 의논을 시작했다.

나는 배급을 계속하면서, 공간 마법 「멀리 보기」와 「멀리 듣기」로 최전선의 상황을 확인했다.

◆

『방패는 몸통 박치기를 해서라도 언데드 놈들을 막아라! 근접 녀석들도 무리해서 쓰러뜨리지 말고, 아래쪽으로 떨어뜨려!』

초로의 지휘관이 목이 찢어져라 큰 소리로 외쳤다.

방어대와 모험가들은 자기들보다 수가 많은 언데드들의 공격을 헤쳐 나와, 틈을 발견하면 들어 올려 아래로 떨어뜨렸다.

『우왓, 오지 마 오지 마!』

거미 모양의 언데드에게 접근 당한 쥐 수인이 불 지팡이를 휘두르며 비명을 질렀다.

송곳니에서 마비 독을 떨어뜨리며, 거미가 쥐 수인을 덮쳤다.

『으랏차아!』

비명을 듣고 달려온 아랑급 모험가 노나 씨가, 몸통 박치기로 거미를 쥐 수인 위에서 치웠다.

까직까직 소리를 내면서 다른 딱정벌레가 등 뒤에서 노나 씨를 덮쳤다.

그것을 쥐 수인이 땅바닥에 넘어진 채 뿜어낸 불 탄환이 요격했다.

『마무리가 어설픈데, 털 없는 녀석.』

『너도 뒤가 허술해, 쥐돌이.』

노나 씨의 찌르기가 원숭이형 언데드가 든 뼈 검을 튕겨내고, 힘겨루기로 무방비해진 원숭이 언데드의 몸통에 쥐 수인의 불 탄환이 명중하여 마무리를 지었다.

그런 진흙탕 싸움이 최전선 여기저기서 펼쳐지고, 위태로우면서도 어떻게 균형을 유지하고 있었다.

『저건 뭐야?』

언데드를 하나 쓰러뜨린 모험가가 정글 경계에 진을 친 언데드의 본진을 보고 움직임을 멈추었다.

그런 모험가에게 덤비는 언데드를, 다른 모험가가 해치웠다.

『이봐! 한눈팔지 마, 죽고 싶냐!』

『미안. 그보다도, 저걸 봐.』

『뭔데? 뭐 하는 건데, 저 놈들?』

언데드의 본진에 있는 열 마리 정도의 저주 기사 중 몇이 갑옷을 벗어 던졌다.

『더워서 정신이 나갔나?』

『노출광인 거 아냐?』

모험가들은 이상행동을 취하는 저주 기사를 신경 쓰면서도,

덤벼드는 언데드를 상대했다.

곁눈질로 보는 시야 안에서, 갑옷을 버린 저주 기사들이 전속력으로 달려 대형 고목수를 받침대 삼아 점프를 하는 게 보였다.

『바보구만, 안 닿는다.』

『언데드가 돼서 머리가 썩은 거 아냐?』

모험가들이 조소하면서, 눈앞의 언데드들을 처리했다.

그런 모험가를 지켜보던 펜이, 한숨을 쉬더니 기대고 있던 벽에서 등을 뗐다.

포물선의 정점을 넘은 세 마리의 저주 기사가 차례차례 낙하하기 시작했다.

그대로 지표에 낙하할 것 같았던 저주 기사들이었지만—.

『공중을 찼네?』

『위험하잖아아!』

『온다!』

공중에서 다시 가속한 저주 기사가, 누각을 지키는 방벽을 돌파하여 난입했다.

펜이 선두의 한 마리를 카운터로 걷어차 떨어뜨리고, 침입에 성공한 두 마리의 저주 기사 중 하나를 용사 상점에서 산 **뼈** 대검으로 베어 버렸다.

나머지 하나가 칠흑의 탄환을 연사하면서 공격해오지만, 모두 **뼈** 대검으로 받아 흘렸다.

저주 기사는 그대로 펜 옆을 지나가려고 했지만, 갑자기 발이 꼬여서 넘어졌다. 자세히 보니 하반신이 얼어붙어 있었다.

모험가들은 너무나도 갑작스런 전개에 반응하지 못하고, 그 광경을 바라보는 수밖에 없었다.

『보고만 있지 말고 처리해라.』

펜이 재촉하자 모험가들이 저주 기사에게 차례차례 검을 때려박아 토벌했다.

『좋았어어어어어어어!』

『펜 씨가 있으면 기사가 와도 이길 수 있다!』

『나머지 언데드 기사는 일곱이다!』

『다들 기합을 넣어라! 해치운다!』

『『『오오오오오오!』』』

사기가 오른 모험가들이 함성을 질렀다.

그러나 전장은 무정하다. 수해의 경계에서 우글우글 저주 기사들이 모습을 드러냈다.

『이봐, 저, 저것 좀 봐!』

그 수는 50 이상. 안쪽에서 아직 더 늘어나고 있었다.

방어대나 모험가들의 얼굴에 절망이 떠오르고, 여유로운 표정으로 전장을 보고 있던 펜의 얼굴에도 긴장과 각오가 스쳤다.

—그곳에 섬광이 흘렀다.

섬광에 이어서 굉음과 땅울림이 울리고, 조금 늦게 열풍이 휘몰아쳤다.

하얀 불꽃이 수해와 요새도시 사이를 태워버리고, 땅바닥이 용암처럼 타올랐다.

『대마녀님이다! 대마녀님의 마법이다!』

『─아니, 다르다.』

펜이 중얼거렸다.

실제로 불꽃 마법은 요새도시 아카티아와 언데드들을 잇는 선의 바로 옆에서 왔다.

일직선으로 타오르는 숲을 바라보지만, 그 원점은 수해 안쪽에 가려서 안 보였다.

『불꽃 마법? 대마녀님이라면 대지의 마법을 쓰지 않아?』

『그래도, 이 정도 대규모 마법을 대마녀님이 아니면 누가 쓸 수 있는데?』

『그건 그렇지만─.』

다시 땅울림이 일어나고, 이번에는 대폭포가 이러랴 싶을 물보라를 흩뿌리면서 해일이 나타났다.

『이번에는 물의 대마법?』

『대, 대체 무슨 일이─.』

누각에서 목격한 자들이 코멘트하기 전에, 해일 끝이 용암의 대지에 닿았다.

─그 순간.

기화한 물이 압도적인 폭풍이 되어 지상을 휩쓸고, 나무들을 날려버리고, 대지를 흔들어, 멀리 떨어진 내가 있는 피난소를 수직형 지진처럼 흔들었다.

뭐, 매번 보던 수증기 폭발이란 거다.

하얗게 물든 시야가 파문 모양으로 왕복하는 공기의 파도에 걷히고, 무참한 대지가 드러났다. 정글의 나무들은 물론이고, 땅바닥까지 뒤집어져 지형이 크게 바뀌어 있었다.

지상에 있던 1만 가까운 언데드 대부분이 산산이 해체되고, 남아 있는 건 운 좋게 차폐물에 가려진 한줌 뿐이다.

요새도시 아카티아를 지키는 달걀 껍질 외벽도, 부서진 나무들이나 암석이 부딪혀서 표면이 울퉁불퉁했다. 대마녀의 장벽이 남아 있는 장소도 상처가 없지는 않다는 점이 수증기 폭발의 위력을 알려주고 있었다.

방금 전까지 최전선이었던 누각도 너덜너덜하지만, 불행 중 다행으로 죽은 자는 없었다. 충격파나 굉음으로 고막이 터진 자가 적지 않지만, 중상을 입고 빈사에 빠져 헤매는 자는 없는 모양이다. 어쩌면 대마녀가 장벽을 다시 친 걸지도 모르겠군.

『대체, 무슨 일이 일어난 거지…….』

『……대마녀님 아냐?』

누각의 생존자가 눈을 돌리면서 투덜거리는 게 들렸다.

나는 「멀리 보기」와 「멀리 듣기」의 초점을 마법의 시발점으로 옮겼다.

그곳에 있는 것은 백은.

『아자아! 시작은 좋고!』

팔을 들어 올리는 보라색 머리칼의 어린 소녀 아리사다.

『다들, 간다!』

『『『네!』』』『인 거예요!』

백은 갑옷을 입은 동료들이, 아리사의 공간 마법으로 전장에 전이했다.

역시 아리사. 멋진 부분을 차지하는군.

◆

『자, 기병대 등장이요!』

고온의 증기를 날려버리고, 현장에 나타난 아리사가 드높이 선언했다.

서부극도 아니니까「기병대」라고 말해도 안 통할 것 같은데.

『나머지는 해골 기사— 저주 기사뿐이네. 다들! 저주 공격이나 독 공격을 하니까, 공격을 맞지 않도록 주의해!』

아리사가「능력 감정」스킬로 얻은 정보를 동료들과 공유했다.

그녀 말처럼, 아리사와 미아가 쏜 금주로 이미 언데드들의 대부분은 섬멸됐다. 남은 건 차폐물 뒤에 있던 저주 기사들 30마리와 원념 갑옷 거북이라는 민가 사이즈의 거대 거북이 한 마리뿐.

물론, 모두 무사할 리 없었다. 온몸에서 김을 피우는 저주 기사들은 남은 체력이 1할 이하고, 원념 갑옷 거북은 뒤집어져서 제대로 움직이지도 못한다.

—CZRRRRZ.

저주 기사 하나가 아리사 일행을 발견하고 달리자, 다른 저주 기사들도 그 뒤를 따랐다.

『노려서, 쏩니다!』

루루의 연속 저격으로 제1진의 저주 기사 다섯이 차례차례 쓰러졌다.

『녹슨 갑옷으로는 몸을 지킬 수 없다고 경고합니다!』

나나가 도발 스킬을 담은 외침으로 저주 기사들의 주의를 끌었다.

『으음— 실드 배쉬라고 고합니다!』

돌출된 저주 기사의 돌진을 방패로 받아낸 나나가, 방패 공격으로 자세를 무너뜨리고 마인을 띤 검으로 목을 찔러 쓰러뜨렸다.

—CZRRRRZ.

더욱이 저주의 칠흑탄은 검성에게 배운 마법 베기로 대처했다.

칠흑탄에 뒤섞여 날아온 투석도 함께다.

『나에게 투사 무기는 효과가 없다고 선언합니다.』

방패 뒤에서 선언하는 나나에게, 열 마리의 저주 기사가 차례차례 뛰어들어 깔아뭉개고자 했다.

나나가 커다란 그림자에 가려졌지만, 아직 깔리지는 않았다.

그 증거로—.

『「성채방어」 발동이라고 고합니다.』

나나의 외침과 함께 발생한 몇 겹의 방어 장벽 포트리스가 저주 기사들을 튕겨냈다.

거리를 벌리는 저주 기사 셋을 향해서 그림자 하나가 땅을 기듯 접근했다.

『타아~ 인 거예요!』

저주 기사 셋 사이를 교묘하게 빠져나가 달린 포치가, 급정지하여 마검을 칼집에 넣더니 마지막에 철컥 소리를 냈다.

그것이 신호인 것처럼, 저주 기사들이 산산이 무너져 땅에 쓰러졌다.

『포치의 거합발또 앞에서는 악즉차참인 거예요!』

저주 기사들의 커다란 몸이 방해되어 잘 안 보였는데, 거합 발도에서 필살기로 이어지는 콤보였나 보군.

『닌닌~.』

저주 기사들 사이를, 핑크 망토의 고양이 닌자가 공격을 종이 한 장 차이로 피하면서 지나갔다.

포치와 달리 검을 뽑을 기색도 안 보인다.

『인법, 그림자 묶기~?』

귀여운 포즈를 취하면서 술법을 발동하자, 저주 기사들의 발치에서 뻗은 그림자가 뒤엉켜 몸을 칭칭 묶어 버렸다.

아무래도, 지근거리를 지나갈 때 인술을 건 모양이다.

움직이지 못하게 된 저주 기사들에게, 붉은 빛을 끌면서 그림자 하나가 다가갔다.

『순동, 나선창격— 중첩.』

리자가 필살기의 연격으로 저주 기사 일곱을 차례차례 해치웠다.

—CZRRRRZ.

남은 저주 기사들도 학습을 했는지, 견제의 칠흑탄을 뿜어내는 것과 동시에 세 방향으로 갈라져서 중앙의 본대가 전위와 싸우는 사이에 좌우에서 다섯 씩 후위의 셋에게 덤벼들었다.

『게노모스.』

미아가 지시하는 것과 동시에 땅이 솟아오르더니, 후위진을 안

전권으로 이동시켰다.

솟아오른 벽을 달려서 올라온 저주 기사 셋이 그대로 공중으로 뛰어 올라, 공중에서 후위진을 내려다보며 씨익 입가를 끌어올렸다.

『넌 이미 죽어 있다.』

아리사도 씨익 대범한 웃음을 지어 보이고, 세기말 구세주가 할 법한 말을 했다.

공간 마법 「차원 베기」가 저주 기사들의 목을 날려 버렸지만, 본래 언데드라서 그 정도로 활동이 정지되지 않는다.

저주 기사들은 목 없는 기사처럼, 머리와 몸통이 갈라진 상태에서 후위진을 공격했다.

『─으엑, 진짜?』

『마무리 부족.』

미아가 중얼거리는 것과 동시에, 발치의 땅바닥에서 돋아난 바위 가시가 저주 기사들에게 날아갔다.

바위 가시는 저주 기사들의 갑옷을 꿰뚫지는 못했지만, 가시가 가진 성질과 운동 에너지가 저주 기사들을 후방으로 날려 버렸다.

─CZRRRRZ.

그래도 고레벨 마물이라 그런지, 저주 기사들은 그냥 당하진 않았다.

공중을 차고서, 다시 공격을 시도한다.

그러나─.

『노려서, 쏩니다!』

고정 대포 같은 위력을 자랑하는 루루의 휘염총이 저주 기사들의 갑옷 틈으로 심장 부위를 차례차례 쏘아서 쓰러뜨렸다.

그런 공방 사이에, 지상에 남아 있던 일곱이 후위진을 포기하고 요새도시 쪽으로 달려갔다.

루루의 저격이나 아리사의 불 마법이 차례차례 쓰러뜨렸지만, 동료를 방패 삼은 둘이 살아 남아서 요새도시에 육박했다.

『우리도 싸우자!』

금사자급의 모험가를 포함한 두 파티가, 방어 기구를 잃은 누각에서 외벽을 미끄러져 내려갔다.

그들은 저주 기사들과 싸울 셈인가 보군.

『이 녀석들 뭐야? 무지막지하게 강하잖아.』

『챔피언급이거나, 그 이상이야.』

저주 기사들의 무겁고 날카로운 공격이 모험가들을 쓸어버리고, 두꺼운 갑옷이 모험가들의 공격을 가볍게 튕겨냈다.

『공격 횟수로 밀어붙여!』

『상대가 큰 기술 못 쓰게 해라!』

수인 모험가들이 종횡무진으로 움직이면서, 저주 기사에게 일격이탈의 파상 공격을 거듭했다.

『지금이다— 철수참벽(鐵獸斬壁)^{블레이드 사이클론})!』

커다란 틈이 생긴 저주 기사를 향해서, 곰 수인 모험가가 필살기를 썼다.

거대한 뼈 대검 끝 부분이 흐릿하게 보일 정도의 고속으로 마구 베는 호쾌한 기술이다.

『나선창격.』

표범 수인이 저주 기사의 등 뒤에서, 리자의 특기이기도 한 표준적인 창 필살기를 뿜었다.

창을 둘러싼 붉은 마력광이 나선을 그리며, 등 뒤의 갈라진 틈을 찢어냈다. 겉보기엔 화려하지만, 저래서는 마력 소비가 너무 커서 연발은 무리겠지.

이 경우는 위력 상승과 관통력 상승을 노린 건가?

—CZRRRRZ.

저주 기사가 한쪽 발을 희생하여 곰 수인 모험가를 걷어차서 날리고, 돌아보며 뿜어낸 수평 베기로 표범 수인을 날려 버렸다. 표범 수인은 반사적으로 창을 버려서 즉사는 면했지만, 내장이 튀어나올 정도의 중상을 입은 모양이다.

『해치워! 레오판!』

『우오오오오오오오오오!』

후방에서 도움 닫기를 하며 접근한 사자 수인 모험가가 온몸에 붉은 마력광을 뿜어내면서 땅을 찼다.

『—사자왕참(獅子王斬)!』

호를 그리는 궤도로 위에서 베어내는 필살기를 뿜어냈다.

뼈 대검을 확장할 정도로 길게 뻗은 붉은 마인이 넷으로 갈라져, 사자의 손톱처럼 저주 기사를 찢어내고, 대지까지 깊숙하게 파헤쳤다.

승리를 확신한 사자 수인이 입가를 끌어올렸다.

그러나, 그건 방심이다. 평범한 생물이라면, 아니다. 보통 언데드라도 확실하게 쓰러뜨렸을 일격이었지만 저주 기사의 움직임은 멈추지 않는다.

―CZRRRRZ.

저주 기사가 베어 올리는 일격이, 필살기를 쓴 직후라서 무방비하게 드러난 사자 수인의 목으로 다가갔다.

『―그렇겐 못하지.』

보이지 않는 방패가 저주 기사의 검을 막아냈다. 아리사의 『격리벽』이다.

그와 거의 같은 타이밍에 사자 수인이 필살기를 뽐었다.

『으으으으으으으― 승아(昇牙)!』

사자 수인의 필살기가 저주 기사의 심장부를 꿰뚫고, 마무리를 지었다.

아무래도, 그는 처음부터 저주 기사를 완전히 쓰러뜨리지 못할 가능성을 생각한 모양이다. 방심이라고 생각해서 미안하네.

『또 하나는―.』

이미 펜이 토벌했군.

『이 정도로 차이가 나면 질투조차도 주제넘겠군.』

『정말 그렇다. 저기서 싸우고 있는 아가씨들한테도 할 수 있는 말이지만.』

모험가들이 저주 기사들과 싸움을 마친 아리사 일행을 보았다.

『저것들은, 정체가 뭐야? 분명히 보름쯤 전에 와서 갑자기 「은호」가 된 「털 없는」 녀석들이지?』

『이제 「털이 없다」고 바보 취급도 못하겠군.』

『그러게.』

『너희들! 잡담하기 전에 이 몸부터 걱정해라!』

방금 전까지 배에서 내장을 흘리고 있던 표범 수인이 외쳤다.

그들 옆에는 파티의 회복담당이 달려가서, 비싼 마법약을 말 그대로 물 쓰듯 써서 치유하고 있었다.

『팔팔하구만 뭘.』

『그건 그렇고 강했다. 챔피언보다 단단하고 강하지 않았어?』

『그리고 쓸데 없이 터프하니까, 마지막 발악이 너무 무서운데. 용케 피했구만.』

『아니, 누군가 마법으로 막아줬어. 그게 없었으면 잘 됐어도 같이 죽었을 거다.』

사자 수인이 아리사 일행 쪽을 보았다.

시선을 깨달은 건지, 아리사가 솟아오른 땅바닥 위에서 V자 사인을 보였다.

그런 대화를 하는 모험가들을 무시하고, 펜이 아리사 일행 쪽으로 다가갔다.

『게노모스, 내려줘.』

솟아오른 지면이 본래대로 돌아오고, 동료들이 합류했다.

─오오, 처음에 쓴 금주 덕분인지 아리사가 레벨 업 했군. 다른 애들은 그대로다.

『그쪽도 정리된 모양이네.』

아리사가 자기들 쪽으로 온 펜에게 친근하게 말을 걸었지만, 펜은 옆을 그냥 지나쳐서 원념 갑옷 거북에게 다가갔다.

뼈 대검의 칼등으로 원념 갑옷 거북을 아래쪽에서 쳐올리고, 움직이려는 원념 갑옷 거북의 머리를 콱 누르더니 등껍질을 으지 지직 뜯어냈다.

등껍질을 등 뒤로 버리고—.

『오와와왓, 위험하잖아!』

부딪힐 뻔한 아리사가 항의했다.

펜은 그것도 신경 쓰지 않고, 어느샌가 팔다리를 얼려 버린 원념 갑옷 거북의 등에 올라타 뼈 대검을 찌르더니 콱콱 찢어냈다.

『뭐 하는 거야? —으엑.』

아리사가 공간 마법으로 나랑 같은 것을 본 모양이군.

그로테스크 영상이라 자세하게 말하기 싫지만, 썩은 내장이 쩍 쩍 달라붙는 끈적한 장소에 두 명의 사령술사가 파고들어 있었다.

펜은 그것을 붙잡아 밖으로 끌어냈다.

금주 두 발의 영향으로 둘 다 혼절한 모양이다.

『—냄새. 너무 심해.』

『응, ■…….』

미아가 거품 세정으로 사령술사들을 씻어냈다.

어지간히 냄새가 났는지, 펜도 불평하지 않고 지켜보았다. 늑대 는 사람보다 코가 좋으니까.

『그러면—.』

『응, ■■ 작은 전기충격.』

아리사가 시선으로 재촉하자, 미아가 정령 마법으로 작은 전격 을 뿜어내 두 사령술사를 강제로 깨웠다.

『으으…….』

중년 쪽은 공허한 눈동자로 허공을 바라보기만 했지만, 노인은 눈에 빛이 돌아온 모양이다.

『너희들이 흑막이군?』

『이놈. 조금만 더 하면 아카티아가 내 손에 들어왔을 것을…….』

펜이 말을 걸자 노사령술사 잔자산사가 피눈물을 흘릴 법한 표정으로 분통해 했다.

『이건 병사인가? ―아니, 주물이군.』

펜이 뼈 대검을 일섬하여 중년 사령술사의 목을 날려버렸다.

그와 동시에, 원념 갑옷 거북의 활동이 정지했다. 아무래도 중년 사령술사가 언데드를 강화하고 있었나 보군.

펜의 뼈 대검이 노사령술사를 겨누었다.

『기, 기다려라! 나를 죽이면 요새도시가 멸망한다!』

『헛소리를―.』

『―나나!』

나나가 순동으로 끼어들어 펜의 대검을 막았다.

『방해하지 마라.』

『성질이 급하면 손해라고 고합니다. 아리사, 설명을.』

나나가 무표정하게 말하고, 아리사에게 설명을 넘겼다.

『있지, 할아버지. 어떻게, 요새도시를 멸망시킬 거야?』

『그 몸에서 넘치는 마력. 네놈이 아까 그 불꽃을 다루는 희대의 대마법사인가. 네놈 같은 걸물이 요새도시에 있는 것을 몰랐던 것이 내 불찰.』

『이야~ 그렇게 사실을 말하면 쑥스럽잖아~.』

『노우, 아리사. 본론을 들어야 한다고 충고합니다.』

『아차, 그랬지.』

아리사가 다시 노사령술사에게 방법을 물었다.

『내 수하 일부를 「성」으로 파견했다. 내가 죽으면 놈들은 「성」의 정문으로 공격을 하겠지.』

—아.

그때 길을 잃은 부대는, 「성」을 공격하는 별동대였구나.

근처에 아카티아 말고 주거지역이 없으니까, 충분히 떨어진 다음에는 추적을 안 했단 말이지.

『뭘 위해서— 아, 설마?』

『그렇다. 수하들은 타우로스의 정예에게 쓰러지겠지. 그러나, 영역을 침범 당한 타우로스들은 분노의 진군을 한다— 이 요새 도시를 향해서.』

『주인님! 상황 알 수 있어?』

승리를 뽐내며, 저열한 웃음을 지은 노사령술사를 무시하고 아리사가 나에게 통신을 보냈다.

『파악했어. 별동대는 「성」의 내벽 바로 앞에 있다. 지금은 티거 일행이 안 보내려고 분투하고 있는데, 저지할 수 있을지 미묘하네?』

『위험하네.』

『그쪽은 맡겨둬. 그보다도, 그 녀석은 아직 뭔가 꾸미고 있다.』

노사령술사는 죽음을 각오한 표정이 아니다.

『알고 있어. 리자 씨랑 모두에게 경계를 풀지 않도록 말해뒀어.』

아리사에게 듬직한 대답이 돌아왔다.

덤으로 떠올린 게 있어서, 만약을 위해 경고해뒀다.

『그가 버림돌로 쓴 청년이 「짧은 뿔」을 가지고 있었어. 그 녀석도 숨기고 있을 가능성이 높으니까 주의해.』

노사령술사는 아이템 박스 스킬을 가지지 않았지만, 그 밖에도 숨길 수단이 있을지도 모르니까.

『응, 리자 씨한테 정보공유를 할게. 괜찮아, 절대 방심 안 해!』

아리사가 힘차게 대답했다.

이 정도면, 여기는 맡겨도 괜찮겠다.

그러면, 「성」에서 분투하는 티거 일행에게 희생자가 나오기 전에 달려가야겠네.

◆

의식을 자신의 몸을 되돌리자, 로로가 내 얼굴을 들여다보고 있었다.

"사토 씨, 방금 전의 폭발이나 진동 다음에 조용해졌는데, 이제 끝난 걸까요?"

"글쎄, 어떨까? 조금 길드 사람에게 물어보고 올게."

"저도—."

같이 가겠다고 말하려는 로로를 막았다.

"로로는 이 애들 부탁해."

햄스터 꼬마들이 방금 전의 폭발음과 진동에 놀라 눈을 핑핑

265

돌리고 있단 말이지.

"네, 알았어요—."

로로가 수긍한 다음, 고개를 숙이고 뭔가 말하고픈 표정을 지었다.

"—사토 씨, 다치지 않고 무사히 돌아와 주세요."

"그래, 물론이지."

걱정을 숨기고 웃음을 만드는 로로에게 고개를 끄덕였다.

아무래도, 내가 뭘 하러 가는지, 어느 정도 짐작하는 모양이다.

"약속할게. 상처 하나 없이 돌아올게."

누가 뭐래도, 우리는 「상처 모르는」 펜드래건, 이니까.

사투

"아리사입니다. 사춘기 무렵에는 부모님의 걱정을 번거롭게 생각했습니다만, 그래도 마음 속 어딘가에서 부모를 의지하고, 모르는 사이에 의존하고 있었다고 생각합니다. 잃고 나서야 비로소 아는 법이네요."

"자, 이 구속을 풀어라! 안 그러면 사령의 군세를 『성』으로 돌입시킨다!"

잔자산사라는 사령술사 할아버지가 승리를 뽐내는 표정으로 외쳤다.

"그러면, 돌입을 명하기 전에 죽이면 된다."

"기, 기다려라! 나를 죽이면 군세는 내 지배에서 풀려나 가까이 있는 산 자—『성』의 타우로스를 향해 직진한다! 네놈들의 파멸이 빨라질 뿐이다!"

자신의 목숨이 걸려 있으니까 필사적이네.

진작에 돌입시켰으면서 말도 잘해.

늑대 수인 같은 펜 씨는 타우로스의 스탬피드를 발생시킬지도 모른다고 생각하는지, 분한 기색으로 들어 올린 검을 휘두르지 못하고 있었다.

"있지, 잠깐 괜찮아?"

"뭐지? 계집."

잔자산사는 펜 씨의 마법으로 손발이 얼어 있는데도 잘난 태도는 그대로였다.

아니, 이건 허세를 부리는 것뿐이네. 목소리가 떨리고 있는걸.

"사역마가 알려줬는데, 언데드의 군세는 이미 진작에 『성』으로 돌입한 것 같은데? 티거 씨 파티가 저지하고 있으니까, 내문에는 도착 못한 모양이지만."

주인님에게 들은 정보를 말하자, 잔자산사의 표정이 파르르 떨렸다.

"그, 그럴 리 없다! 나는 아직 돌입을 명하지 않았다!"

진심으로 당황하고 있네.

어쩌면, 그건 이 녀석에게도 예상 밖의 일인 걸까?

"그러면, 살려둘 필요가 없군."

펜 씨가 훈남 늑대 페이스로 살기를 뿜어냈다.

"기다려라! 내 수는 그것뿐이 아니다!"

"아직도 헛소리를―"

"정말이다! 지금, 증거를 보여주지."

목을 치려고 휘두른 검이 잔자산사의 목덜미에서 멈췄다.

120퍼센트 허세라고 생각하지만, 만에 하나를 생각해서 하지 못한 것 같네.

"하아하아하아― 《열어라》."

식은땀으로 얼굴이 번들거리는 잔자산사가 거친 숨결을 내뱉으면서, 아이템 박스를 열 때처럼 발동어를 말했다.

하지만, 이상해. 이 녀석은 보물 창고스킬이 없을 텐데.

실제로 아무 일도 안 일어났다. 역시, 허세?

"꺼내라."

잔자산사가 누군가에게 명령했다.

나를 포함하여, 모두가 주위에 시선을 돌렸다.

"발견~?"

등껍질이 뜯겨나간 거북이 위에 올라간 타마가 가리킨 곳에, 아이템 박스처럼 보이는 검은 사각이 생겨났다. 거기에 처박힌 미라 같은 메마른 손이 짧은 뿔을 꺼내는 게 보였다.

저건 주인님이 말했던 「짧은 뿔」이다.

"타마!"

"옛서~?"

메마른 손에서 타마가 짧은 뿔을 가로챘다.

"내 욕망을 양식 삼아―."

타마의 손 안에서 짧은 뿔이 독기를 뿜어냈다.

―위험해.

"타마!"

리자 씨가 외쳤다.

"버리세요! 어서!"

"네잉."

타마가 주저 없이 짧은 뿔을 확 내던졌다.

"포학의 힘을―."

"단순히 함정인가."

펜 씨의 뼈 대검이 잔자산사의 목을 잘라냈다.

잘린 머리가 전장을 굴러간다— 위험해. 굴러간 잘린 머리랑 타마가 버린 짧은 뿔이 뭔가에 이끌리는 것처럼 달라붙으려고 한다. 저것에「물건 불러오기」를 쓰는 건 어쩐지 싫으니까—.

어포트 오브젝트

"—격리벽!"

양자를 가르는 공간벽을 만들었다.

"이놈, 이놈, 이노옴!"

"으엑, 잘린 머리가 말하고 있어."

원념이 넘친 나머지 악령화한 모양이네. 역시 사령술사야.

"멸망해라."

펜 씨의 뼈 대검이 잔자산사의 머리를 두 동강 내고, 완전히 얼려서 산산이 부쉈다.

철저하네.

『크하하하, 영감이 죽었다푸~.』

『니하하하, 영감도 명부에 떨어졌다푸~.』

『누하하하, 영감이 바친 목숨이 잔뜩이다푸~.』

불협화음 같은 울림의 불쾌한 목소리가 전장에 울렸다.

"—마족."

셋, 아니, 더 많은 하급 마족이 거북이 뒤에서 나타났다.

모두 나무껍질 같은 피부를 가졌고 입술이나 귀 같은 얼굴의 일부에 팔다리가 달린 것 같은 기묘한 모습이었다.

"대체 어디서……."

『소환 알은 더 빨리 써줘야 한다푸~.』

분해. 방금 그 짧은 뿔은 우리들의 이목을 모으기 위한 미끼였나 봐.

『죽음은 가득 찼다푸~.』

『무대가 정돈됐다푸~.』

『주인님의 강림이다푸~.』

『절망해라 인류푸~.』

지상에서 마족들이 춤을 추었다.

나나의 이력의 창이나 루루의 휘염총이 공격했지만, 마족들은 몸의 일부가 날아가도 신경 쓰지 않고 미친 듯이 춤추기를 멈추지 않는다. 게다가 부서진 파편이 작은 다른 마족이 돼서, 공격이 효과가 있는지 불명이다.

"뉴!"

타마가 비명을 지르는 것과 동시에, 식물의 눈이 거북을 밑에서 찢어내며 순식간에 거대한 수목으로 성장하더니 일그러진 사람 모양의 괴물로 변했다.

—상급 마족.

「능력 감정」 스킬로 확인할 것도 없었다.

그 압도적인 존재감이 가르쳐준다.

시가 왕국의 박물관에서 본 원색의 상급 마족 중에는 없었을 테지만, 파리온 신국에서 본 마왕에게 필적한다. 「따르지 않는 자」 바잔도 굉장했지만, 지금 눈앞에 있는 이 녀석이 더 두렵다.

271

물론, 이유는 알고 있었다.

주인님이 여기에 없으니까.

그 비호가 얼마나 마음을 지탱해줬는지, 실감할 수 있었다.

"드디어 찾았다!"

펜 씨가 달려가면서 점점 늑대의 모습으로 변하더니, 그 모습이 거대화하여 전에 본 신수 펜릴의 본성을 드러냈다.

신수는 한순간에 상급 마족에게 육박하여, 마력 장벽의 방패를 만든 상급 마족과 함께 수해 너머로 사라졌다.

거대한 나무들이 수도 없이 공중으로 날아가고, 흙덩어리나 초목이 흙먼지와 함께 피어올랐다.

"아리사, 추적할까요?"

리자 씨의 물음에 조금 생각했다.

전에 신수를 봤을 때 모험가에게 들었다. 신수는 「수목의 괴물」― 나무껍질의 상급 마족과 호각이었을 거야.

"―아니. 일단 이 자리에 있는 하급 마족을 쓰러뜨리자."

"위험!"

털을 곤두세운 타마가, 나나의 팔을 붙잡고 상급 마족이 사라진 쪽을 가리켰다.

"―포트리스."

나나의 백은 갑옷에 탑재된 간이판 「성채방어」가 긴급 전개됐다.

다음 순간, 수해의 나무들을 휩쓸면서 발사된 엄청나게 두꺼운 광선이 포트리스의 장벽에 격돌하여 섬광과 굉음을 뿌렸다.

"임계점이 가깝다, 라고 고합니다."

나나가 괴로운 기색으로 말했다.

—위험해.

포트리스의 바깥쪽을 구성하는 장벽이 붕괴되고, 안쪽의 장벽에도 금이 갔다.

"격리벽!"

장벽 바깥쪽에 만든 격리벽이 한순간에 날아갔다.

쩌적 소리가 나고, 차원 말뚝^{디멘전 파일}으로 고정된 나나의 발이 후퇴했다. 너무나 위력이 커서, 차원 말뚝이 버티지 못했나 봐.

고정구를 잃은 나나가 포트리스의 장벽과 함께 밀려난다. 공간에 고정했을 장벽이 버티지 못하고 있나 봐.

"리자 씨!"

""""팔랑크스.""""인 거예요!"

아인 소녀들의 갑옷에 탑재된 일회용 방어 방패 팔랑크스가, 나나가 친 포트리스 안쪽에 3중의 장벽을 전개했다. 나도 격리벽으로 포트리스를 안쪽에서 지탱했다.

"임계점 도달이라고 고합니다— 자유 방패^{플렉시블 실드}!"

기어이 포트리스가 부서지고, 3중의 팔랑크스로 감쇄하여, 나나가 마법과 대형 방패와 스킬 모두를 걸어서 파괴 광선을 상공으로 비껴냈다.

—으헥.

나나의 발이 땅에서 떨어지고, 우리들과 함께 후방으로 날아가 버렸다.

빙글빙글 도는 시야에, 세로로 갈라진 달걀 껍질 외벽이 보였다.

273

"······간신히 버텼네."

"분하다고 고합니다."

언제나 무표정한 나나의 미간에 조금 주름이 생겼다. 지금 그 공격은 나나의 프라이드에 상처를 낸 모양이네.

"어쩔 수 없습니다. 지금 그 공격은 마왕급이었으니까요."

"저런 공격을 연발하면 아무리 신수라도 위험한 거 아냐?"

멀리서 수목이 공중에 날아오르고 흙먼지가 뿜어져 오르고 있으니까 지금은 호각으로 싸우고 있는 것 같지만.

"그건 괜찮다. 인간족의 소녀여."

하늘에서 여성의 목소리가 들렸다.

올려다보니, 장식이 과다한 긴 지팡이를 든 마녀가 내려왔다.

챙이 넓은 모자에 호화로운 검은 로브, 옷자락에서 보이는 가는 다리에는 비상 신발을 신고 있나 보네.
_{플라잉 부츠}

"드디어, **대마녀님**의 행차란 거야? 아니면 제자의 이름으로 부르는 편이 좋아?"

챙이 넓은 모자로 얼굴을 가린 대마녀 아카**티아**에게 말을 걸었다.

"이래서 전생자나 용사는 싫다니까. 은폐나 위장의 마법 도구가 소용이 없는걸."

마녀는 말투를 대마녀 모드에서 제자로 바꾸며, 어깨를 으쓱거렸다.

『빈틈이다푸~.』

『잔챙이를 처리한다푸~.』

작은 벌레에 빙의하여 접근한 하급 마족이 기습을 걸었다.

"빈틈 따위 없어."

"정말이지. 기습을 할 거면 독기를 지우고 나서 좀 해라."

하급 마족의 돌격을 내 격리벽으로 막고, 티아가 뿜어낸 흙 마법 「녹주 석순」이 하급 마족을 꿰뚫어 검은 안개로 바꾸었다.

"네, 인 거예요. 꽁무니만 감추고 독기는 못 감추는 거예요."

"네잉네잉~."

포치와 타마의 마검이 빙의된 벌레까지 한꺼번에 하급 마족을 퇴치했다.

『『『일제히 공격푸~.』』』

기습에 실패한 걸 깨달은 하급 마족들이, 빙의를 해제하고 일제히 덤볐다.

"……■ 급팽창." ^{벌룬}

"흐트려, 쏩니다!"

미아의 물 마법이 마족들을 하늘로 날려버리고, 루루의 연사가 마족의 급소를 꿰뚫었다.

"공보— 나선창격!"

"차원 베기!"

살아남은 끈질긴 둘을, 하늘을 달려간 리자 씨의 필살기와 내 공간 마법으로 처치했다.

"이걸로 끝일까?"

"아직."

주위를 둘러보는 대마녀의 혼잣말에, 타마가 대답했다.

"응, 독기."

미아가 등껍질이 뜯어진 거북이 쪽을 가리켰다.

후두두둑 잔해를 뿌리면서, 진흙 같은 그림자가 땅바닥에서 일어섰다.

『츠아아아자아내애애다아아아아아아.』

진흙의 몸통에 노사령술사의 얼굴이 떠올랐다. 동료로 보이는 공허한 눈동자의 중년 사령술사의 얼굴도.

본래 얼굴이 있어야 할 장소는 평평해서 얼굴이 없고, 이마에 해당하는 장소에 긴 뿔이 돋아 있었다.

레벨 55에다. 언데드와 마족 두 종류의 속성을 가진 모양이네.

"―잔자산사. 나이를 그렇게 먹고 뭐 하는 거니."

『으으으으아아아아아아아크아아아아아티이이이이아아아아아아.』

대마녀의 이름을 외쳤다.

아무래도, 저 녀석은 그녀와 아는 사이인가 보네.

"뒷일은 맡길까?"

"미안해. 조금, 전념해서 상대해야 할 것 같으니까, 펜 씨― 신수의 지원은 맡겨도 돼?"

"어쩔 수 없네. 빚 하나야."

"알았어. 은혜를 입었네."

대마녀는 챙이 넓은 모자를 쓱 밀어 올리고, 긴 지팡이를 창처럼 겨누었다.

"간다, 잔자산사. 상냥한 포옹은 기대하지 마."

『으으으으아아아아아아아크아아아아아티이이이이아아아아아아아.』

중급 마족의 발치에서 무수한 녹색 기둥이 나타나 그 몸을 무참하게 꿰뚫었다.

영창하는 기색이 안 보였으니까, 저 지팡이가 무슨 비보인가 보네.

"대마녀님을 지켜라!"

"금사자급의 저력을 보여주마!"

모험가들이 대마녀를 지키는 방패가 되는 모양이다.

원천을 지배하는 마법사는 윤택한 마력을 쓸 수 있다고 하고, 모험가들의 호위도 있으니 괜찮을 거야.

"다들, 가자!"

우리는 최초의 전이 포인트로 이동했다.

◆

"—으엑, 펜 씨가 만신창이잖아."

황금 장비로 갈아입은 우리는, 신수와 상급 마족이 다투는 괴수 대결전을 근처의 커다란 나무 위에서 확인했다.

"보세요. 저 마족은 어마어마한 자가회복 능력을 가진 모양입니다."

리자 씨가 가리킨 곳을 확인했다. 신수의 발톱에 찢어진 상급 마족의 상처에서 새로운 눈이 싹트더니 순식간에 상처를 막고, 본래의 나무껍질 표피로 돌아갔다.

"마법 무효화?"

"예스 미아. 견제의 하급 마법은 무효화 됐다고 판단합니다."

신수도 무효화되는 것을 전제로, 눈가림을 할 생각으로 집속이 느슨한 하급 마법을 쓰는 모양이다.

"뭔가 메고 있어~?"

"분명히 대포인 거예요! 포치는 아는 거예요!"

"진짜로?"

"응, 나도 봤어. 아까 그 광선 공격 직전에, 저걸 옆구리에 안았었다고 생각해."

포치만이 아니라, 루루까지 목격한 모양이네.

"그러면, 저것도 파괴 대상으로 삼는 게 좋겠어."

"만약 대포의 발사를 막을 수 없으면, 아까처럼 포트리스랑 팔랑크스를 겹쳐서 대처하자."

"노 아리사. 다음은 제가 반드시 막는다고 고합니다."

"안 돼."

다짐하는 나나를 미아가 막았다.

"그러네. 황금 장비의 나나라면 막을 수 있을 거라고 생각하지만, 무리해서 모험할 필요는 없어. 다치면 주인님이 슬퍼하니까."

"안전제일의 오더를 승낙한다고 고합니다."

나나가 조금 생각한 다음에 수긍했다.

"─아아! 신수 씨가!"

신수가 수목을 부수면서 굴러갔다.

위험해. 브리핑이 좀 길었나 봐.

"제2라운드, 가자!"

나는 선언과 동시에 「전술 대화」를 발동했다.

"""네"""" "인 거예요!"

나나와 아인 소녀들이 신수가 부순 땅을 달리며 상급 마족에게 접근했다.

루루가 휘염총으로 견제를 하고, 미아가 정령 마법 영창을 시작했다. 저건 베히모스 소환일 거야.

나는 전위의 지원 담당이다. 지원 마법은 이미 걸었지만, 「격리벽」을 이용한 방해나 「미로」로 시간 벌기도 하는 편이 좋겠네.

"에머젠~?"

"대포가 스탠바이인 거예요!"

마족이 허리춤에 겨눈 대포 주위에, 수상한 입자가 우옹우옹하면서 모이고 있었다.

우리를 노린다기 보다는, 펜 씨에게 추가로 일격을 하려는 것 같아.

"팔랑크스를 씁니다. 나나는 포트리스를!"

"예스 리자—."

나나가 발을 멈추고, 황금 갑옷의 부유 방패를 전방에 이동시켰다.

"—포트리스라고 고합니다."

이어서 발동어를 외자, 황금 갑옷의 일부가 변형되면서 차례차례 마력 장벽이 전개되고, 성채방어를 구축했다. 저 변형은 처음 보네. 포트리스도 백은 장비 것보다 훨씬 튼튼해 보였다. 포트리스 2차 개선판쯤 되는 느낌일까?

"온다."

타마의 신호에 맞추어, 아인 소녀들도 3중의 팔랑크스를 구축했다.

팔랑크스는 효과 시간이 짧으니까, 타이밍이 중요하다.

눈이 아플 정도의 섬광과 함께 엄청나게 두꺼운 광선이 포트리스의 바깥에 전개된 3중의 팔랑크스를 차례차례 부수고, 포트리스의 적층 장벽에 격돌했다. 섬광과 굉음으로 눈과 귀가 아프다. 황금 갑옷의 차폐 시스템으로도 이 정도니까, 노가드였으면 실명하거나 고막이 찢어졌을 것 같아.

"으으으으으으음."

포트리스가 밀리고, 그것을 지탱하는 나나의 대형 방패도 밀려난다.

"격리벽!"

나도 공간 마법으로 포트리스를 뒤에서 지탱했다.

상급인 「신위 격리벽」^{디바인 데라시네이터}도 있지만, 그건 이런 잔 기술에는 안 맞는다. 순수한 방어력도 포트리스보다 조금 떨어지니까 쓸 기회가 좀처럼 없는 불우한 마법이야.

—쩌적.

괜한 생각을 하는 사이에, 격리벽이 깨질 것 같았다.

나나의 황금 갑옷을 지탱하는 차원 말뚝도 한계가 가깝다.

"파워푸우우우울한 거예요!"

"모어 파워~?"

타마와 포치가 양손으로 나나의 대형 방패를 뒤에서 밀었다.

"아리사, 제 뒤에도 격리벽을 희망합니다."

"오케이~!"

의도는 잘 모르겠지만, 나나가 몸을 지탱할 수 있는 위치에 격리벽을 만들었다.

"긴급 제트 분사라고 고합니다!"

나나의 황금 갑옷의 등이 변형되고, 노즐 같은 게 나타났다.

—그거 뭐야?

노즐에서 뿜어져 나온 분사 불꽃이 격리벽에 부딪쳐 안 보이게 됐지만, 밀려날 것 같았던 포트리스를 다시 밀어내는데 성공한 모양이다.

"그리고, 마개조가 지나치잖아, 주인님."

굉음에 뒤섞여 투덜거리는 사이에, 끈기 대결은 나나와 우리들의 승리로 끝났다.

"냉각 모드로 이행. 과부하 탓에 90초의 쿨타임이 필요하다고 고합니다."

"알았어요. 갑니다, 포치, 타마. 상대가 대포를 쏠 틈을 주면 안 됩니다."

"네잉."

"네, 인 거예요."

아인 소녀들이 순동으로 상급 마족에게 달려갔다.

"……■■ 마수왕 창조."
크리에이트 베히모스

미아의 주문이 완성되어, 거대한 마법진에서 베히모스가 나타났다.

"가."

베히모스가 함성을 지르고, 주전장으로 달려갔다.

그 거대한 몸이 순식간에 아인 소녀들을 추월하여, 낙뢰의 비를 내리며 나무껍질의 상급 마족과 격돌했다.

"응급 처리 완료. 아리사, 저를 마족 근처에 전이시켜 달라고 희망합니다."

"알았어. 무리는 괜찮지만, 무모한 짓은 안 돼— 공간 연결문.^(포탈 도어)"

눈앞과 전장이랑 어느 정도 가까운 장소에 두 장의 문이 나타났다.

"감사하다고 고합니다."

나나가 눈앞의 문을 통과하자 전장에 있는 출구 쪽 문에서 나타났다.

『나무껍질 마족이여! 수목이라면 얌전히 숲의 일부가 되어야 한다고 고합니다!』

도발 스킬을 실은 목소리가 전술 대화에서 들렸다.

"루루, 몇 번 더 도발이 들어가면 가속포를 써도 돼— 어, 루루?"

루루의 모습이 신수 옆에 있었다.

힘을 소모했는지, 산 만한 크기였던 신수가 몸 길이 5미터까지 작아졌다.

"이걸 마셔 주세요. 금방 좋아질 거예요."

루루가 신수를 치료해주는 모양이네.

『……또, 도움을 받았구나, 로로.』

"아뇨. 저기 저는 로로 씨가 아니라, 루루예요."

『그때는 새끼 늑대 정도까지 소모를 했지만, 이번엔 안 진다.

보고 있어라, 로로.』

　신수가 비틀거리며 일어섰다.

　"기다리라니까. 로로랑 루루를 구별 못할 정도로 대미지를 입었는데, 지금 가도 도움이 될 리 없잖아. 조금 더 휴식해."

　『상대는 상급 마족이다. 사람의 아이가 이길 수 있는 상대가 아니다.』

　"그럴까?"

　나는 「멀리 보기 거울」 마법으로, 신수의 눈앞에 전장의 광경을 비춰 주었다.

　리자 씨의 용창이 마족의 몸을 꿰뚫고, 타마의 인술이 마족을 희롱하고, 포치가 발이 걸리는 바람에 마족의 공격을 피하고, 나나가 마족의 발차기를 대형 방패로 받아 흘린다.

　『공격이 닿는 것은 비늘 종족의 소녀뿐이다. 역시, 내가 가야─.』

　"루루, 이제 슬슬 괜찮아."

　내가 어깨를 으쓱거리고, 루루에게 말했다.

　"알았어."

　루루가 황금 갑옷에 공간 수납된 장대한 포신의 가속포를 꺼냈다.

　"상급 마족이 상당히 스피디한데, 조준할 수 있어?"

　"괜찮아. 움직임의 패턴을 미리 읽을 거니까─ 저기네─ 조준 완료. 고정."

　가속포를 겨눈 루루가 서포트 AI에게 지시를 내렸다.

　『예스 마이 레이디. 디멘젼 파일, 스탠바이.』

가속포의 서포트 음성이 대답했다.

『또 누가 있나?』

신수의 놀라는 목소리는 흘려들었다.

보이지 않는 차원 말뚝이 가속포의 묵직하고 긴 포신을 공중에 고정했다.

포신 끝에는 마족이 없지만, 루루의 눈동자에 망설임은 없었다.

"가상 포신 전개."

『오케이, 버추얼 배럴, 스프레드.』

가속포의 전방에 20미터쯤 되는 술리 마법 계통의 의사 물질 포신이 전개됐다.

역시, 이 변형은 불타오르네!

"가속 마법진, 제한 해제."

『아이아이 맘, 배터리, 풀 차지.』

가속포 옆에 달려 있던 마력통에서, 마법진을 만들기 위한 마력이 충전됐다.

예비 통도 포함하여 모든 마력 배터리가 텅 비었다.

『액셀러레이션, 오버 드라이브.』

가상 포신을 따라서 붉게 빛나는 마법진이 전개된다. 100장의 마법진이 겹쳐서 포신처럼 보였다. 여전히 박력이 있어.

"왔다."

미아가 중얼거리는 것과 동시에, 정글의 나무들을 휩쓰는 상급 마족이 보였다.

아무래도, 이쪽의 존재를 깨달았나 봐.

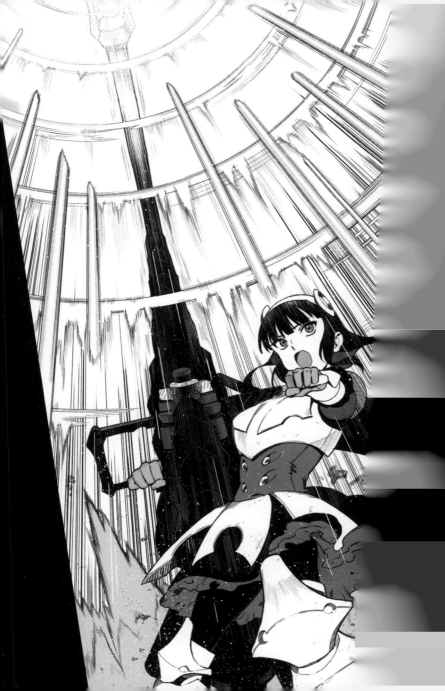

"방해는 못하거든!"

격리벽의 난타로 전진을 저해했다.

상급 마족이 몸의 표면을 울퉁불퉁하게 변형시켜서 옹이구멍 같은 것을 만들어, 거기에 빛의 입자를 충전했다. 저걸로 공격할 셈이겠지만— 이미 늦었어.

"발사!"

『이그니션!』

루루의 가는 손가락이 방아쇠를 당기고, 성스러운 포탄이 발사됐다.

묵직하게 울리는 폭음을 남기고, 파란 궤적이 루루의 가속포에서 쏟아져 나갔다.

파란 빛이 레이저처럼 상급 마족의 몸통에 직격하고, 나무껍질의 거체를 위 아래로 절단해서 날려 버렸다.

『뭐, 라고?! 저 상급 마족이?』

루루의 가속포가 쏜 성탄은, 주인님의 특제인 데다가 농담 같은 양의 마력이 내포되어 있다.

마족에 대한 공격으로는 나랑 미아의 금주에 필적하는 위력이 있단 말이지.

—아차, 방심은 금물.

"아직 안 끝났어! —신위 격리벽." ^{디바인 데라시네이터}

위아래로 분할된 상급 마족이 발사 준비를 마친 소형 광선포를 쏘았다.

몇 줄기의 광선이 신위 격리벽에 격돌하여 섬광과 불똥을 튀겼다.

주포만큼은 아니지만, 수가 모이면 꽤 위력이 크네.

『아킬레스 헌터인 거예요!』

고속으로 상급 마족의 등 뒤에서 접근한 포치가, 몇 개의 파란 궤적을 끌면서 상급 마족의 발목을 장벽과 함께 베어냈다.

거합 발도로 사용한 필살기 「마인선풍」을 쓴 모양이네.

『마인쌍아~?』

상급 마족의 그림자에서 나타난 타마가, 포치가 베어낸 것과 반대쪽 다리에 필살기를 뿜었다.

쌍검으로 연속 공격을 뿜어내지만, 조금 위력이 약하다. 장벽은 부쉈지만, 하나하나의 상처가 얕으니까 공격을 하자마자 수복되어 버렸다.

『순동— 나선창격!』

리자 씨의 필살기가 상급 마족의 뒤통수를 꿰뚫었다.

용창이라 그런지, 장벽도 단단한 장갑도 상관없이 꿰뚫어 버린다.

"위험— 리자 씨!"

『—팔랑크스!』

상급 마족의 머리 부분이 변형되어 옹이구멍을 만들더니, 리자 씨를 향해 확산 광선을 뿜었다.

리자 씨는 반사적으로 팔랑크스를 써서 막았지만, 이어서 뒤로 후려친 주먹 탓에 후퇴하지 않을 수 없었다.

『한눈팔면 안 된다고 고합니다.』

따라잡은 나나가 방패 공격을 뿜었다.

—어?

상급 마족의 등 뒤에 뭔가 반짝거리는 게 흩어졌다.

곧장 스킬로 감정했더니, 저건 상급 마족의 장벽 중 일부였다.

아무래도 나나는 그녀의 특기인 장벽 파쇄의 필살기「마인쇄벽」을, 검이 아니라 대형 방패로 실현한 모양이네.

『마인영아(魔刃影牙)~.』
　　　보팔 섀도우바이터

나나가 장벽을 부순 장소에, 타마가 인술을 실은 필살기를 뿜었다.

이번에는 나름대로 통했나 보네.

『마인돌격, 인 거예요!』
　　　뱅퀴시 스트라이크

포치가 돌격하는 것보다 빠르게 상급 마족이 장벽을 재생시켰지만, 포치는 장벽까지 한꺼번에 가차 없이 필살기로 꿰뚫고 심장을 노려서 거대화한 검을 찔렀다.

상급 마족이 거대한 몸에 안 어울리는 기민함으로 포치의 공격을 피하려고 움직였지만, 그럴 수는 없지. 내 격리벽과 타마의 그림자 묶기가 상급 마족의 회피를 막았다.

—으엑.

상급 마족이 나무껍질을 안쪽에서 찢으며 광선을 뿜었다.

"팔랑크—."

포치가 반사적으로 팔랑크스를 기동했지만, 앞부분의 빛이 빠져나갔다.

"—인 거예요!"

포치는 몸을 기울여서 피했지만, 어깨 갑옷에 조금 스쳤는지 핑그르르 돌면서 날아가 버렸다.

"포치!"

타마가 순동으로 달려가 포치를 받아내고, 상급 마족의 추가 공격 광선을 교묘한 풋워크로 피했다.

마지막에는 조바심이 났는지 확산 광선을 쏘았지만, 그건 나나의 대형 방패와 자유 방패가 받아냈다.

공간 마법「물건 끌어오기」로 포치와 타마를 끌어왔다.

"부상은?"

"사뿐사뿐나폴나폴~인 거에요."

"괜찮아 보여. 어지러운 것뿐이야."

"다행이다~."

포치가 무사한 걸 들은 타마가 안도의 숨을 쉬고 리자 씨 쪽으로 달려갔다.

"빙글빙글비틀비틀, 인 거예요."

포치의 몸이 좌우로 흔들리자, 황금 갑옷의 수납에서「백룡의 알」이 튀어나왔다.

무슨 힘을 썼는지, 둥실둥실 떠올라 포치 주위를 빙글빙글 돌았다.

"—핫. 알 아가한테 격려를 받아 버린 거예요."

"괜찮아?"

"네, 인 거예요. 포치는 이 정도로, 기부업하지 않는 거예요!"

포치가 표정을 긴장시키면서 말하자,「백룡의 알」이 포치의 손안에 착지하여 움직이지 않게 됐다.

포치는 알을 황금 갑옷의 수납에 돌려놓고 순동으로 전장에 복귀했다.

둘 사이에 대화는 없었지만, 어쩐지 인연 같은 게 느껴지네.

"아리사, 두 발째가 올 거야!"

어느샌가 상급 마족이 리자 씨나 전위진과 거리를 벌리고 광선의 발사 태세에 들어갔다.

멀어서 보기 힘들지만, 덩굴 같은 것이 일시적으로 모두의 움직임을 저해한 모양이네.

"베히모스, ─천재지변.^{디재스터}"

상급 마족에게 전격의 비가 쏟아져 내리고, 땅바닥이 찢어지면서 상급 마족을 집어 삼킨다. 빨간 빛이 나오는 걸 보니, 찢어진 땅 아래에는 용암이 가득한 것 같았다.

미아가 마력 결핍으로 땅에 무릎을 짚었다.

"나이스, 미아! 루루, 재충전 아직 더 걸려?"

나는 미아에게 상급 마력 회복약을 건네고, 루루에게 가속포의 마력 충전이 끝났는지 확인했다.

"미안, 아리사. 아직 3분의 1정도밖에 충전 못했어."

"알았어."

나는 시야를 통한 단거리 전이로, 상급 마족의 상공─ 용암이 집어삼킨 상급 마족이 보이는 위치로 이동했다.

"자유낙하, 무서."

나는 그 한 마디로 공포에 뚜껑을 닫고, 최대위력의 상급 마법을 때려 박았다.

"─화염지옥.^{인페르노}"

용암의 열량이 더해진 화염지옥이 상급 마족을 골고루 구워 버렸다. 만화에서 본 적이 있지만, 위력 증가네.

밑에서 열풍이 휘몰아치며 올라왔지만, 황금 갑옷의 마력 장벽이 막아주니까 노대미지야.

초고열 구역으로 돌입하기 전에, 단거리 전이를 재사용해서 미아 옆으로 이동했다.

―으엑.

방금 있던 곳을, 지상에서 뻗은 몇 줄기 광선이 꿰뚫었다.

위험해라, 위험해. 계속 저기 있었으면 구멍투성이가 됐을 거야.

"이 정도로 공격했는데 안 죽는다니, 얼마나 튼튼한 거야?"

『어쩐지 이상해~?』

내가 투덜거리는 말이 끝나기도 전에 타마가 중얼거렸다.

『아리사, 지금 그 공격은 땅의 균열과 조금 떨어진 장소에서 올라온 것 같습니다.』

타마가 의문스럽게 느낀 것을 리자 씨가 자세히 가르쳐 주었다.

혹시―.

"미아, 베히모스를 되돌리고, 게노모스로 땅속을 찾아줄래?"

"할 수 있어."

미아가 고개를 옆으로 젓자, 멀리서 베히모스가 대지를 흔들었다.

"혹시, 베히모스도 할 수 있어?"

"응, 가능."

미아가 눈을 감고 집중했다.

『온다.』

『팔랑크스!』』『인 거예요!』

『포트리스라고 고합니다.』

　타마의 목소리와 동시에 전위진이 방어 장벽을 전개하는 소리가 들렸다.

　그와 거의 같은 타이밍에, 수해의 나무들을 날려 버리며 엄청 두꺼운 광선이 하늘로 빠져나갔다.

　—아차, 늦었어.

　"다들, 괜찮아?!"

『예스 아리사. 모두 무사하다고 보고합니다.』

　다행이다. 내 격리벽이 없어도 괜찮았나 봐.

『지금 그걸로, 팔랑크스를 다 써버렸습니다.』

『미 투~?』

『포치는 아직 괜찮은 거예요!』

『포트리스가 행업했다고 고합니다.』

　—으엑, 위험하네.

　"아리사, 발견했어. 본체는 지하."

　미아가 조금 장문으로 가르쳐 주었다.

　내 예상대로, 상급 마족은 지하에 본체가 있나 보네.

　"지상으로 끌어낼 수 있어?"

　"응, 맡겨줘. —베히모스, 해."

　베히모스가 땅바닥에 코 끝을 박고— 그대로 상반신이 땅에 잠기더니, 힘차게 뭔가를 물고서 끌어 올렸다.

　—기분 나빠라.

고구마 덩굴에 이어진 뿌리열매 같은 부분이 상급 마족의 상반신으로 변한 느낌?

"―화염지옥."

공중에 날아오른 상급 마족을 향해, 곧장 쓸 수 있는 것 중에서 최대위력의 공격 마법을 썼다.

"가속포― 절차 생략, 긴급 포격!"

루루가 1회용 가속포를 꺼내서, 대지를 고정구 대신 삼아 포격을 감행했다.

"―여기!"

공간 마법으로 고정하지도 않고 쏜 가속포는 커다랗게 중심이 흔들렸지만, 그래도 루루는 최적의 타이밍에서 방아쇠를 당겨 상급 마족의 본체를 가속포로 꿰뚫었다.

커다란 대미지를 입은 상급 마족이 떨어진다.

그리고, 그런 절호의 타이밍을 놓칠 리자 씨가 아니다.

『나나!』

『예스 리자.』

리자 씨가 재촉하자 나나가 공보를 써서 하늘을 달렸다.

상급 마족이 펄스 레이저 같은 광선탄을 뿜어냈지만, 나나는 마법 베기의 요령으로 광선탄을 가볍게 튕겨내고 필살기 예비동작에 들어갔다.

『제로의 칼, 「마인봉채^{블래스트 포트}」라고 고합니다.』

제일 먼저 공중을 달려간 나나의 필살기가 상급 마족의 방어 장벽을 파괴했다.

『하나의 칼, 그림자 묶기―.』

지상에서 뻗은 그림자가 상급 마족을 칭칭 묶더니, 그림자에서 나타난 타마가 양손에 든 성검이 파랗게 빛났다.

『―마인영아~?』

타마의 필살기가 상급 마족의 나무껍질을 갈가리 찢어 버리고, 그것을 따르는 것처럼 나타난 그림자의 칼날이 상처를 벌렸다. 지난번에 학습했는지, 그림자가 쐐기가 되어 나무껍질의 재생을 방해하나 보네.

『둘의 칼, 거합발또에서― 마인선풍인 거예요!』

거대화한 포치의 성검이 타마가 만든 상처를 더욱 벌렸다.

『셋의 기술― 마창용퇴격!』
드래그 버스터

포치가 만든 상처에 리자 씨가 뛰어들어, 용창을 사용한 필살기로 중핵 부위까지 돌진했다.

『절의 기술. 「마인폭렬」.』
마나블레이드 블래스터

리자 씨의 목소리와 동시에 상급 마족의 안쪽에서 파란 빛이 흘러나오더니, 마지막에는 안쪽에서 폭렬시켜 버렸다.

파편이 검은 안개가 되어 사라졌다.

"아무래도, 쓰러뜨린 모양이네."

동료들이 손을 흔들면서 돌아왔다.

처음에 신수 펜릴이 소모시켜주긴 했지만, 우리들끼리만 상급 마족을 쓰러뜨린 건 상당히 큰 성과 아닐까?

『방심하지 마라! 놈은 끈질기다!』

조용히 회복에 전념하던 신수가, 비틀거리며 일어서서 경고했다.

"미아, 아직 있어?"

"없어— 기다려."

미아가 바쁘게 눈을 움직였다.

그에 맞추어 베히모스가 주위를 둘러보고, 한 방향에서 고개를 멈추었다.

"있다."

방금 전보다 자그마해진 상급 마족이 돌진했다.

대포는 안 들었다. 저거라면, 지금의 나나라도—.

베히모스가 고개를 움직였다.

"저기도."

수해 너머에서 빛이 보였다.

베히모스가 그쪽을 향해 달려가, 수해를 가르고 뿜어져 나온 두꺼운 광선을 몸으로 막아냈다.

"고마워."

정령력이 되어 흩어진 베히모스에게 미아가 감사를 표했다.

『팔랑크스인 거예요!』

『별거 아니야~.』

포치가 확산 광선을 막아내고, 타마가 상급 마족의 공격을 회피하고, 나나가 통상 공격을 대형 방패로 받아 흘리고, 리자 씨가 용창으로 체력을 깎아냈다.

안 돼. 한 마리째에 시간을 들이는 사이에 두 발째를 쏠 거야.

내 공격 마법으로도 일격에 처치하는 건 무리— 그러면!

『신호하면 떨어져.』

나는 단거리 전이로 전위진 근처에 이동했다.

"지금! —공간소멸."
^{디스인티그레이트}

『그림자 묶기~?』

타마의 인술이 상급 마족을 묶어버리고, 움직이지 못하는 상급 마족을 중심에 두고 공간 마법을 쏘아냈다.

키이이 하는 흡인음을 남기고 상급 마족이 패이더니, 검붉은 마핵이 드러났다.

『타아~ 인 거예요!』

『마창용퇴격!』

포치의 공격은 상급 마족의 팔에 막혔지만, 포치에게 정신이 팔린 틈에 뿜어낸 리자 씨의 필살기가 마핵을 꿰뚫어서 산산이 부쉈다.

상급 마족의 몸이 검은 안개가 되어 사라졌다.

아마, 본체가 부서진 다음이니까 이렇게 무른 거야.

"온다."

타마의 경고와 동시에 공간 전이로 후위에 전이했다.

신수가 숲의 나무 사이를 달려 상급 마족에게 육박했지만, 또 하나의 포격에는 늦을 것 같아.

—재전이.

실패? 아차, 마력이 부족해.

"팔랑크스!"

"팔랑크스인 거예요!"

루루의 팔랑크스는 발동했지만, 포치도 마력이 부족해서 기동하지 않았나 봐.

한 장으로는, 어쩔 수 없어.

"맡겨 달라고 고합니다."

나나가 모두의 앞에 섰다.

"무모한 짓은 안 돼—."

"무모한 짓이 아니라고 주장합니다."

나나가 이쪽을 보고 웃었다.

"안 돼, 나나. 자신을 희생해서—.

"—『불락성』이라고 고합니다."

나나의 발동어와 동시에 황금 갑옷이 변형하고, 주색과 홍색의 빛이 플래쉬처럼 깜빡였다.

—호헤?

촤르르륵 장벽이 생기고, 포트리스하고는 다른— 그렇지만 더욱 강인한 돔 형태의 적층 장벽이 만들어졌다.

거기에 두꺼운 광선이 격돌했다.

팔랑크스는 한순간에 사라졌지만, 캐슬의 적층 장벽은 꿈쩍도 않고 받아냈다.

"—굉장해. 에이. 이런 굉장한 방어 장벽이 있으면 처음부터 써봐."

"마스터에게 실전 테스트 미실행이니 쓰지 않도록 오더를 받았다고 고백합니다."

그렇구나. 그래서 안 썼구나.

포격한 상급 마족은 신수가 기습해서 쓰러뜨렸다. 역시 본체가 없으면 무르네.

"하지만, 이거 어디서 본 적 있어."

"라라키에의 천호광개랑 비슷하지 않아?"

"아~ 확실히 좀 비슷하네."

방금 전의 주색과 홍색은 신들의 성광이랑 비슷했으니까, 뭔가 관계가 있는 걸까?

"뉴! 뉴뉴!"

"아와와와. 알 아가가 또 나와 버린 거예요."

타마가 당황하고, 포치가 자기 주위를 급선회하는 알에 당황했다.

"아직, 끝이 아닌 모양이군요."

"하나, 둘, 셋— 전부 열셋 있나 봐."

리자 씨가 심각한 목소리로 말하고, 루루가 수해 너머에 나타난 상급 마족의 수를 세어 주었다.

그야, 끝판왕이 끈질긴 거야 정석이지만 말야.

이건 아니지 않아?

◆

"열 셋이라니 진짜야······?"

······마지막 발악은 하나만 해줘.

나도 미아도 싸울 수 있을 정도로 마력이 회복되지 않았다. 루루도 팔랑크스를 썼으니까, 최대 위력으로 가속포를 쓰기엔 마력이 부족해. 신기능을 쓴 나나는 물론, 리자 씨와 타마, 포치도 그런 마력이 남아 있지 않을 거야. 무리를 해서 상급 마족을 쓰러뜨린 신수도, 이제 그만 한계일 거고.

"빛."

―으엑.

미아가 지적하는 곳, 나무들 너머로 보이는 상급 마족의 상반신을 아래쪽에서 비추는 수상한 빛이 있었다.

분명히 상급 마족의 포격 준비 빛이다.

"모든 개체가 포격을 할 경우, 막아낸다고 보증하지 못한다고 고합니다."

"알고 있어!"

너무 막다른 길이라, 말투가 거칠어졌다.

귀환용 전이를 쓰려고 해도, 마력 회복에 60초는 걸린다. 주인님에게 헬프 콜을 하고 싶지만, 거리가 너무 먼 것과 동요 때문에 제대로 부를 수가 없어.

어쩌지? 어쩌면 좋지?

모두 심각한 표정으로 이쪽을 보았다.

―근데 타마?

타마만 집 고양이처럼 아무것도 없는 하늘에 시선을 보내고 있었다.

"왜 그러는 거예요?"

"걱정 없어~?"

"타마도 진지하게 생각하는 거예요! 포치랑 모두가 아주아주 핀치인 거예요!"

"난쿠루나이사~."

맥 빠진 표정으로 타마가 자리에 풀썩 앉아 버렸다.

포기한 걸까? 아니, 그럴 리 없어—.

"봐~?"

타마가 하늘을 가리켰다.

"앗! 인 거예요!"

포치도 이끌려서 하늘을 올려다보고, **활짝 웃었다.**

우리도 하늘을 올려다보았다.

—유성이다.

아니, 아니네. 저건 주인님의 마법. 하늘 가득한 별처럼 수많은 빛이 비처럼 쏟아져 내리고, 열 셋의 상급 마족을 순식간에 날려 버렸다— 광범위의 수해랑 함께.

그런 일이 가능한 건 한 명밖에 없어.

"기다렸지. 어떻게 안 늦었네."

"쥔님~."

"주인님인 거예요!"

하늘에서 내려온 주인님에게, 우리는 환성을 지르며 안겼다.

에필로그

"사토입니다. 바쁜 시기에 작은 태스크가 늘어나면, 무심코 깜빡 해서 초조해지는 경우가 종종 있습니다. 지금은 리마인더가 자동적으로 마감이 가까운 태스크를 알려주니까, 그런 일도 줄었지만요."

"늦어서 미안해."

안겨 드는 동료들에게 사과했다.

확인했더니 상급 마족이 나와 있기에 진땀이 났다.

급하게 반사 레이저의 비를 쏟아버린 탓에, 상급 마족에게 휘말려서 수해의 일부가 초토화돼 버렸다.

"그쪽은 끝났어?"

"그래, 어찌어찌."

먼저 언데드들과 싸우고 있던 모험가들이 좀처럼 물러나주지 않아서 시간을 잡아먹었다.

"타우로스의 스탬피드는 안 일어나니까 괜찮아."

"혹시 전멸시켜 버렸어?"

"아니, 모두의 레벨 업에 지장이 생기지 않도록, 『흙벽』으로 문을 막아서 못 나오게 했을 뿐이야."

간단히 나올 수 없도록, 두께 20미터의 「흙벽」으로 막고서 「점토 경화」로 보강해뒀다. 그래도 나온다면, 지도층인 제너럴이나 로드를 쓰러뜨리면 되지. 다음 지도자층이 나타날 때까지는 시간을 벌 수 있고, 지도자가 없는 타우로스는 동료들의 좋은 사냥감이다.

"이쪽은 힘들었나 보네."

나는 상급 마족전의 이야기를 들으면서, 동료들에게 「마력 양도」로 마력을 재충전해줬다. 요즘에는 아리사랑 미아의 마력이 늘어나서 나도 중간에 마력 배터리에서 충전할 필요가 있을 정도다.

"그렇지! 주인님, 펜릴이 어디 있는지 찾아줄래? 주인님이니까 말려들지는 않았을 거라고 생각하지만."

"괜찮아. 골렘을 파견했으니까."

카리온 신의 이론으로 만든 하늘을 나는 경량 골렘이니까, 신수의 커다란 몸을 옮기지는 못해도 그에게 마법약을 전달하는 역할을 맡겼다.

"마스터, 포트리스 기능이 행업했다고 고합니다."

—으엑, 진짜로?

"다치진 않았어?"

"예스 마스터. 갑옷을 해제하고 촉진하시겠습니까라고 묻습니다."

"아, 안 돼!"

"파렴치."

황급 갑옷 위로 나나의 몸을 만져서 그런지, 철벽 페어 둘이 초반응해버렸다.

AR표시로도 나나한테 상처는 없으니까, 괜찮은 모양이군.

"포트리스가 작동하질 않아서 고생했지?"

"노 마스터. 캐슬 기능으로 만회했다고 고합니다."

그건 다행이지만, 아마 포트리스 기능이 행업한 건 캐슬 기능을 조합했기 때문이라고 생각한다. 한계까지 부하를 거는 동작 테스트를 몇 번 해봤지만, 그건 변명이 안 되지. 좀 더 세이프티 회로를 충실하게 만들어야겠어.

"주인님. 요새도시 앞의 전투는 끝났어?"

"끝난 모양이야. 봐, 티아 씨가 이쪽으로 오네."

아리사의 말을 듣고 확인했더니, 티아 씨에게 달아놓은 마커가 이쪽으로 오고 있었다.

용사 나나시 모습으로 변신하여 그녀의 도착을 기다렸다.

"주인님, 지금은 대마녀님 모드야."

그러고 보니 호화로운 로브랑 지팡이를 장비하고 있고, 모자를 깊숙하게 써서 얼굴이 안 보이게 하고 있네.

"상급 마족을 쓰러뜨린 마법은 그대들의 것인가?"

"맞아, 대마녀 아카티아."

기껏 어조를 만들고 목소리를 낮추고 있으니까, 이쪽도 그녀에게 맞춰야지.

"진정한 용사, 그대의 조력에 감사하며 연회를 열지."

"고마워. 하지만, 아직 가야 할 장소가 있어. 그 연회는 모험가들을 대접해줘."

"그렇군. 그러면, 말리지 않으마. 하다못해 이것을—."

티아 씨가 부적을 나에게 내밀었다.

복잡한 룬이 새겨진 황금으로 빛나는 부적이다.

"이건?"

"마력 회복을 촉진하는 부적이다. 대마법을 쓰는 자라면 유용하겠지."

"괜찮아?"

"상관없다. 원천과 함께하는 나에게는 쓸모없는 것이다."

"그러면, 고마워."

나는 부적을 받고, 동료들을 「이력의 손」으로 띄우고 나 자신도 천구를 써서 하늘로 날았다.

"그럼, 또 봐."

티아 씨가 손을 흔들고, 우리는 귀환전이로 그 자리를 벗어났다.

◆

"사토 씨!"

옷을 갈아입고, 덤으로 회수한 강아지 상태의 펜을 데리고 요새도시 아카티아에 돌아가자 로로와 햄스터 꼬마들이 모두 모여 맞이해 주었다.

"다녀왔어, 로로."

"루루 씨랑 모두도, 무사해서 다행이에요!"

동료들도 로로와 햄스터 꼬마들에게 귀환 인사를 했다.

"어머? 이 애는?"

"보호했다고 고합니다."

나나가 끌어안은 새끼 늑대를 로로가 들여다보았다.

"숲 속에 쓰러져 있는 걸 발견했어. 건강해질 때까지 돌봐주려고 데리고 왔지."

"그러면, 제가 돌볼게요."

로로가 나서서 선언했다.

"그건 좋지만, 늑대나 개 좋아해?"

"아뇨, 그런 건 아니지만요……. 어렸을 때도, 비슷한 애를 숲에서 구한 적이 있어요. 그때는 어린애라서, 중간에 티아 씨한테 맡겨 버렸지만요."

로로가 새끼 늑대의 머리를 상냥한 손놀림으로 쓰다듬었다.

질투를 하는 건지 단순히 놀아주길 바라는 건지, 햄스터 꼬마들이 로로의 다리에 달라붙어서 코끝을 밀어붙였다.

하지만, 그렇군. 아마 옛날에 로로가 구한 새끼 늑대도 펜이 아니었을까 싶었다. 그의 말이나 행동을 봐도 틀림없을 거야.

"이거 참 귀여워졌네—."

어느샌가 나타난 제자 모드 티아 씨가 새끼 늑대를 들여다보면서 중얼거렸다.

"—티아 씨!"

"얏호! 로로. 꼬맹이들도 무사한 모양이라 다행이네."

티아 씨가 로로에게 말을 건 다음, 우리를 보았다.

"오늘 저녁부터, 중앙탑 앞에서 방어 축하 파티를 여니까 와줘. **너희들은** 올 수 있지?"

으음. 그녀에게는 우리 정체가 들킨 모양이군.

뭐, 이쪽도 그녀의 정체를 알고 있고, 그녀가 그걸 다른 곳에 말하지는 않겠지.

"로로와 아이들도 같이 참가할게요."

"그래, 다행이야. 주빈석 근처에 테이블을 준비할게."

내 대답을 들은 티아 씨가 말하고 고개를 끄덕였다.

"오~홋홋홋호!"

악역 영애 같은 높은 웃음소리가 울렸다.

케리 양과 비서 토마리토로레 씨 두 명이다.

"무사했나 보네, 로로."

"케리! 걱정해준 거야?"

"아, 아니야! 어, 어쩌다 보니— 그런 거야! 어쩌다 보니까 발견하고 보러 온 것뿐이야!"

"츤데레 나왔습니다~."

"흔해."

조바심 내는 케리 양을 보고, 아리사와 미아가 말을 나누었다.

"트러블이 있었지만, 승부는 승부야! 두 가지 물건을 먼저 모으는 쪽이 이기는 거야!"

케리 양이 쑥스러움을 숨기려고 로로를 가리키며 외쳤다.

"—승부?"

"네. 대마녀님의 의뢰품을 어느 쪽이 먼저 모으는지 승부를 하고 있어요."

고개를 갸웃거리는 티아 씨에게 로로가 설명했다.

"그러면 셋 아니야?"

"기생 버섯은 이미 가지고 있어서, 나머지 두 소재로 승부를 했어요. 『땅 밑을 기는 백합근』는 입수했으니까, 나머지는 『매셔 개구리의 혀』만 남았는데요—."

아리사를 보자, 씨익 얼굴 가득 웃음을 지으며 아이템 박스를 열고 혀를 꺼냈다.

"물론, 있지."

"거짓말! 거짓말이야, 이건 환각이야!"

뭐 어제 시작한 승부인데, 언데드의 습격 이벤트로 중단됐을 입수가 어려운 아이템이 모였으니 놀라겠지.

"어어? 진짜네. 정말로 기생 버섯도 있어?"

"네, 여기에."

격납 가방을 경유해서 스토리지의 기생 버섯을 꺼냈다.

"우왓, 정말이다. 고마워! 이걸로 중요 아이템을 만들 수 있어!"

티아 씨가 세 가지 소재를 안고서 환희했다.

"그러면, 받아갈게. 보수는 나중에 가게로 보낼게."

티아 씨가 말하더니, 통통 뛸 듯한 기세로 시종들과 함께 가버렸다.

"이걸로 승부는 우리들 『용사 상점』의 승리네!"

"……아우아우아우."

"아가씨, 이번 패배를 인정하고 다음 기회에 리벤지입니다."

새하얗게 타버린 케리 양을 데리고 토마리토로레 씨가 돌아갔다.

"그러면, 우리도 돌아가자."

내가 말을 걸고 다 함께 용사 상점으로 돌아갔다.

"로로! 무사했어?!"

"여어, 로로. 다친 데는 없나 보네."

"건강해 보여 다행이다."

용사 상점 앞에, 단골인 사람들이 로로의 안부를 확인하러 와 있었다. 상당히 사랑 받고 있네.

"노나 씨, 그리고 여러분도! 다치신 곳은 없어요?"

"다치기야 늘 다치지. 근데 용사 상점의 약 덕분에 목숨을 건졌어."

"나도 그래. 그 약이 없었으면 다른 녀석들처럼 침대에서 움직이지도 못했을 거다."

"도움이 돼서 다행이에요."

온 김에 소모품을 보충하고 싶다는 단골손님들을 위해 가게를 열고, 저녁까지 바쁜 시간을 보냈다.

아무래도 사선을 헤쳐 나온 참인 동료들에게 접객을 시킬 수는 없으니, 동료들은 강제적으로 휴양을 시켰다.

"그러면 로로. 축하 파티에서 만나자."

"네, 노나 씨. 도와주셔서 고마워요."

너무 바빠서 눈이 핑핑 도는 로로를 보다 못한 노나 씨가 중간부터 가게를 도와주었다.

"가게를 닫으면, 축하 파티 준비를 하자."

"준비, 말인가요? 그러네요. 도시를 지켜준 모험가 여러분에게 감사를 담아서, 뭔가 맛있는 걸 만들어서 가야죠."

팔을 걷어 부치는 로로는 귀엽지만, 조금 다르다.

"그게 아니라, 예쁘게 꾸미고 가라는 거야."

가게 안에서 아리사가 빼꼼 고개를 내밀었다.

"그, 그치만 저는, 꾸밀만한 옷 같은 게—."

"괜찮아요, 로로 씨. 제 옷을 빌려줄 테니까요."

"—루루 씨."

조금 즐거워 보이는 루루가, 로로의 어깨를 밀면서 안쪽으로 데리고 갔다.

"유생체도 예쁘게 꾸밀 시간이라고 고합니다."

나나가 바닥에 굴러다니던 햄스터 꼬마들을 주워서, 서둘러 데리고 갔다. 조금 걱정되지만, 미아가 같이 갔으니 괜찮겠지.

"조금 휴식했어?"

"그래. 영양제도 마셨고, 잠도 잤으니까 괜찮아."

동료들도 축하 파티의 준비를 하라고 말하고, 나는 폐점 작업을 진행했다.

"주인님, 큰일난 거에요"

포치가 엄청 급하게 안에서 뛰쳐나왔다.

"큰일나큰일나~."

타마도 함께 왔다.

"무슨 일이니?"

"알 아가가 큰일 난 거예요!"

포치의 배 앞에서 좌우로 날아다니는 「백룡의 알」 때문이구나.

기세가 넘쳐 알 포대기에서 빠져 나온 알을, 포치가 피구공처럼 양손과 가슴으로 받아냈다.

"갑자기 날뛰기 시작한 거예요. —괜찮은 거예요. 이제 무서운 거 없는 거예요."

포치의 말 후반은 알에게 하는 것이었다.

"금이 갔어~?"

"큰일난 거예요! 이대로는 깨져 버리는 거예요."

타마랑 포치가 살짝 패닉이다.

—이거 혹시.

"부화하는 거 아냐?"

"부화~?"

"부화가 뭐인 거예요?"

"알이 깨지고, 아기가 나온다는 거야."

내 말을 들은 포치와 타마가 꼬리와 귀를 척 세우면서 깜짝 놀랐다.

"아가가 태어나는 거예요?"

"오우, 그레이트~?"

보는 앞에서 금이 커지고, 알의 일부가 떨어지며 부리 같은 코끝이 보였다.

"한 번 더인 거예요! 힘내는 거예요! 힛힛후~ 인 거예요!"

"힘내~?"

타마와 포치가 필사적으로 응원했다.

아무리 「모든 것을 꿰뚫는」 용의 송곳니라도, 이 각도에서는 잘 쓰기 어려운 거겠지.

—LYURYU.

"울었다! 류류하고 운 거예요!"

"귀여워~."

한순간, 펑 하면서 붉은 빛이 알 안쪽에서 보였다.

—위험해.

포치와 타마와 알을 데리고, 요새도시 아카티아 바깥에 「귀환 전이」했다.

전이를 마친 다음 순간, 알이 안쪽에서 새빨갛게 빛나더니 작은 구멍에서 불꽃이 뿜어져 나왔다.

"뉴?"

"아뜨뜨, 인 거예요."

화상을 입을 것 같기에 포치의 손에서 알을 받아내고, 「이력의 손」으로 공중에 띄웠다.

드래곤 브레스
용의 숨결에도 알이 타오를 기색은 없었다.

새끼 용은 브레스로 깨는 걸 포기하고, 코끝으로 껍질을 깨기로 한 모양이다.

혹시 보통은 부모 용이 도와주는 걸지도 모르니까, 껍질에 손가락을 대고 깨는 걸 도와주었다.

—단단하네.

단순히 힘으로는 무리일 것 같아서, 용아단검으로 깨주었다.

새의 새끼처럼 태어나자마자 처음 본 사람을 어미로 인식하는 습성이 있을 지도 모르니까, 투명 망토로 모습을 감춰두었다.

—LYURYU.

"알 아가가 나온 거예요!"

새하얀 백룡이다.

"축하해~?"

"해~피~ 버~스데~이 투~유~인 거예요!"

—LYURYU.

새끼 용이 작은 날개를 파닥파닥 움직이면서, 포치를 향해 류류하고 울었다.

아직 하늘을 날지는 못하나 보군.

"포치, 이 애 이름을 붙여주렴."

"네, 인 거예요. 이 애 이름은—."

—LYURYU.

포치에게 볼을 부비면서 새끼 용이 울었다.

"—류류인 거예요!"

포치가 명명하는 것과 동시에, 새끼 용과 포치가 하얀 빛으로 휩싸였다.

어쩌면, 뭔가 마술적인 경로가 이어진 걸지도 모르겠다.

—LYURYURYUUU.

맑게 갠 하늘에, 새끼 용의 울음 소리와 포치와 타마의 환성이 울려 퍼졌다.

EX: 비행 마법

"하늘을 자유롭게 나는 것은 어린 시절부터 꿈이었습니다. 그건 영웅을 동경하는 것처럼 현실감이 없는 꿈이었습니다만, 앞으로 조금이면 손이 닿는 곳까지 왔어요. 도와주신 사람들에게 보답하기 위해서도, 반드시 실현하겠어요."

―제나 마리엔텔

"꺄아아아아아아아아아!"

미궁도시 세리빌라에 인접한 황야에서, 여성의 비명이 울려 퍼졌다.

"제나!"

세류 백작령의 병사 릴리오가, 하늘을 올려다보면서 동료의 이름을 불렀다.

그 시선 끝에는, 마법의 제어를 잃고 빙글빙글 돌면서 낙하하는 마법병 제나의 모습이 있었다.

"크으, ■■……."

조바심 내는 제나의 시야에 땅이 다가온다.

그런 제나의 시야에 끼어드는 하얀 그림자가 있었다.

"카에룽, 《부풀리기》라고 고합니다!"

누군가의 목소리와 동시에, 제나가 온몸에 충격을 받았다.

각오하고 있던 황야의 단단한 땅바닥과 충돌이 아니라 침대의 지푸라기처럼 부드러운 감촉이 그녀를 감싸고, 다음 순간에 그녀를 하늘로 튕겨 올렸다.

티용티용 몇 번인가 튕기는 사이에 기세가 줄어들고, 달려간 제나 부대의 이오나와 루우가 받아냈다.

드디어 수평으로 돌아온 제나의 시야에, 배를 부풀린 미궁 개구리의 모습이 보였다. 그 너머에는 나나 자매의 막내인 위트의 모습이 보였다.

낙하한 제나를 받아낸 것은 위트의 종마인 미궁 개구리였나 보다.

"제나 안 다쳤어?"

"네, 괜찮아요."

맨 먼저 릴리오가 제나의 몸을 확인했다.

"무사해서 다행이라고 고합니다."

"위트랑 카에룽도 고마워."

"문제없다고 고합니다."

위트가 작은 가슴을 펼치자, 종마인 미궁 개구리도 같은 포즈를 취했다.

그 모습에 굳어져 있던 제나의 표정도 풀어졌다.

"제나 씨, 익숙해질 때까지는 고도를 올리지 않는다고 약속했었죠?"

"그래, 제나. 갑자기 고도를 올려서 놀랐잖아."

"죄송해요. 제어를 실패해 버렸어요."

이오나와 루우가 혼내자, 제나는 어깨를 움츠렸다.

"위트랑 종마를 불러둔 게 정답이었군."

"찬사는 환영한다고 고합니다. 위트는 칭찬 받으면 성장한다고 고지합니다."

루우가 머리를 쓰다듬어주자 위트가 무표정하게 기쁜 기색으로 대답했다.

"제어에 실패했을 때는 다른 마법으로 전환하는 편이 좋을지도 모르겠어요."

"『낙하속도 경감』이나, 『공기 벽』말이군요."

이오나의 조언에 제나도 동의했다.

평소의 그녀라면 높은 곳에서 떨어져도 「낙하속도 경감」으로 기세를 줄이면서 「공기 벽」의 마법으로 낙하의 충격을 줄이는 방법을 취할 텐데, 「비행」의 제어 회복을 고집한 나머지 그 타이밍을 놓치고 만 모양이다.

"아니면, 떨어져도 괜찮은 물 위나 사막 위에서 나는 연습을 해야겠지."

지금 있는 황야는 대사막의 모래가 쌓여 있는 장소이긴 하지만, 낙하의 충격을 줄일 정도의 쿠션은 없다. 고작해야 불시착했을 때 부상을 줄이는 정도다.

"네. 조금 더 대책을 생각하고서 연습할게요."

제나가 말하고, 다시 한 번 이 자리에 있는 사람들에게 고개를 숙였다.

◆

"역시, 대사막까지 가는 수밖에……."

길드 앞 광장에 앉아서, 팔에 턱을 괸 제나가 우울한 기색으로 탄식했다.

"제나 씨, 무슨 일이신가요?"

"—사토 씨?"

폴짝 뛰는 듯 웃으며 돌아본 제나였지만, 시선 끝에 있는 것은 좋아하는 사람이 아니라 펜드래건 가문의 어용상인인 아킨도우였다.

그 얼굴은 사토와 전혀 닮지 않았다.

'사토 씨라고 생각해 버렸어요. 어째서일까요? 전혀 안 닮았는데.'

제나가 내심 고개를 갸우뚱거렸다.

"그렇게 제 목소리가 자작님과 비슷한지요?"

아킨도우가 웃음을 짓고서 물었다.

왜냐하면, 그의 정체는 사토 펜드래건 자작 본인이니까.

"죄, 죄송합니다, 아킨도우 씨."

"아뇨. 사과하실 일이 아닙니다."

아킨도우가 웃으며 대답했다.

"어쩐지 안 좋아 보입니다만, 무슨 문제가 있나요?"

"아뇨, 대단한 건 아니에요."

"고민은 다른 사람에게 말하면 편해진다고 합니다. 불평이라도 상관없어요. 이야기를 해보시죠?"

"사실은……."

조금 주저한 다음, 제나는 비행 마법이 잘 안 된다는 걸 밝혔다.

"비행 마법이라면, 상급 바람 마법이군요. 제나 씨는 비행 마법을 사용하실 정도의 대마법사님이셨군요."

"아뇨, 저 같은 건, 아직 멀었어요."

"아직 멀지는 않았습니다. 충분히 자랑할 일이죠. 제나 씨의 스승님은 뛰어나신 분이었군요."

"네, 선생님은 엄격하지만 우수한 분이었어요."

아킨도우는 제나가 과거형으로 말한 걸 깨달았지만, 그것은 건드리지 않고 이야기를 진행시켰다.

"비행 마법의 마법서는 스승님께서?"

"아뇨, 히카루 씨— 아는 분이, 빌려 주셨어요."

"그건 좋은 인연이었군요."

"네. 제가 상급 마법을 쓸 수 있게 된 것도 그 분 덕분이에요."

제나는 부트캠프의 장렬한 나날을 떠올리면서, 조금 아득해졌다.

"그러면, 그 분께 비행 마법을 배운다면?"

"그 분은 바람 마법을 쓸 수가 없어서요……."

제나가 아쉬운 기색으로 눈썹을 내렸다.

"그렇다면, 하늘을 나는 게 능숙한 사람에게 배우면 되는 겁니다."

"능숙한 사람이요? 비행 마법을 쓸 수 있는 분은 그렇게 간단히 발견할 수 없을 것 같은데요?"

"아닙니다. 그저 나는 것뿐이라면, 새 수인이나 박쥐 수인 분이 잘 알죠."

아킨도우의 말에 제나는 눈이 번쩍 뜨인 표정을 지었다.

그리고 아킨도우가 권하는 대로, 전령소에 모여 있는 새 수인들을 만나러 갔다.

"하늘을 나는 방법?"

새된 소리로 말하는 새 수인들은 다른 수인들과 달리 유창하게 말한다.

"화악 날갯짓을 해서, 바람을 타고 휘잉 날잖아."

"그래그래, 부웅 떠오르면, 휘휘 날 수 있어."

새 수인들의 설명은 효과음과 제스처 뿐이라 그다지 참고가 되지 않았다.

"조금만 더, 알기 쉬운 요령은 없을까요?"

"그렇게 말을 해도 말이지~."

"철 들 무렵에는 날 수 있었으니까~."

보다 못한 아킨도우가 끼어들었지만, 새 수인들은 자신들의 설명이 뭐가 잘못된 건지 모르는 모양이다.

"그렇지. 그 녀석 어때? 추락하는 새 카이로스."

"카이로스 씨인가요?"

"그래. 성인 정도가 되어서야 간신히 날 수 있게 된 녀석이야. 그 녀석이라면 우리랑 다르게, 인간족한테도 설명할 수 있지 않을까?"

"그렇지. 그 녀석은 뭔가 논리가 있으니까."

새 수인들이 말하더니, 제나와 아킨도우에게서 흥미를 잃고 자신들의 잡담을 하러 돌아갔다.

"그러면, 카이로스 씨를 만나러 가죠."

아킨도우가 성큼성큼 걸었다.

"아, 저기, 아킨도우 씨."

"네, 뭔가요?"

"카이로스 씨가 있는 장소를 아시나요?"

제나가 말하자, 아킨도우는 조금 움직임을 멈추었다.

"네, 전에 한 번 본 적이 있습니다. 분명히 오늘도 거기 있겠죠."

맵으로 조사했다고 말은 못하고, 사기 스킬의 도움을 빌어서 그럴 듯한 이유를 날조했다.

"저 사람인가 보군요."

아킨도우의 시선 끝에, 부서진 탑 위에 앉아 있는 날개 종족의 소년이 있었다.

새 수인족처럼 역삼각형의 체형이 아니라, 가녀린 느낌이었다.

"인간족? —아니, 등에 날개가 있네요."

"날개 종족이군요. 저도 처음 봤습니다. 남방의 반도에 사는 종족이라고 하는군요."

"반도라면, 무역도시 타르투미나 너머에 있는?"

어렴풋한 지식을 확인하는 제나에게, 아킨도우가 고개를 끄덕였다.

"안녕하세요? 당신이 카이로스 씨인가요?"

"무슨 용건 있어?"

카이로스가 탑 위에서 내려왔다.

"일을 의뢰하러 왔습니다."

"좋아. 뭘 어디에 나르는데? 먼저 말해두지만 나는 다른 녀석들보다 느려. 그래도 좋다면 고용해줘."

일 의뢰가 적은지, 그는 상대가 누구인지 확인도 안 하고 승낙했다.

"제가 의뢰하고 싶은 건 그녀에게 나는 법을 가르치는 겁니다."

"인간족한테? 날개도 없는데 날고 싶어?"

카이로스가 눈을 동그랗게 뜨고 놀랐다.

"그녀는 마법사입니다."

"마법으로 나는 거야? 비상 목마처럼?"

"아뇨. 당신들과 마찬가지로 바람을 타고 나는 겁니다."

"흠~. 그러면 가르칠 수 있겠어."

카이로스는 은화 1닢을 대가로, 제나의 지도를 받아들였다.

그들은 미궁도시의 「담쟁이 저택」 근처에 있는 자연공원으로 장소를 옮겼다.

"여기서 연습을 하는 건가요?"

"그래. 떨어져도 잔디가 안 아프고, 높은 장소에서 떨어질 때 나무 위에 떨어지는 편이 가지가 완충재가 되는 만큼 큰 부상을 입기 어려워."

제나가 물어보자, 카이로스가 여기를 고른 이유를 가르쳐 주었다.

"이래봬도 떨어지는 건 베테랑이니까."

이어서 카이로스는 살짝 자학하는 말을 했다.

"지금은 어느 정도 날 수 있어? 전혀 못 날아?"

"한 번은 날았습니다만, 공중에서 그만 제어를 잃고 떨어져 버려서……."

"조금 날아봐. 금방 땅에 내려와도 되니까."

"알았어요. ■■…… ■ 비행!"

제나가 바람 마법 「비행」을 발동하자, 그녀를 중심으로 강한 바람이 일어났다.

마구 자란 잔디가 파문 모양으로 흔들리고, 찢어진 풀이나 벌레가 주위로 날아갔다.

제나는 잠시 동안 지표에서 폭풍을 뿌린 다음에 모습을 감추는 것처럼 힘차게 하늘로 솟아올랐다.

순식간에 십 수 미터 상공으로 날아올라, 밸런스가 무너져서 급강하를 시작했다.

"꺅!"

제나는 자신의 마법에 휘둘려서 짧은 비명을 질렀지만, 전에 동료들과 위트가 구해줬을 때하고는 달리 제어를 잃은 것을 깨닫고 금방 비행 마법을 해제한 뒤 「공기 벽」의 마법 영창을 시작했다.

"……■ 공기 벽."

발동이 조금 늦어서 충분한 감속도 못하고 땅에 처박힌 것처럼 보인 제나였지만, 어떤 기적이 일어났는지 상처 하나 없이 자기 다리로 일어섰다.

"다행이다. 무사했네. 이제 끝장이라고 생각했어."

카이로스는 깨닫지 못했지만, 땅과 접촉하기 직전에 「물리 방어 부여」의 마법이 제나에게 걸리고, 더욱이 「이력의 손」으로 충격 일부가 완화된 것이다.

물론, 그걸 실행한 것은 그의 옆에서 지켜보고 있던 아킨도우다.

"이거 심하네."

"죄송합니다. 잘 날 수가 없어서."

혹평하는 카이로스에게, 제나가 고개를 숙였다.

"그래서, 어디를 고치면 될까요?"

"날갯짓으로 나는 건 풍압으로 알았는데, 날개가 안 보이니까 어디가 나쁜지 가르치기가 힘드네……."

개선점을 질문 받은 카이로스는 그렇게 말하며 생각에 잠겼다.

"그렇다면, 이렇게 하면 어떨까요?"

아킨도우가 품에서 꺼낸 하얀 가루를 뿌리자, 그것이 공기의 흐름을 타고서 그 움직임을 가시화시켰다.

"이 가루가 든 주머니를 제나 씨가 지고 있으면 계속해서 공기의 흐름이 보일 거라고 생각합니다. 옷이 가루투성이가 되겠지만, 그건 필요경비라고 생각하고 포기해 주세요."

"고맙습니다. 아킨도우 씨."

제나가 끈이 달린 배낭을 멨다. 이 끈을 당기면 가루가 나오는 모양이다.

"당신…… 용케, 그런 걸 준비했네."

"이런 일도 있으리라 생각해서요."

아연해진 카이로스에게, 아킨도우는 시치미 떼는 표정으로 말했다.

제나는 사토를 상대로 익숙해졌는지, 그다지 놀라지 않은 모양이다.

"그러면 갑니다. ■■…… ■ 비행!"

제나가 다시 비행 마법을 발동했다.

"날개를 단순히 위아래로 움직이기만 하면 못 날아. 날개를 위로 되돌릴 때는, 공기를 붙잡지 않도록 주의해."

"붙잡지 않도록?"

"이런 식으로 하는 거야."

고개를 갸웃거리는 제나에게, 카이로스가 자기 날개로 보여줬다.

"이렇게, 말인가요— 떠올랐다!"

"그래! 잘했어!"

둥실 땅에서 떠오른 제나를 보고 카이로스가 자기 일처럼 기뻐했다.

"좌우의 밸런스를 잡아. 공기의 밀도나 바람은 일정하지 않아. 날개가 붙잡는 바람의 양을 의식해."

"네! —우와왓."

"조바심 내지 마! 실패해도 괜찮으니까 자기가 한 움직임과 실제 거동의 관계를 기억해!"

카이로스의 지도를 받으며, 제나의 비행이 조금씩 능숙해졌다.

그 동안에도 몇 번 추락했지만, 아킨도우의 숨은 지원으로 큰 부상을 입지 않고 특훈을 계속할 수 있었다.

"날았다! 이번에는 제대로 날았어요!"

"그래, 그거야. 방심하지 말고, 착륙해! 기세를 충분히 죽이고— 그래!"

제나가 둥실 떠올라, 콰당 착륙했다.

"잘 했어. 지금 그 느낌을 기억해둬. 그러면 앞으로 얼마든지 날 수 있게 될 거야."

"고맙습니다! 선생님!"

"선생님……? 내가?"

"네, 덕분에 날 수 있게 됐어요."

"내가……."

카이로스가 멍한 표정으로 중얼거렸다.

"—그, 그런 것보다! 지금의 감촉을 잊기 전에 연습해!"

"네, 선생님!"

제나가 비행 마법을 영창하여, 둥실 공중에 떠올랐다.

그것을 지상에서 올려다보며, 카이로스가 중얼거렸다.

"선생님, 이라."

"네, 당신은 참 뛰어난 선생님입니다."

"안 어울리는데. 나는 아무리 지나도 날지 못한 『떨어지는 새』 카이로스야."

"아뇨, 당신은 틀림없이 우수한 교사입니다. 좀처럼 날지 못했 던 당신이기에, 오히려 남에게 가르칠 수 있는 거죠."

"그렇구나……. 그렇군."

카이로스가 고개를 숙이고 주먹을 떨었다.

분노가 아니라, 자신이 남에게 자랑할 수 있는 일을 하고, 그것이 인정받은 것에 감동한 것이다.

"선생님~! 아킨도우 씨~!"

제나가 공중에서 손을 흔들었다.

아킨도우는 충족감을 곱씹는 카이로스에게서 눈길을 돌리고, 제나에게 손을 흔들어 응답했다.

다음으로 그가 사토로서 그녀 앞에 섰을 때, 그때는 제나와 하늘의 산책을 할 수 있으리라.

아킨도우는 그 날을 생각하면서, 제나의 비행 연습을 지켜보았다.

안녕하세요? 아이나나 히로입니다.

이번에 「데스마치에서 시작되는 이세계 광상곡」 제23권을 집어 주셔서, 정말 고맙습니다!

지난번에 이어서 페이지가 적으니, 신간의 볼거리를 짤막하게 말해보죠.

이번 권에서는 서방 소국을 관광하고 있던 지난 권과 휘릭 바뀌어, 수해 미궁 안에 있는 요새도시 아카티아가 무대가 되었습니다.

web판에서 호평이었던 아카티아 편을 넉넉하게 넣었습니다만, 더욱이 캐릭터의 깊이를 주고 등장인물도 추가하여 듬뿍 볼륨업을 했습니다. web판 기독인 분도 즐기실 수 있을 겁니다.

시가 왕국에 남은 팀이나 아제 씨의 등장도 늘어났으니 기대해 주세요!

분량이 끝날 것 같으니, 늘 하는 인사를! 담당자 I 씨와 A 씨, 그리고 shri 씨, 그밖에 이 책의 출판과 유통, 판매, 선전, 미디어믹스에 연관된 모든 분께 감사를!

그리고 독자 여러분. 이 작품을 마지막까지 읽어주셔서, 정말 고맙습니다!

그러면 다음 권, 아카티아 편(후)에서 만나요!

아이나나 히로

■역자 후기

반갑습니다 여러분! 불초 역자 돌아왔습니다!

역자는 최근까지 '클리너'라는 단어를 들으면 바이러스를 불로써 정화하는 위대한 지도자가 떠올랐습니다. 스쿼드를 짜서 총질을 한 끝에 저승으로 보내드리긴 했지만요.

그런데 바로 얼마 전에, '클리너'가 될 기회가 생겼습니다. 이쪽은 바이러스가 아니라 기생충 기반이라고 합니다만, 어쨌거나 좀비 같은 거라도 불로써 정화해주면 만사 해결이죠!

그러나 안타깝게도 화염방사기가 없었습니다. 쳇. 화염병이나 기름통은 있었지만 그걸로는 화력이 모자라더군요. 하는 수 없이 스쿼드를 짜서 총질을 하기로 했습니다.

……그런데 어려워요.

서바이벌, 베테랑, 나이트메어. 난이도 이름 잘 지었다 싶었습니다. 베테랑이 될수록 베테랑은 할만한데, 나이트메어는 늘 악몽이었어요. 도저히 랜덤 매칭으로는 깰 수가 없었습니다.

역자는 파티원을 모집하여 이 난관을 극복해보고자 시도했습니다만, 친구가 없는 역자는 4인 파티를 구할 수가 없어서 결국 깨지 못한 채 베타 기간이 끝났다는 슬픈 전설이 생겼습니다.

그럼 여러분! 친구 없는 역자와 다음에 또 만나요!

데스마치에서 시작되는 이세계 광상곡 23

초판 1쇄 발행 2021년 11월 10일

지은이_ Hiro Ainana
일러스트_ shri
옮긴이_ 박경용

발행인_ 신현호
편집장_ 김승신
편집진행_ 원현선 · 권세라
편집디자인_ 양우연
관리 · 영업_ 김민원 · 조인희

펴낸곳_ (주)디앤씨미디어
등록_ 2002년 4월 25일 제20−260호
주소_ 서울시 구로구 디지털로 26길 111 JnK디지털타워 503호
전화_ 02−333−2513(대표)
팩시밀리_ 02−333−2514
이메일_ lnovellove@naver.com
ㄴ노벨 공식 카페_ http://cafe.naver.com/lnovel11

DEATH MARCH KARA HAJIMARU ISEKAI KYOSOKYOKU Vol. 23
ⓒHiro Ainana, shri 2021
First published in Japan in 2021 by KADOKAWA CORPORATION, Tokyo.
Korean translation rights arranged with KADOKAWA CORPORATION, Tokyo.

ISBN 979−11−278−6258−9 04830
ISBN 979−11−278−4247−5 (세트)

값 9,500원

＊이 책의 한국어판 저작권은 KADOKAWA CORPORATION과의 독점 계약으로
(주)디앤씨미디어에 있습니다.
저작권법에 의해 한국 내에서 보호를 받는 저작물이므로 무단전재와 복제를 금합니다.
＊잘못된 책은 구매처에 문의하십시오.